中國語言文字研究輯刊

十九編

許學仁 主編

第12冊

周秦兩漢詩歌韻類演變研究（下）

魏鴻鈞 著

花木蘭文化事業有限公司

國家圖書館出版品預行編目資料

周秦兩漢詩歌韻類演變研究（下）／魏鴻鈞 著 -- 初版 -- 新
北市：花木蘭文化事業有限公司，2020〔民 109〕
目 12+210 面；21×29.7 公分
（中國語言文字研究輯刊　十九編；第 12 冊）
ISBN 978-986-518-162-8（精裝）
1. 詩歌 2. 聲韻 3. 研究考訂
802.08　　　　　　　　　　　　　　　　　109010427

ISBN-978-986-518-162-8

中國語言文字研究輯刊
十九編　　第十二冊　　　　ISBN：978-986-518-162-8

周秦兩漢詩歌韻類演變研究（下）

作　　者　魏鴻鈞
主　　編　許學仁
總 編 輯　杜潔祥
副總編輯　楊嘉樂
編　　輯　許郁翎、張雅淋　美術編輯　陳逸婷
出　　版　花木蘭文化事業有限公司
發 行 人　高小娟
聯絡地址　235 新北市中和區中安街七二號十三樓
　　　　　電話：02-2923-1455／傳真：02-2923-1452
網　　址　http://www.huamulan.tw 信箱 hml810518@gmail.com
印　　刷　普羅文化出版廣告事業
初　　版　2020 年 9 月
全書字數　255006 字
定　　價　十九編 14 冊（精裝）　台幣 42,000 元　　　版權所有・請勿翻印

周秦兩漢詩歌韻類演變研究（下）

魏鴻鈞 著

目

次

附錄　周秦兩漢詩歌韻譜

壹、韻譜總說

摘錄韻字、劃分韻段是編定韻譜前的重要工作，這項工作如未做好，可能使研究結果產生嚴重錯誤，如江永《古韻標準》所言：

> 古有韻之文亦未易讀，稍不精細，或韻在上而求諸下，韻在下而求諸上，韻在彼而誤叶此；或本分而合之，本合而分之；或開句散文而以為韻，或是韻而反不韻；甚則讀破句，據誤本，雜鄉音，其誤不在古人而在我。〔註1〕

由於作品真偽不明、作者里籍不詳、作家用韻寬嚴不同、方言隔閡、避諱改字……等種種因素，擇取韻字不是件容易的工作，必須反覆斟酌「韻式」及「韻部」來判斷韻腳字，王力《詩經韻讀》說：

> 韻式和韻部是可以互相證明的。知道韻式是多種多樣的，就可以試用各種不同的韻式來證明韻部；當然，相反的証明也是重要的，那就是用假定的韻部來證明韻式。〔註2〕

〔註 1〕江永《古韻標準》例言，《音韻學叢書》（十），臺北：廣文書局，1987 年，二版。

〔註 2〕王力《王力別集·詩經韻讀》（1980），北京：中國人民大學出版社，2004 年 11 月，頁 89。

宋朝項安世《項氏家說》卷四有「詩句押韻疏密」、「詩押韻變例」、「重押韻」三條講詩歌韻例。清代江永《古韻標準》寫了「詩韻舉例」又較項氏更加詳細，如江氏以《詩經》「真元」有「兩部同在一章而不雜者」、「兩部分兩章而不雜者」、「兩部多用韻而不雜者」，來說明「真元」不論同章、分章還是各種用韻情況下都不相雜，進而把兩部分開。不過當時古韻研究還在草創階段，所用韻例仍多缺誤。

王力《詩經韻讀》、《楚辭韻讀》對《詩經》、《楚辭》的韻式整理最為完備，書中包含「韻腳」、「虛字腳」的羅列；「偶句韻」、「首句入韻」、「句句用韻」、「一般換韻」、「交韻」、「抱韻」……等分析都非常詳盡，底下不再贅述。我們僅就全書韻腳字的判斷原則提出說明。

一、以虛字位置來判斷韻腳

（一）虛字及虛字前一字為韻腳

《詩經》較常出現的虛字有「之、兮、矣、也、止、思、忌、只、焉、哉、與、乎、我、女……」等等。這些虛字一般重複出現，坐落在句末位置。除了虛字本身可以押韻外，韻腳也常常落在虛字的前一個字上面，如：

〈小雅・鴻雁之什・斯干〉：如竹苞矣，如松（茂）矣。兄及弟矣，式相（好）矣，無相（猶）矣。

〈小雅・節南山之什・小弁〉：相彼投兔，尚或（先）之；行有死人，尚或（墐）之。

〈小雅・甫田之什・裳裳者華〉：裳裳者華，蕓其（黃）矣。我覯之子，維其有（章）矣。維其有（章）矣，是以有（慶）矣。

由於虛字及虛字前一字皆可入韻，王力先生稱這種韻段為「富韻」：

因為句尾虛字本來已經可以押韻了，但是同字押韻還不夠好，所以要在前面再加韻字，實際上構成了兩字韻腳，所以叫做「富韻」。（王力 1980／2004：36）

有時一個韻段用了不同的虛字，那就未必是「富韻」，如：

〈邶風・旄丘〉：旄丘之葛兮，何誕之（節）兮。叔兮伯兮，何多（日）也。

〈鄭風・遵大路〉：遵大路兮，摻執子之（手）兮。無我（醜）

兮，不寁（好）也。

引文虛字「兮」屬支部；「也」屬歌部，顯然不押韻。韻腳只坐落在虛字的

前一字。

（二）虛字為韻腳

《詩經》裡有些虛字的前一字並不押韻，用韻僅限於虛字本身。如：

〈陳風・墓門〉：知而不（已），誰昔然（矣）。

〈秦風・終南〉：終南何有？有條有（梅）。君子至止，錦衣狐

（裘），顏如渥丹，其君也（哉）！

（三）虛字與前一字皆非韻腳

《詩經》裡也有虛字與前一字皆非韻腳的情況，如：

〈鄘風・桑中〉：期我乎桑（中），要我乎上（宮），送我乎淇之

上矣。

末句「上、矣」顯然不與「中、宮」兩字相押。

二、以語氣停頓來判斷韻腳

王力《詩經韻讀》對韻腳字的判定有「大停頓」與「小停頓」之說：

所謂大停頓處，就是一個語法句的終了。舊說所謂「句」，往往

不是語法上所謂「句」，而只是半句（我們用逗號表示）；只有大停

頓處才是語法上的一句（我們用句號表示）。一個語法句終結處，除

了罕見的例外，總是要押韻的。大停頓處的字，即使不同韻部，一

般也應該認為韻腳。（王力 1980 / 2004：42）

又說：

小停頓處常常出現在單句的末尾。單句本來可韻可不韻，不韻

是正常的。根據這個原則去看《詩經》用韻，可以避免誤認諧韻為

合韻（王力 1980 / 2004：36）

詩歌偶數句的結尾，往往是大停頓所在之處，必須用韻，如：

〈邶風・泉水〉：毖彼泉水，亦流于（淇）。有懷于衛，靡日不

（思）。變彼諸姬，聊與之（謀）。

〈召南・采蘩〉：于以采蘩？于沼于（沚）。于以用之？公侯之（事）。

〈周南・漢廣〉：翹翹錯薪，言刈其（楚）。之子于歸，言秣其（馬）。

大停頓處所用的字，即便韻部不同，也必須處理成一個出韻的韻段，如：

【幽緝合韻】

〈小雅・節南山之什・小旻〉：我龜既厭，不我告（猶）。謀夫孔多，是用不（集）。發言盈庭，誰敢執其（咎）？如匪行邁謀，是用不得于（道）。

【脂元合韻】

〈邶風・新臺〉：新臺有泚，河水瀰（瀰）。燕婉之求，籧篨不（鮮）。

【陽談合韻】

〈大雅・蕩之什・桑柔〉：維此惠君，民人所（瞻）。秉心宣猶，考慎其（相）。維彼不順，自獨俾（臧）。自有肺（腸），俾民卒（狂）。

〈商頌・殷武〉：天命降（監），下民有（嚴）。不僭不（濫），不敢怠（遑）。

上古「幽緝」、「脂元」、「陽談」等韻部一般較少通叶，音理上也不容易解釋。但必須謹守大停頓處有韻的原則，整理成一個出韻的韻段。當出韻的韻段一再出現，可能透露出語音演變的訊息。

「小停頓」是否入韻的標準不好掌握，比較好的處理方式是與「大停頓」同部的話是韻字；異部便不算是韻字，如〈周南・關雎〉：

關關雎（鳩），在河之（洲）。窈窕淑女，君子好（逑）。

求之不（得），寤寐思（服）。悠哉悠哉！輾轉反（側）。

〈關雎〉兩章「鳩」、「得」兩字，句意尚未完結，屬於小停頓處。「鳩」字與「洲、逑」同押幽部字；「得」字與「服、側」同押職部字，因小停頓與大停頓處同部所以入韻。若是不遵守小停頓與大停頓處同部相押的原則，所擷取的

韻段往往會有用韻寬緩的毛病，如：

　　　　〈大雅・文王之什・皇矣〉：是類是禡，是致是（附），四方以
　　無（侮）。

　　〈皇矣〉「禡」字古韻魚部；「附、侮」古韻侯部，羅常培、周祖謨《漢魏
晉南北朝韻部演變研究》說：

　　　　在《詩經》音裏魚與侯是分用的，到西漢時期，魚、侯合用極
　　其普遍，所以我們把魚、侯合為一部。（羅常培、周祖謨 1958：49）

　　把〈皇矣〉「禡」字與「附、侮」劃作同一韻段，則得不出「《詩經》音裏
魚與侯是分用」的結論。事實上《詩經》大停頓處「魚侯」並不通叶，小停頓
處的「禡」字必須依照同部入韻的原則給排處掉，才可避免用韻寬緩的問題。

　　韻例中有單押單，雙押雙的「交叉韻」情況，如：

　　　　〈邶風・谷風〉：習習谷風，以陰以（雨）。黽勉同心，不宜有
　　（怒）

　　　　〈邶風・靜女〉：自牧歸荑，洵美且（異）。匪女之為美，美人
　　之（貽）。

　　　　〈鄭風・蘀兮〉：蘀兮蘀兮，風其（吹）女。叔兮伯兮，倡予（和）
　　女。

　　〈邶風・谷風〉「風、心」是侵部字；〈邶風・靜女〉「荑、美」是脂部字；
〈鄭風・蘀兮〉「蘀、伯」是鐸部字。原則上應劃入韻段形成「一、三」、「二、
四」的「交叉韻」。但是我們不把一、三句劃入韻段，理由一是兩個小停頓處被
一個大停頓處所截斷，句式上沒有絕對押韻的保證；理由二是擷取一、三句為
韻段，往往也有用韻寬緩的毛病，如：

　　　　〈小雅・魚藻之什・角弓・八章〉：雨雪浮（浮），見晛曰（流）。
　　如蠻如髦，我是用（憂）。

　　「浮、流、憂」同是幽部字相押；「髦」是宵部字，段玉裁認為「髦」字應
入韻，形成「幽宵」通叶的韻段。但前一章也是第三句不入韻，與此章正同，
〔註3〕因此我們不劃入韻段。又如：

────────────

〔註3〕〈小雅・魚藻之什・角弓・七章〉：雨雪瀌（瀌），見晛曰（消），莫肯下遺，式居

〈大雅・蕩之什・江漢〉：江漢之（滸），王命召（虎）。式辟四
方，徹我疆（土）。

「滸、虎、土」同是魚部字；「方」是陽部字，「魚陽」雖是主要元音相同
的對轉關係。但是「方」字在小停頓處，句式上沒有絕對押韻的保證，且《詩
經》韻譜不見一例大停頓處有「魚陽對轉」。貿然將「方」字入韻，則「魚部獨
韻」減一，「魚陽合韻」加一，必然影響到韻段的統計數字。

三、以疊章複沓來判斷韻腳

《詩經》風、雅特別喜歡用疊詠複沓的分章形式，來凸顯民歌韻味。如何
從疊詠複沓形式來判斷韻腳？王力先生說：

> 整齊是《詩經》形式美的一種表現。就一般情況說，詩篇的形
> 式是整齊的，各章不但句數相同、字數相同，連韻腳的位置也相同。
> 如果是一韻到底，各章都一韻到底；如果換韻，各章也都換韻；如
> 果是交韻，各章也都交韻。當然也有少數詩篇不是那麼整齊的，特
> 別是長篇。（王力 1980 / 2004：74）

以〈周南・樛木〉為例：

> 南有樛木，葛藟（纍）之。樂只君子，福履（綏）之。
>
> 南有樛木，葛藟（荒）之。樂只君子，福履（將）之。
>
> 南有樛木，葛藟（縈）之。樂只君子，福履（成）之。

〈樛木〉三章因為句數相同、字數相同，所以除了虛字前一字必須押韻外，
可依複沓形式再次確認韻腳字所在之處。通過疊章複沓的形式，「句句韻」、「交
叉韻」等小停頓處，也有了「句式」上的保證，不必再和大停頓處同部才可入
韻，如〈周頌・臣工之什・雝〉：

> 有來雝【雝】，至止肅（肅）。相維辟【公】，天子穆（穆）。
>
> 於薦廣【牡】，相予肆（祀）。假哉皇【考】，綏予孝（子）。
>
> 宣哲維【人】，文武維（後）。燕及皇【天】，克昌厥（後）。
>
> 綏我眉【壽】，介以繁（祉）。既右烈【考】，亦右文（母）。

妻（驕）。

首章一、三句「雍、公」是古韻東部字，因位於小停頓處本不被視為韻字，但通過二、三、四章的複沓形式可以確定整首詩凡一、三句的小停頓處皆有韻，且不與二、四句用韻相叶。此外，也有通過疊章複沓形式而確認不是韻腳字的，如〈召南‧騶虞〉：

> 彼茁者（葭），壹發五（豝）。于嗟乎，騶虞！
>
> 彼茁者（蓬），壹發五（豵）。于嗟乎，騶虞！

首章「葭、豝、乎、虞」四字皆屬魚部平聲字，之所以不形成「句句韻」，理由是次章「乎、虞」無法與「蓬、豵」（東部字）相押。同樣的例子還有〈唐風‧鴇羽〉：

> 肅肅鴇（羽），集于苞（栩）。王事靡盬，不能蓻稷（黍）。父母何（怙）？悠悠蒼天，曷其有（所）！
>
> 肅肅鴇（翼），集于苞（棘）。王事靡盬，不能蓻黍（稷）。父母何（食）？悠悠蒼天，曷其有（極）！
>
> 肅肅鴇（行），集于苞（桑）。王事靡盬，不能蓻稻（粱）。父母何（嘗）？悠悠蒼天，曷其有（常）。

首章「羽、栩、黍、怙、所」都是魚部上聲字。「盬」字雖同讀作魚部上聲，但是以疊章複沓的形式，重複出現在二章（職部）、三章（陽部）的韻段中，且不與韻腳字相叶，那麼首章「盬」字自然也非韻字。

四、以同調相押來判斷韻腳

我們可以利用詩歌同調相押的特點，來判斷是否韻腳字，如：

> 〈衛風‧氓〉：信誓旦旦，不思其（反）。反是不思，亦已（焉）哉！

大停頓處「反、焉」是元部平聲字；小停頓「旦」雖然也是元部字，但《廣韻》讀作去聲。考察《詩經》其它韻段，如：

> 〈鄭風‧遵大路〉：女曰：雞鳴。士曰：昧（旦）。子興視夜，明星有（爛）。將翱將翔，弋鳧與（雁）。
>
> 〈唐風‧葛生〉：角枕（粲）兮，錦衾（爛）兮。予美亡此，誰

與？獨（旦）！

〈邶風・匏有苦葉〉：雝雝鳴（雁），旭日始（旦）。士如歸妻，迨冰未（泮）。

〈大雅・生民之什・板〉：昊天曰（旦），及爾游（衍）。

「旦」字皆與「爛、雁、粲、泮、衍」等去聲字相押，可見〈衛風・氓〉去聲「旦」字不與平聲「反、焉」通叶。同樣的例子還有：

〈鄘風・載馳〉：大夫君子，無我有（尤）。百爾所（思），不如我所（之）。

「尤、思、之」是之部平聲字；首句「子」是之部上聲字，考察《詩經》其它韻段，如：

〈王風・丘中有麻〉：丘中有（李），彼留之（子）。彼留之（子），貽我佩（玖）。

〈魏風・陟岵〉：父曰：「嗟！予（子），行役，夙夜無（已）。上慎旃哉！猶來無（止）。

〈陳風・衡門〉：豈其食魚，必河之（鯉）？豈其娶妻，必宋之（子）？

「子」字與「李、玖、已、止、鯉」等上聲字相押，可見〈載馳〉「子」字不作為平聲韻腳字。

貳、韻 譜

凡 例

一、本韻譜依照郭錫良《漢字古音手冊》陰聲、入聲、陽聲共 30 部的順序排列，依序為：

陰聲 9 部：之、幽、宵、侯、魚、支、脂、微、歌

入聲 11 部：職、覺、藥、屋、鐸、錫、質、物、月、緝、葉

陽聲 10 部：蒸、冬、東、陽、耕、真、文、元、侵、談

二、各部依序先列「獨韻譜」後列「合韻譜」。「合韻譜」依筆劃為序，如之

部合韻譜先列「之／支」、「之／月」、「之／支／微」；再列「之／物」、「之／侯」……。凡已列於之部合韻譜的韻段，如「之／支」；支部合韻譜便不再列「支／之」，其餘韻段皆準此。

三、各韻段依序為作者、篇名、韻字、上古韻、中古韻、韻攝。

四、凡作者不詳及作者有爭議則留下空格。

五、凡逯欽立《先秦漢魏晉南北朝詩》所錄之詩，於篇名後附上頁碼，以供讀者參考。

一、陰聲韻譜、合韻譜

（一）之部韻譜

1. 之部獨韻

（1）詩經 總：144

作　者	篇　名	韻　字	上古韻	中古韻	韻　攝
	竹竿	淇之思	之	之	止
	南有嘉魚之什・南山有臺	基期	之	之	止
	鴻雁之什・白駒	思期	之	之	止
	蕩之什・抑	絲基	之	之	止
	蕩之什・召旻	時茲	之	之	止
	閔予小子之什・賚	思之	之	之	止
	生民之什・既醉	時子	之	之止	止
	閔予小子之什・敬之	茲子止士	之	之止止止	止
	麟之趾	趾子	之	止	止
	何彼襛	李子	之	止	止
	綠衣	裏已	之	止	止
	谷風	沚以	之	止	止
	旄丘	子耳	之	止	止
	相鼠	齒止俟	之	止	止
	陟岵	子已止	之	止	止
	衡門	鯉子	之	止	止
	墓門	已矣	之	止	止
	南有嘉魚之什・南山有臺	杞李	之	止	止

南有嘉魚之什・菁菁者莪	沚喜	之	止	止
南有嘉魚之什・六月	里子	之	止	止
鴻雁之什・祈父	士止	之	止	止
節南山之什・巧言	祉已	之	止	止
谷風之什・楚茨	止起	之	止	止
文王之什・文王	已子	之	止	止
文王之什・文王	止子	之	止	止
文王之什・大明	涘子	之	止	止
文王之什・文王有聲	芑仕子	之	止	止
生民之什・生民	祀子	之	止	止
生民之什・既醉	士子	之	止	止
生民之什・卷阿	止士使子	之	止	止
蕩之什・抑	李子	之	止	止
蕩之什・韓奕	子止里	之	止	止
蕩之什・江漢	子似祉	之	止	止
蕩之什・江漢	子已	之	止	止
臣工之什・雝	祀子	之	止	止
閔予小子之什・載芟	以士	之	止	止
長發	子士	之	止	止
閟宮	子祀耳	之	止	止
閟宮	祉齒	之	止	止
蕩之什・桑柔	里喜忌	之	止止志	止
采蘩	沚事	之	止志	止
褰裳	洧士	之	旨止	止
綠衣	治 / 訧	之	之 / 尤	止 / 流
泉水	淇思 / 謀	之	之 / 尤	止 / 流
載馳	思之 / 尤	之	之 / 尤	止 / 流
鹿鳴之什・皇皇者華	騏絲 / 謀	之	之 / 尤	止 / 流
節南山之什・巷伯	箕 / 謀	之	之 / 尤	止 / 流
節南山之什・巷伯	之詩 / 丘	之	之 / 尤	止 / 流
鹿鳴之什・魚麗	時 / 有	之	之 / 有	止 / 流
文王之什・文王	時 / 右	之	之 / 宥	止 / 流
蕩之什・蕩	時 / 舊	之	之 / 宥	止 / 流
匏有苦葉	子 / 否友	之	止 / 有	止 / 流
旄丘	以 / 久	之	止 / 有	止 / 流
木瓜	李 / 玖	之	止 / 有	止 / 流
丘中有麻	李子 / 玖	之	止 / 有	止 / 流
鹿鳴之什・魚麗	鯉 / 有	之	止 / 有	止 / 流

南有嘉魚之什・六月	喜祉／久	之	止／有	止／流
南有嘉魚之什・六月	鯉矣／友	之	止／有	止／流
南有嘉魚之什・吉日	俟子／有友右	之	止／有	止／流
節南山之什・雨無正	子使／友	之	止／有	止／流
節南山之什・小旻	止／否	之	止／有	止／流
谷風之什・蓼莪	恥恃／久	之	止／有	止／流
谷風之什・四月	紀／有	之	止／有	止／流
甫田之什・裳裳者華	似／有右	之	止／有	止／流
甫田之什・車舝	喜／友	之	止／有	止／流
生民之什・假樂	紀士子／友	之	止／有	止／流
生民之什・公劉	理／有	之	止／有	止／流
蕩之什・抑	子／友	之	止／有	止／流
有駜	始子／有	之	止／有	止／流
生民之什・生民	祀苢／負秠畝	之	止／有有厚	止／流
葛藟	涘／有母	之	止／有厚	止／流
閟宮	喜士／有母	之	止／有厚	止／流
將仲子	里杞／母	之	止／厚	止／流
陟岵	屺／母	之	止／厚	止／流
七月	耜趾子喜／畝	之	止／厚	止／流
鹿鳴之什・四牡	止杞／母	之	止／厚	止／流
鹿鳴之什・杕杜	杞／母	之	止／厚	止／流
南有嘉魚之什・南山有臺	已／母	之	止／厚	止／流
谷風之什・信南山	理／畝	之	止／厚	止／流
甫田之什・甫田	士止薿耔／畝	之	止／厚	止／流
甫田之什・大田	止子喜／畝	之	止／厚	止／流
臣工之什・雝	祉／母	之	止／厚	止／流
閔予小子之什・載芟	耜／畝	之	止／厚	止／流
閔予小子之什・良耜	耜／畝	之	止／厚	止／流
蕩之什・召旻	里／舊	之	止／宥	止／流
蕩之什・抑	子耳事／否	之	止止志／有	止／流
文王之什・綿	止理事／右畝厚	之	止止志／有厚	止／流
谷風之什・北山	杞子事／母	之	止止志／厚	止／流
生民之什・泂酌	饎／母	之	志／厚	止／流
文王之什・綿	龜時茲飴／謀	之	脂之之之／尤	止／流

	生民之什・生民	祀子止 / 敏	之	止 / 軫	止 / 臻
	甫田之什・甫田	喜子止 / 敏 / 有否 右畝畝	之	止 / 軫 / 有 有有厚厚	止 / 臻 / 流
	盧令	偲 / 鋂	之	之 / 灰	止 / 蟹
	鳲鳩	絲騏 / 梅	之	之 / 灰	止 / 蟹
	雄雉	思 / 來	之	之 / 咍	止 / 蟹
	君子于役	期塒思 / 來	之	之 / 咍	止 / 蟹
	園有桃	其之思 / 哉	之	之 / 咍	止 / 蟹
	甫田之什・頍弁	期時 / 來	之	之 / 咍	止 / 蟹
	閔予小子之什・敬之	之思 / 哉	之	之 / 咍	止 / 蟹
	終風	思 / 霾來	之	之 / 皆咍	止 / 蟹
	子衿	思 / 佩來	之	之 / 隊咍	止 / 蟹
	鴻雁之什・沔水	止 / 海	之	止 / 海	止 / 蟹
	節南山之什・節南山	已仕子 / 殆	之	止 / 海	止 / 蟹
	節南山之什・雨無正	仕 / 殆	之	止 / 海	止 / 蟹
	蕩之什・江漢	理 / 海	之	止 / 海	止 / 蟹
	玄鳥	里止 / 海	之	止 / 海	止 / 蟹
	風雨	已喜 / 晦	之	止 / 隊	止 / 蟹
	節南山之什・十月之交	里 / 痗	之	止 / 隊	止 / 蟹
	江有汜	汜以 / 悔	之	止 / 賄	止 / 蟹
	文王之什・皇矣	子祉 / 悔	之	止 / 賄	止 / 蟹
	生民之什・生民	祀 / 悔	之	止 / 賄	止 / 蟹
	蕩之什・抑	止子 / 悔	之	止 / 賄	止 / 蟹
	渭陽	思 / 佩	之	志 / 隊	止 / 蟹
	蕩之什・瞻卬	寺 / 誨	之	志 / 隊	止 / 蟹
	駉	駓伾騏期 / 才	之	脂脂之之 / 咍	止 / 蟹
	氓	蚩絲淇期 / 媒 / 謀 丘	之	之 / 灰 / 尤	止 / 蟹 / 流
	甫田之什・賓之初筵	時 / 能 / 又	之	之 / 咍 / 宥	止 / 蟹 / 流
	節南山之什・十月之交	時矣 / 萊 / 謀	之	之止 / 咍 / 尤	止 / 蟹 / 流
	蒹葭	已溰泣 / 采 / 右	之	止 / 海 / 有	止 / 蟹 / 流
	南有嘉魚之什・彤弓	喜 / 載 / 右	之	止 / 海 / 有	止 / 蟹 / 流
	節南山之什・小宛	似 / 采 / 負	之	止 / 海 / 有	止 / 蟹 / 流

	甫田之什・賓之初筵	史恥／怠／否	之	止／海／有	止／蟹／流
	蕩之什・雲漢	紀止里／宰／右	之	止／海／有	止／蟹／流
	玄鳥	子／殆／有	之	止／海／有	止／蟹／流
	節南山之什・小弁	梓止里／在／母	之	止／海／厚	止／蟹／流
	七月	貍求	之	之尤	止流
	甫田之什・大田	耜畝	之	止厚	止流
	清廟之什・我將	牛右	之	尤宥	流
	葛覃	否母	之	有厚	流
	竹竿	右母	之	有厚	流
	鴻雁之什・沔水	友母	之	有厚	流
	文王之什・思齊	婦母	之	有厚	流
	南山	畝母	之	厚	流
	南有嘉魚之什・南山有臺	臺萊	之	咍	蟹
	魚藻之什・綿蠻	誨載	之	隊代	蟹
	谷風之什・四月	梅／尤	之	灰／尤	蟹／流
	終南	梅哉／裘	之	灰咍／尤	蟹／流
	魚藻之什・黍苗	哉／牛	之	咍／尤	蟹／流
	鹿鳴之什・采薇	來／疚	之	咍／宥	蟹／流
	鹿鳴之什・杕杜	來／疚	之	咍／宥	蟹／流
	南有嘉魚之什・南有嘉魚	來／又	之	咍／宥	蟹／流
	谷風之什・大東	來／疚	之	咍／宥	蟹／流
	關雎	采／友	之	海／有	蟹／流
	芣苢	采／有	之	海／有	蟹／流

（2）楚辭屈宋　總：59

作　者	篇　名	韻　字	上古韻	中古韻	韻　攝
屈原	離騷	茲詞	之	之	止
屈原	離騷	疑之	之	之	止
屈原	少司命	辭旗	之	之	止
屈原	山鬼	貍旗	之	之	止
屈原	哀郢	持之	之	之	止

屈原	思美人	詒貽	之	之	止
屈原	思美人	之時期	之	之	止
屈原	昔往日	之疑辭之	之	之	止
屈原	抽思	期志	之	之志	止
屈原	天問	汜里	之	止	止
屈原	天問	止子	之	止	止
屈原	天問	市姒	之	止	止
屈原	悲回風	恃止	之	止	止
屈原	悲回風	紀止	之	止	止
	招魂	里止	之	止	止
屈原	橘頌	喜志	之	止志	止
宋玉	九辯	思事	之	志	止
屈原	天問	之 / 謀	之	之 / 尤	止 / 流
屈原	天問	期之 / 尤	之	之 / 尤	止 / 流
屈原	惜誦	之 / 月尤	之	之 / 尤	止 / 流
屈原	惜誦	之 / 尤	之	之 / 尤	止 / 流
屈原	哀郢	時之 / 丘	之	之 / 尤	止 / 流
屈原	昔往日	之 / 牛	之	之 / 尤	止 / 流
屈原	昔往日	詩疑娭治之欺思 / 尤否	之	之 / 尤有	止 / 流
屈原	悲回風	期 / 右	之	之 / 有	止 / 流
屈原	天問	子 / 婦	之	止 / 有	止 / 流
屈原	橘頌	理 / 友	之	止 / 有	止 / 流
	招魂	止里 / 久	之	止 / 有	止 / 流
屈原	離騷	芷 / 畝	之	止 / 厚	止 / 流
屈原	天問	喜 / 祐	之	止 / 宥	止 / 流
屈原	離騷	時 / 態	之	之 / 代	止 / 蟹
屈原	離騷	疑 / 媒	之	之 / 灰	止 / 蟹
屈原	抽思	思 / 媒	之	之 / 灰	止 / 蟹
屈原	湘君	思 / 來	之	之 / 咍	止 / 蟹
屈原	山鬼	思 / 來	之	之 / 咍	止 / 蟹
屈原	思美人	疑 / 能	之	之 / 咍	止 / 蟹
屈原	離騷	期 / 待	之	之 / 海	止 / 蟹
屈原	思美人	俟 / 態	之	止 / 代	止 / 蟹
屈原	離騷	茞 / 在	之	止 / 海	止 / 蟹
屈原	離騷	理 / 在	之	止 / 海	止 / 蟹
屈原	天問	子 / 在	之	止 / 海	止 / 蟹

作者	篇名	韻字	上古韻	中古韻	韻攝
屈原	天問	里 / 在	之	止 / 海	止 / 蟹
屈原	天問	趾止 / 在	之	止 / 海	止 / 蟹
屈原	天問	止 / 殆	之	止 / 海	止 / 蟹
屈原	惜誦	恃 / 殆	之	止 / 海	止 / 蟹
屈原	涉江	以 / 醢	之	止 / 海	止 / 蟹
	招魂	止祀里 / 醢	之	止 / 海	止 / 蟹
屈原	離騷	茝 / 悔	之	止 / 賄	止 / 蟹
屈原	懷沙	鄙 / 改	之	旨 / 海	止 / 蟹
屈原	惜誦	志 / 態	之	志 / 代	止 / 蟹
屈原	惜誦	志 / 咍	之	志 / 咍	止 / 蟹
屈原	思美人	志 / 詒	之	志 / 海	止 / 蟹
屈原	懷沙	怪態	之	怪代	蟹
屈原	遠遊	怪來	之	怪咍	蟹
屈原	離騷	佩能	之	隊代	蟹
屈原	離騷	佩詒	之	隊海	蟹
屈原	離騷	悔醢	之	賄海	蟹
屈原	天問	來 / 牛	之	咍 / 尤	蟹 / 流
屈原	懷沙	采 / 有	之	海 / 有	蟹 / 流

（3）先秦詩　總：36

作　者	篇　名	韻　字	上古韻	中古韻	韻　攝
	楚聘歌 p25	基時之	之	之	止
	成相雜辭 p52	基思之疑	之	之	止
	後漢書引逸詩 p72	絲之	之	之	止
	賡歌 p2	熙起喜	之	之止止	止
	蟪蛄歌 p8	里耳	之	止	止
	采芑歌	芑子	之	止	止
	周秦民歌 p13	巳子	之	止	止
	越人歌 p24	恥子	之	止	止
	朱儒誦 p41	子使	之	止	止
	右八 p60	止里	之	止	止
	右四 59	止事	之	止志	止
	南蒯歌 p9	鄙恥巳士杞子	之	旨止止止 止止	止
	成相雜辭 p52	祺基持 / 謀	之	之 / 尤	止 / 流
	列子引逸詩 p70	箕 / 裘	之	之 / 尤	止 / 流
	五子歌 p5	祀 / 有	之	止 / 有	止 / 流

	祠田辭 p47	耜 / 有畝	之	止 / 有厚	止 / 流
	南風歌 p2	時 / 財	之	之 / 咍	止 / 蟹
	宋城者謳 p10	思 / 來	之	之 / 咍	止 / 蟹
	采葛婦歌 p30	絲飴之 / 台	之	之 / 咍	止 / 蟹
	同前 p48	時 / 財能	之	之 / 咍	止 / 蟹
	士冠辭 p48	時之 / 來	之	之 / 咍	止 / 蟹
	成相雜辭 p52	基治 / 災	之	之 / 咍	止 / 蟹
	成相雜辭 p52	之治時 / 能	之	之 / 咍	止 / 蟹
	楚人為諸御己歌 p19	子 / 菜	之	止 / 代	止 / 蟹
	倡詩 p61	喜 / 媒	之	止 / 灰	止 / 蟹
	書後賦詩附 p62	喜 / 媒	之	止 / 灰	止 / 蟹
	攻狄謠 p40	箕頤 / 能 / 丘	之	之 / 咍 / 尤	止 / 蟹 / 流
	成相雜辭 p52	辭治時 / 災 / 謀	之	之 / 咍 / 尤	止 / 蟹 / 流
	被衣為齧缺歌 p22	持 / 骸灰哉 / 謀	之	之 / 皆灰咍 / 尤	止 / 蟹 / 流
	右六 p60	止始子 / 來 / 右友	之	止 / 咍 / 有	止 / 蟹 / 流
	孔子誦 p42	裘郵	之	尤	流
	成相雜辭 p52	災能來臺	之	咍	蟹
	成相雜辭 p52	悔態	之	隊代	蟹
	輿人誦 p41	莓 / 謀	之	灰 / 尤	蟹 / 流
	朱儒誦 p41	駘 / 裘	之	咍 / 尤	蟹 / 流
	萊人歌 p13	埋 / 謀	之	皆 / 尤	蟹 / 流

（4）西漢文人　總：31

作　者	篇　名	韻　字	上古韻	中古韻	韻　攝
韋孟	諷諫詩 p105	茲思	之	之	止
楊惲	歌詩 p112	治萁時	之	之	止
息夫躬	絕命辭 p116	期思	之	之	止
王褒	通路	辭思之	之	之	止
劉向	離世	辭時	之	之	止
劉向	怨思	疑治	之	之	止
劉向	遠逝	詞之	之	之	止
劉向	憂苦	時之	之	之	止
劉向	思古	疑詞	之	之	止
東方朔	謬諫	詞之	之	之	止

韋孟	諷諫詩 p105	祀士	之	止	止
韋孟	在鄒詩 p107	子齒	之	止	止
韋玄成	自劾詩 p113	理子	之	止	止
劉向	離世	止里	之	止	止
劉向	思古	已紀	之	止	止
劉向	離世	志事	之	志	止
韋玄成	自劾詩 p113	辭／尤	之	之／尤	止／流
莊忌	哀時命	時期詩茲之／謀	之	之／尤	止／流
劉向	愍命	之／尤	之	之／尤	止／流
劉徹	天馬歌 p95	里／友	之	止／有	止／流
東方朔	謬諫	似／友	之	止／有	止／流
韋玄成	戒子孫詩 p114	事／舊	之	志／宥	止／流
劉徹	瓠子歌 p93	菑／來	之	之／咍	止／蟹
賈誼	惜誓	之／裁哉	之	之／咍	止／蟹
劉邦	鴻鵠 p88	里／海	之	止／海	止／蟹
東方朔	初放	已理／待	之	止／海	止／蟹
東方朔	自悲	止／在	之	止／海	止／蟹
劉徹	柏梁詩 p97	時治之詩滋疑箕期持罳飴／梅災臺哉材來／尤	之	之／灰咍咍咍咍／尤	止／蟹／流
王褒	陶壅	娛疑嶷辭茲詩／麈怠／謀	之	之／灰海／尤	止／蟹／流
劉去	歌 p110	悔再	之	隊代	蟹
劉向	逢紛	來／尤	之	咍／尤	蟹／流

（5）東漢文人　總：9

作　者	篇　名	韻　字	上古韻	中古韻	韻　攝
梁鴻	思友詩 p167	期思茲	之	之	止
張衡	歌 p177	時期祺	之	之	止
蔡邕	飲馬長城窟行 p192	思之	之	之	止
蔡琰	悲憤詩 p199	期辭之時慈思癡疑	之	之	止
崔駰	歌 p171	祉巳	之	止	止
傅毅	迪志詩 p172	士紀	之	止	止
石勛	費鳳別碑詩 p175	巳里止	之	止	止
蔡琰	悲憤詩 p199	理起耳已喜里己子	之	止	止
王逸	逢尤	時／尤	之	之／尤	止／流

（6）兩漢民間　總：56

作者	篇名	韻字	上古韻	中古韻	韻攝
	惟泰元 p149	釐時	之	之	止
	天馬 p150	時期	之	之	止
	天門 p151	期時	之	之	止
	華爗爗 p153	時思	之	之	止
	魏郡輿人歌 p211	時茲	之	之	止
	時人為陳囂語 p253	詩期	之	之	止
	同前 p261	狸旗	之	之	止
	西門行 p269	期嗤	之	之	止
	婦病行 p270	笞之	之	之	止
	豔歌行 p273	嬉期	之	之	止
	滿歌行 p275	時怡頤	之	之	止
	離歌 287	絲期	之	之	止
	思歸引 p321	淇思蓄	之	之	止
	古詩十九首 p329	滋思之時	之	之	止
	古詩十九首 p329	時茲嗤期	之	之	止
	古詩 p334	思期	之	之	止
	古詩 p334	滋時期思癡	之	之	止
	李陵錄別詩 p336	之辭思時期	之	之	止
	李陵錄別詩 p336	疑時其辭期滋思	之	之	止
	滿歌行 p275	時期喜	之	之之止	止
	南陽為衛修陳茂語 p238	之事	之	之志	止
	司馬遷引諺 p131	子市	之	止	止
	惟泰元 p149	理始	之	止	止
	景星（寶鼎歌）p152	紀始	之	止	止
	興平中吳中童謠 p226	耳子	之	止	止
	時人為楊氏四子語 p239	止起	之	止	止
	時人為桓典語 p241	止史	之	止	止
	諸儒為楊震語 p252	子起	之	止	止
	京師為胡廣語 p252	理始	之	止	止
	淮南王 p276	里已	之	止	止
	俳歌辭 p279	起止	之	止	止
	俳歌辭 p279	耳齒	之	止	止
	梁甫吟 p281	里似子紀士	之	止	止

	古詩為焦仲卿妻作 p283	止里子使裏	之	止	止
	同上 p288	子止	之	止	止
	婦病行 p270	裏市起止巳餌	之	止止止止止志	止
	天地 p150	喜事	之	止志	止
	漢人引鄙語 p129	吏事	之	志	止
	西門行 p269	之時茲／牛	之	之／尤	止／流
	天馬 p150	里／友	之	止／有	止／流
	河內謠 p217	子喜／有	之	止／有	止／流
	隴西行 p267	持／杯	之	之／灰	止／蟹
	諸儒為匡衡語 p138	頤／來	之	之／咍	止／蟹
	青陽鄒子樂 p148	祺／胎	之	之／咍	止／蟹
	同前 p261	思／來	之	之／咍	止／蟹
	古咄唶歌 p290	時之／來	之	之／咍	止／蟹
	李翊夫人碑歎 p328	滋時熹期姬頤／災胎裁來殆	之	之／咍咍咍咍海	止／蟹
	滿歌行 p275	起／海	之	止／海	止／蟹
	郭輔碑歌 p328	祉姒止祀／在／敏	之	止／海／軫	止／蟹／臻
	古詩為焦仲卿妻作 p283	之時／來才	之	之／咍	止／蟹
	古詩為焦仲卿妻作 p283	婦友久母	之	有有有厚	流
	同前 p217	友母	之	有厚	流
	天馬 p150	媒臺	之	灰咍	蟹
	京師為光祿茂才謠 p227	能才	之	咍	蟹
	王子喬 p261	台臺	之	咍	蟹
	古八變歌 p288	臺來	之	咍	蟹

（7）三國詩歌 總：47

作 者	篇 名	韻 字	上古韻	中古韻	韻 攝
王粲	贈蔡子篤詩 p357	期時之詩沛思	之	之	止
王粲	贈士孫文始 p358	之思而期	之	之	止
徐幹	室思詩 p376	辭思期治時	之	之	止
繁欽	定情詩 p385	時期欺之絲	之	之	止
邯鄲淳	贈吳處玄詩 p409	蓄期時辭之	之	之	止
曹植	平陵東行 p437	期芝	之	之	止

曹植	朔風詩 p447	貽之	之	之	止
曹植	贈白馬王彪詩 p452	思疑欺持時期辭	之	之	止
曹植	離友詩 p460	滋辭基芝思期怡	之	之	止
應璩	百一詩 p469	期辭茲	之	之	止
毌丘儉	答杜摯詩 p474	思怡時基熙之期醫 嘻治詩辭	之	之	止
嵇康	六言詩 p489	滋基疑治思	之	之	止
阮籍	詠懷詩 p496	絲期之辭欺持	之	之	止
阮籍	詠懷詩 p496	思之期嬉時	之	之	止
阮籍	詠懷詩 p496	之期思持時	之	之	止
阮籍	詠懷詩 p496	時欺蚩期持	之	之	止
阮籍	詠懷詩 p496	基嬉之姬	之	之	止
王粲	贈士孫文始 p358	已止汜起	之	止	止
王粲	為潘文則作思親詩 p359	止姒子	之	止	止
曹丕	十五 p392	紀起齒	之	止	止
曹丕	令詩 p403	紀里恃理仕	之	止	止
曹植	大魏篇 p428	始使子喜	之	止	止
曹植	責躬 p446	恃齒	之	止	止
曹植	雜詩 p456	李沚齒恃	之	止	止
曹植	雜詩 p458	里止起	之	止	止
曹植	怨詩行（七哀詩） p459	耳止	之	止	止
應璩	百一詩 p469	士齒理里	之	止	止
嵇康	四言贈兄秀才入軍 詩 p482	沚杞恃起	之	止	止
嵇康	六言詩 p489	仕喜已子	之	止	止
阮籍	詠懷詩 p496	李始杞趾子已	之	止	止
阮籍	詠懷詩 p496	里汜俟杞己理止	之	止	止
	使者為妖祠詩 p540	士子始治	之	止止止志	止
陳琳	飲馬長城窟行 p367	鄙子	之	旨止	止
邯鄲淳	贈吳處玄詩 p409	鄙祀齒俟子止	之	旨止止止 止止	止
嵇康	幽憤詩 p480	否痏己	之	旨旨止	止
曹植	妬詩 p461	志忌	之	志	止
嵇康	六言詩 p489	治事志憙	之	志志志未	止
陳琳	飲馬長城窟行 p367	里／婦	之	止／有	止／流
曹丕	秋胡行 p396	期／杯來能	之	之／灰哈 哈	止／蟹 哈

韋昭	炎精缺 p543	基／來	之	之／咍	止／蟹
曹丕	煌煌京洛行 p391	士／海	之	止／海	止／蟹
阮籍	成公智瓊贈弦超 p511	滋期之／災	之	之／咍	止／蟹
阮瑀	七哀詩 p380	灰杯來臺能萊	之	灰灰咍咍咍咍	蟹
嵇康	思親詩 p490	來裁	之	咍	蟹
阮籍	詠懷詩 p496	萊能哉	之	咍	蟹
嵇康	思親詩 p490	在海	之	海	蟹
嵇康	四言贈兄秀才入軍詩 p482	悔在	之	賄海	蟹

2. 之／支

（1）先秦詩　總：2

作　者	篇　名	韻　字	上古韻	中古韻	韻　攝
	楊朱歌 p23	之／知	之／支	之／支	止
	右九 p61	始／是	之／支	止／紙	止

（2）三國詩歌　總：1

作　者	篇　名	韻　字	上古韻	中古韻	韻　攝
阮籍	詠懷詩 p496	茲期之時／知	之／支	之／支	止

3. 之／月

（1）楚辭屈宋　總：1

作　者	篇　名	韻　字	上古韻	中古韻	韻　攝
屈原	天問	佑／殺	之／月	宥／黠	流／山

4. 之／支／微

（1）三國詩歌　總：1

作　者	篇　名	韻　字	上古韻	中古韻	韻　攝
甄皇后	塘上行 p406	時／脾／悲	之／支／微	之／支／脂	止

5. 之／物

（1）楚辭屈宋　總：1

作　者	篇　名	韻　字	上古韻	中古韻	韻　攝
屈原	離騷	茲／沬	之／物	之／泰	止／蟹

6. 之／侯

（1）西漢文人　總：1

作　者	篇　　名	韻　字	上古韻	中古韻	韻　攝
劉向	怨思	醢／詬	之／侯	海／厚	蟹／流

（2）兩漢民間　總：1

作　者	篇　　名	韻　字	上古韻	中古韻	韻　攝
	羊元引諺 p240	母／乳	之／侯	厚／麌	流／遇

7. 之／侯／魚

（1）東漢文人　總：1

作　者	篇　　名	韻　字	上古韻	中古韻	韻　攝
唐菆	遠夷慕德歌 p164	里有部母／主厚／雨	之／侯／魚	止有厚厚／麌厚／麌	止流流流／遇流／遇

（2）兩漢民間　總：3

作　者	篇　　名	韻　字	上古韻	中古韻	韻　攝
	隴西行 p267	不／隅俱榆雛殊愉龥／居疏扶趺御〔註4〕	之／侯／魚	尤／虞虞虞虞虞虞模／魚魚虞虞御	流／遇／遇
	古詩為焦仲卿妻作 p283	母／取府語許怒戶	之／侯／魚	厚／麌／語語姥姥	流／遇／遇
	陌上桑 p259	不／隅珠襦鬟躕姝愚駒趨殊樓鉤頭／鋤餘居敷夫	之／侯／魚	尤／虞虞虞虞虞虞虞虞虞虞侯侯侯／魚魚魚麌麌	流／遇遇遇遇遇遇遇遇遇遇流流流／遇

8. 之／侯／微

（1）三國詩歌　總：1

作　者	篇　　名	韻　字	上古韻	中古韻	韻　攝
徐幹	室思詩 p376	之期思／臾／譏	之／侯／微	之／虞／微	止／遇／止

〔註4〕「御」字，郭錫良《漢字古音手冊》入上古魚部；陳新雄《古音研究》入第十四鐸部。考《詩經》、《楚辭》所見「御」字多與魚部字相押，如〈大雅・生民之什・行葦〉：「肆筵設席，授几有緝（御）。或獻或酢，洗爵奠（斝）。」；〈小雅・魚藻之什・黍苗〉：「我徒我（御），我師我（旅）。我行既集，蓋云歸（處）！」；宋玉〈九辯〉：「當世豈無騏驥兮，誠莫之能善（御）。見執轡者非其人兮，故駶跳而遠（去）。鳧鴈皆唼夫梁藻兮，鳳愈飄翔而高（舉）。」故將「御」字歸入魚部。

9. 之／屋

(1) 西漢文人　總：1

作　者	篇　名	韻　字	上古韻	中古韻	韻　攝
劉向	愍命	囿／簏	之／屋	屋	通

10. 之／幽

(1) 詩經　總：5

作　者	篇　名	韻　字	上古韻	中古韻	韻　攝
	蕩之什・召旻	止／茂	之／幽	止／侯	止／流
	文王之什・思齊	士／造	之／幽	止／皓	止／效
	閔予小子之什・絲衣	基鼒牛紑／俅柔休觩	之／幽	之之尤尤／尤尤尤幽	止止流流／流
	甫田之什・賓之初筵	僛郵／呶	之／幽	之尤／肴	止流／效
	蕩之什・瞻卬	有／收	之／幽	有／尤	流

(2) 楚辭屈宋　總：3

作　者	篇　名	韻　字	上古韻	中古韻	韻　攝
屈原	遠遊	疑／浮	之／幽	之／尤	止／流
屈原	天問	在／首守	之／幽	海／有	蟹／流
屈原	昔往日	佩／好	之／幽	隊／号	蟹／效

(3) 西漢文人　總：5

作　者	篇　名	韻　字	上古韻	中古韻	韻　攝
劉友	歌 p92	之／仇	之／幽	之／尤	止／流
東方朔	哀命	尤／憂	之／幽	尤	流
劉向	遠逝	久／首	之／幽	有	流
王褒	危俊	牛／蜩州脩遊流休悠浮求幬儔怞	之／幽	尤／蕭尤尤尤尤尤尤尤尤尤尤尤尤	流／效流流流流流流流流流流流流
王褒	蓄英	丘／蕭條蜩嘷留	之／幽	尤／蕭蕭蕭豪尤	流／效效效效流

(4) 東漢文人　總：2

作　者	篇　名	韻　字	上古韻	中古韻	韻　攝
石勛	費鳳別碑詩 p175	紀／道	之／幽	止／皓	止／效
王逸	傷時	娭能萊臺／浮	之／幽	之咍咍咍／尤	止蟹蟹蟹／流

（5）兩漢民間　總：3

作　者	篇　名	韻　字	上古韻	中古韻	韻　攝
	聖人出 p160	子始海 / 道	之 / 幽	止止海 / 皓	止止蟹 / 效
	古董逃行 p297	丘 / 遒	之 / 幽	尤	流
	古詩十九首 p329	婦 / 草柳牖手守	之 / 幽	有 / 皓有有有有	流 / 效流流流流

（6）三國詩歌　總：17

作　者	篇　名	韻　字	上古韻	中古韻	韻　攝
嵇康	酒會詩 p486	鮪已跱鯉齒起子始己 / 軌	之 / 幽	旨止止止止止止止止 / 旨	止
應璩	詩 p473	子 / 老酒	之 / 幽	止 / 皓有	止 / 效流
王粲	從軍詩 p361	丘 / 愁由流舟游收憂疇逌休留	之 / 幽	尤	流
曹丕	善哉行 p390	裘 / 流舟遊憂	之 / 幽	尤	流
曹植	鰕䱇篇 p422	丘謀 / 流遊儔州浮憂	之 / 幽	尤	流
曹植	浮萍篇 p424	尤 / 流仇	之 / 幽	尤	流
曹植	遊仙詩 p456	邱 / 遊流	之 / 幽	尤	流
嵇康	四言贈兄秀才入軍詩 p482	丘 / 游州憂	之 / 幽	尤	流
	王昶引諺 p519	裘 / 脩	之 / 幽	尤	流
阮籍	詠懷詩 p493	尤 / 猷留游舟流周秋浮幽	之 / 幽	尤 / 尤尤尤尤尤尤尤尤幽	流
曹丕	煌煌京洛行 p391	謀 / 救	之 / 幽	尤 / 宥	流
應璩	百一詩 p469	友誘	之 / 幽	有	流
嵇康	四言贈兄秀才入軍詩 p482	久友 / 壽朽	之 / 幽	有	流
嵇康	六言詩 p489	友 / 咎守醜朽	之 / 幽	有	流
應璩	百一詩 p469	久 / 莠壽醜首叟	之 / 幽	有 / 有有有有厚	流
曹丕	十五 p392	有 / 茂	之 / 幽	有 / 候	流
嵇康	幽憤詩 p480	疚 / 秀就臭岫壽	之 / 幽	宥	流

11. 之 / 幽 / 侯

（1）三國詩歌　總：3

作　者	篇　名	韻　字	上古韻	中古韻	韻　攝
曹植	野田黃雀行 p424	牛尤丘 / 遊柔羞酬求流逌憂 / 謳	之 / 幽 / 侯	尤 / 尤 / 侯	流

| 曹植 | 野田黃雀行 p424 | 牛尤丘／遊柔羞酬求流遒憂／謳 | 之／幽／侯 | 尤／尤／侯 | 流 |
| 阮籍 | 詠懷詩 p496 | 丘／浮羞流遊／侯 | 之／幽／侯 | 尤／尤／侯 | 流 |

12. 之／幽／宵

（1）兩漢民間　總：1

作　者	篇　名	韻　字	上古韻	中古韻	韻　攝
	折楊柳行 p268	來／條／旄	之／幽／宵	咍／蕭／豪	蟹／效／效

13. 之／宵

（1）西漢文人　總：1

作　者	篇　名	韻　字	上古韻	中古韻	韻　攝
韋孟	在鄒詩 p107	舊／朝	之／宵	宥／宵	流／效

14. 之／耕

（1）西漢文人　總：1

作　者	篇　名	韻　字	上古韻	中古韻	韻　攝
東方朔	謬諫	剖／聽	之／耕	厚／青	流／梗

15 之／脂

（1）兩漢民間　總：2

作　者	篇　名	韻　字	上古韻	中古韻	韻　攝
	又 p210	嗣／死	之／脂	志／旨	止
	艷歌何嘗行 p272	來／齊	之／脂	咍／齊	蟹

（2）三國詩歌　總：3

作　者	篇　名	韻　字	上古韻	中古韻	韻　攝
王粲	七哀詩 p365	之期旗辭時茲／遲諮	之／脂	之／脂	止
曹植	聖皇篇 p427	慈之／私	之／脂	之／脂	止
周昭	與孫奇詩 p537	紀子／比	之／脂	止／旨	止

16. 之／脂／微

（1）三國詩歌　總：2

作　者	篇　名	韻　字	上古韻	中古韻	韻　攝
嵇康	述志詩 p488	思／夷師／追綏飛歸希輝微饑	之／脂／微	之／脂脂微微微微微	止

阮籍	詠懷詩 p496	思／姿／遺幾晞	之／脂／微	之／脂／脂微微	止

17. 之／魚

（1）詩經　總：2

作　者	篇　名	韻　字	上古韻	中古韻	韻　攝
	節南山之什‧巷伯	謀／虎	之／魚	尤／姥	流／遇
	蜉蝓	母／雨	之／魚	厚／麌	流／遇

（2）楚辭屈宋　總：1

作　者	篇　名	韻　字	上古韻	中古韻	韻　攝
	招魂	駓騃災牛／都	之／魚	脂之哈尤／模	止止蟹流／遇

（3）東漢文人　總：2

作　者	篇　名	韻　字	上古韻	中古韻	韻　攝
班固	論功歌詩 p169	芝／圖都	之／魚	之／模	止／遇
王逸	逢尤	埃／如	之／魚	哈／魚	蟹／遇

（4）兩漢民間　總：2

作　者	篇　名	韻　字	上古韻	中古韻	韻　攝
	古詩為焦仲卿妻作 p283	婦／女許	之／魚	有／語	流／遇
	時人為揚雄桓譚語 p141	財／書	之／魚	哈／魚	蟹／遇

（5）三國詩歌　總：3

作　者	篇　名	韻　字	上古韻	中古韻	韻　攝
阮籍	詠懷詩 p496	期思畤之嘻／書	之／魚	之／魚	止／遇
應璩	詩 p473	起仕／舉	之／魚	止／語	止／遇
王粲	太廟頌歌 p524	祐／序舉宇羽祖	之／魚	宥／語語麌麌姥	流／遇

18. 之／微

（1）先秦詩　總：1

作　者	篇　名	韻　字	上古韻	中古韻	韻　攝
	河激歌 p17	疑／維歸	之／微	之／脂微	止

（2）東漢文人　總：1

作　者	篇　名	韻　字	上古韻	中古韻	韻　攝
孔融	六言詩 p197	來／非哀歸	之／微	哈／脂脂微	蟹／止

（3）兩漢民間　總：3

作　者	篇　名	韻　字	上古韻	中古韻	韻　攝
	應劭引俚語論惄禮 p236	之／悲	之／微	之／脂	止
	古詩為焦仲卿妻作 p283	來／懷	之／微	咍／皆	蟹
	琴引 p321	來／挨	之／微	咍／皆	蟹

（4）三國詩歌　總：2

作　者	篇　名	韻　字	上古韻	中古韻	韻　攝
	行者歌 p515	埃來臺／寬	之／微	咍／灰	蟹
阮籍	詠懷詩 p496	埃來哉／排	之／微	咍／皆	蟹

19. 之／蒸

（1）詩經　總：1

作　者	篇　名	韻　字	上古韻	中古韻	韻　攝
	遵大路	來／贈	之／蒸	咍／嶝	蟹／曾

20. 之／歌

（1）兩漢民間　總：2

作　者	篇　名	韻　字	上古韻	中古韻	韻　攝
	艷歌何嘗行 p272	期／離垂	之／歌	之／支	止
	刺巴郡郡守詩 p326	期尤／為	之／歌	之尤／支	止流／止

21. 之／質

（1）詩經　總：2

作　者	篇　名	韻　字	上古韻	中古韻	韻　攝
	鴟鴞	子／室	之／質	止／質	止／臻
	文王之什‧皇矣	友／季	之／質	有／至	流／止

（2）三國詩歌　總：1

作　者	篇　名	韻　字	上古韻	中古韻	韻　攝
阮籍	詠懷詩 p496	灰哉萊來埃／壹	之／質	灰咍咍咍咍／質	蟹／臻

22. 之／錫

（2）先秦詩　總：1

作　者	篇　名	韻　字	上古韻	中古韻	韻　攝
	楚狂接輿歌 p21	載／避	之／錫	代／寘	蟹／止

23. 之 / 職

（1）詩經　總：20

作者	篇名	韻字	上古韻	中古韻	韻攝
	靜女	貽/異	之/職	之/志	止
	南有嘉魚之什·采芑	止/試	之/職	止/志	止
	蕩之什·瞻卬	忌/富	之/職	志/宥	止/流
	臣工之什·潛	鮪鯉祀/福	之/職	旨止止/屋	止/通
	生民之什·假樂	子/德	之/職	止/德	止/曾
	蕩之什·崧高	事/式	之/職	志/職	止/曾
	甫田之什·大田	事/戒	之/職	志/怪	止/蟹
	谷風之什·楚茨	祀敕/福食式稷極億	之/職	止代/屋職職職職職	止蟹/通曾曾曾曾
	谷風之什·楚茨	祀侑/福棘稷翼億食	之/職	止賄/屋職職職職職	止蟹/通曾曾曾曾曾
	蕩之什·蕩	止晦/式	之/職	止隊/職	止蟹/曾
	南有嘉魚之什·采芑	畝/試	之/職	厚/志	流/止
	甫田之什·賓之初筵	又/識	之/職	宥/志	流/止
	節南山之什·小宛	又/克富	之/職	宥/德宥	流/曾流
	文王之什·靈臺	囿來/伏亟	之/職	屋咍/屋職	通蟹/通曾
	伯兮	痗/背	之/職	隊	蟹
	節南山之什·正月	載/輻意	之/職	海/屋志	蟹/通止
	鹿鳴之什·出車	來載/牧棘	之/職	咍海/屋職	蟹/通曾
	蕩之什·常武	來/塞	之/職	咍/德	蟹/曾
	谷風之什·大東	載/息	之/職	海/職	蟹/曾
	谷風之什·大東	來裘/服試	之/職	咍尤/屋志	蟹流/通止

（2）楚辭屈宋　總：6

作者	篇名	韻字	上古韻	中古韻	韻攝
屈原	天問	喜/識	之/職	止/志	止
屈原	橘頌	喜/異	之/職	止/志	止

屈原	離騷	佩 / 異	之 / 職	隊 / 志	蟹 / 止
屈原	思美人	佩 / 異	之 / 職	隊 / 志	蟹 / 止
屈原	昔往日	載再 / 備異識置意代	之 / 職	代 / 至志志志志代	蟹 / 止止止止蟹
	招魂	怪 / 備代	之 / 職	怪 / 至代	蟹 / 止蟹

（3）先秦詩　總：7

作　者	篇　名	韻　字	上古韻	中古韻	韻　攝
	成相雜辭 p52	事 / 意識戒	之 / 職	志 / 志志怪	止 / 止止蟹
	成相雜辭 p52	辭事 / 備德	之 / 職	之志 / 至德	止 / 止曾德
	成相雜辭 p52	思志待 / 富	之 / 職	志志海 / 宥	止止蟹 / 流
	成相雜辭 p52	忌態 / 備匿	之 / 職	志代 / 至職	止蟹 / 止曾
	子產誦 p41	嗣誨 / 殖	之 / 職	志隊 / 職	止蟹 / 曾
	佹詩 p61	佩 / 異	之 / 職	隊 / 志	蟹 / 止
	書後賦詩附 p62	佩 / 異	之 / 職	隊 / 志	蟹 / 止

（4）西漢文人　總：5

作　者	篇　名	韻　字	上古韻	中古韻	韻　攝
劉向	遠逝	思 / 識	之 / 職	志	止
劉胥	歌 p111	喜 / 亟	之 / 職	止 / 職	止 / 曾
東方朔	怨世	侍志思事菜 / 識置代	之 / 職	志志志志代 / 志志代	止止止止蟹 / 止止蟹
東方朔	怨世	久 / 色	之 / 職	有 / 職	流 / 曾
劉向	惜賢	態 / 置	之 / 職	代 / 志	蟹 / 止

（5）兩漢民間　總：4

作　者	篇　名	韻　字	上古韻	中古韻	韻　攝
	益都鄉里為柳宗語 p242	笥 / 識	之 / 職	志	止
	涼州民為樊曄歌 p208	寺 / 置值富	之 / 職	志 / 志志宥	止 / 止止流
	天門 p151	海 / 閡	之 / 職	海 / 代	蟹
	六縣吏人為爰珍歌 p216	誨 / 置	之 / 職	隊 / 志	蟹 / 止

（6）東漢文人　總：1

作　者	篇　名	韻　字	上古韻	中古韻	韻　攝
唐菆	遠夷樂德歌 p164	嗣來 / 備意異熾	之 / 職	志咍 / 至志志志	止蟹 / 止

（二）幽部韻譜

1. 幽部獨韻

（1）詩經　總：110

作　者	篇　名	韻　字	上古韻	中古韻	韻　攝
	匏有苦葉	軓 / 牡	幽	旨 / 厚	止 / 流
	兔罝	逵 / 仇	幽	脂 / 尤	止 / 流
	鹿鳴之什・伐木	簋 / 掃 / 咎舅牡	幽	旨 / 晧 / 有有厚	止 / 效 / 流
	關雎	鳩洲逑	幽	尤	流
	關雎	流求	幽	尤	流
	漢廣	休求	幽	尤	流
	柏舟	舟流憂游	幽	尤	流
	谷風	舟游	幽	尤	流
	竹竿	滺舟游憂	幽	尤	流
	黍離	憂求	幽	尤	流
	有杕之杜	周游	幽	尤	流
	小戎	收輈	幽	尤	流
	破斧	錄遒休	幽	尤	流
	鹿鳴之什・采薇	柔憂	幽	尤	流
	南有嘉魚之什・菁菁者莪	舟浮休	幽	尤	流
	節南山之什・節南山	矛酬	幽	尤	流
	節南山之什・十月之交	憂休	幽	尤	流
	節南山之什・雨無正	流休	幽	尤	流
	魚藻之什・角弓	浮流憂	幽	尤	流
	生民之什・生民	蹂浮	幽	尤	流
	生民之什・卷阿	游休酋	幽	尤	流
	蕩之什・瞻卬	收瘳	幽	尤	流
	蕩之什・瞻卬	優憂	幽	尤	流

	長發	球旒休絿柔優遒	幽	尤	流
	甫田之什・桑扈	求柔觓	幽	尤尤幽	流
	鹿鳴之什・常棣	求裒	幽	尤侯	流
	谷風	求救〔註5〕	幽	尤宥	流
	谷風	讎售	幽	尤宥	流
	節南山之什・小弁	酬究	幽	尤宥	流
	沔水	搜觓	幽	尤幽	流
	小戎	阜手	幽	有	流
	鹿鳴之什・魚麗	罶酒	幽	有	流
	谷風之什・北山	酒咎	幽	有	流
	甫田之什・頍弁	首阜舅	幽	有	流
	魚藻之什・魚藻	首酒	幽	有	流
	有駜	酒牡	幽	有厚	流
	駉駠	手狩	幽	有宥	流
	南有嘉魚之什・南山有臺	壽茂	幽	宥侯	流
	節南山之什・巷伯	受／昊〔註6〕	幽	有／皓	流／效
	日月	冒好報	幽	号	效
	木瓜	報好	幽	号	效
	遵大路	好報	幽	号	效
	七月	茅綯	幽	肴豪	效
	生民之什・公劉	匏牢曹	幽	肴豪豪	效
	東門之枌	荍椒	幽	宵	效
	閔予小子之什・閔予小子	孝考造	幽	效皓号	效
	緇衣	好造	幽	皓	效
	南有嘉魚之什・湛露	草考	幽	皓	效
	節南山之什・巷伯	好草	幽	皓	效
	魚藻之什・何草不黃	草道	幽	皓	效
	蕩之什・桑柔	寶好	幽	皓	效
	蕩之什・烝民	考保	幽	皓	效
	椒聊	聊條	幽	蕭	效

〔註5〕《詩經》「求」字俱與平聲字相押，獨此例與「救」字合韻，疑「救」讀同平聲。

〔註6〕「昊」字，郭錫良《漢字古音手冊》入上古宵部；陳新雄《古音研究》入二十一幽部。上古「昊」字僅見於本韻段同「受」字相押，故依陳新雄入幽部。

	閔予小子之什・小毖	鳥蓼〔註7〕	幽	篠	效
	權輿	飽 / 簋	幽	巧 / 旨	效 / 止
	蕩之什・抑	報 / 讎	幽	号 / 尤	效 / 流
	羔裘	好 / 究褒	幽	号 / 宥	效 / 流
	鴻雁之什・斯干	好 / 猶茂	幽	号 / 宥候	效 / 流
	小星	昴 / 裯猶	幽	巧 / 尤	效 / 流
	節南山之什・十月之交	卯 / 醜	幽	巧 / 有	效 / 流
	魚藻之什・苕之華	飽 / 罶	幽	巧 / 有	效 / 流
	谷風之什・楚茨	飽考 / 首	幽	巧皓 / 有	效 / 流
	泮水	茆老道 / 酒醜	幽	巧皓皓 / 有	效 / 流
	魚藻之什・白華	茅 / 猶	幽	肴 / 尤	效 / 流
	魚藻之什・瓠葉	炮 / 酬	幽	肴 / 尤	效 / 流
	生民之什・民勞	恌 / 休逑憂	幽	肴 / 尤	效 / 流
	蕩之什・常武	苞 / 流	幽	肴 / 尤	效 / 流
	野有死麕	包 / 誘	幽	肴 / 有	效 / 流
	魚藻之什・隰桑	膠 / 幽	幽	肴 / 幽	效 / 流
	生民之什・生民	苞草道好 / 秀褒茂	幽	肴皓皓号 / 宥宥候	效 / 流
	閔予小子之什・訪落	考 / 悠	幽	皓 / 尤	效 / 流
	蕩之什・江漢	考 / 休首壽	幽	皓 / 尤有有	效 / 流
	擊鼓	老 / 手	幽	皓 / 有	效 / 流
	大叔于田	鴇 / 首手阜	幽	皓 / 有	效 / 流
	遵大路	好 / 手醜	幽	皓 / 有	效 / 流
	遵大路	老好 / 酒	幽	皓 / 有	效 / 流
	山有樞	栲掃考保 / 杻	幽	皓 / 有	效 / 流
	月出	慅皓 / 懰受	幽	皓 / 有	效 / 流
	七月	棗稻 / 酒壽	幽	皓 / 有	效 / 流
	七月	蚤 / 韭	幽	皓 / 有	效 / 流
	南有嘉魚之什・南山有臺	栲 / 杻	幽	皓 / 有	效 / 流

〔註7〕「蓼」字，郭錫良《漢字古音手冊》入上古覺部；陳新雄《古音研究》入二十一幽部。考《詩經》、《楚辭》所見「蓼」字俱與幽部字相押，故依陳新雄入幽部。

	篇名	韻字	上古韻	中古韻	韻攝
	南有嘉魚之什・采芑	老／醜	幽	皓／有	效／流
	節南山之什・小弁	道草擣老／首	幽	皓／有	效／流
	甫田之什・大田	皁好／莠	幽	皓／有	效／流
	蕩之什・崧高	寶保／舅	幽	皓／有	效／流
	臣工之什・雝	考／壽	幽	皓／有	效／流
	臣工之什・載見	考／壽	幽	皓／有	效／流
	南有嘉魚之什・吉日	禱好／皁醜戊	幽	皓／有有侯	效／流
	南有嘉魚之什・車攻	草／好皁狩	幽	皓／有有宥	效／流
	谷風之什・信南山	考／酒牡	幽	皓／有厚	效／流
	叔于田	好／酒狩	幽	皓／有宥	效／流
	還	道好／茂牡	幽	皓／侯厚	效／流
	臣工之什・雝	考／牡	幽	皓／厚	效／流
	墻有茨	道掃／醜	幽	皓号／有	效／流
	宛丘	道翿／缶	幽	皓号／有	效／流
	泉水	漕／悠游憂	幽	豪／尤	效／流
	載馳	漕／悠憂	幽	豪／尤	效／流
	蟋蟀	慆／休憂	幽	豪／尤	效／流
	無衣	袍／矛仇	幽	豪／尤	效／流
	谷風之什・鼓鐘	鼛／洲妯猶	幽	豪／尤	效／流
	蕩之什・江漢	滔／浮游求	幽	豪／尤	效／流
	蕩之什・常武	騷／游	幽	豪／尤	效／流
	泮水	陶／囚	幽	豪／尤	效／流
	南有嘉魚之什・彤弓	囊好／酬	幽	豪皓／尤	效／流
	采葛	蕭／秋	幽	蕭／尤	效／流
	下泉	蕭／周	幽	蕭／尤	效／流
	風雨	瀟膠／瘳	幽	蕭肴／尤	效／流
	閔予小子之什・良耜	蓼／朽茂糾	幽	篠／有侯黝	效／流
	文王之什・下武	孚／求	幽	虞／尤	遇／流
	文王之什・文王	孚／臭	幽	虞／宥	遇／流

（２）楚辭屈宋　總：23

作者	篇名	韻字	上古韻	中古韻	韻攝
屈原	離騷	遊求	幽	尤	流

屈原	離騷	流啾	幽	尤	流
屈原	湘君	猶洲修舟流	幽	尤	流
屈原	天問	流求	幽	尤	流
屈原	天問	憂求	幽	尤	流
屈原	惜誦	仇讎	幽	尤	流
屈原	思美人	悠憂	幽	尤	流
屈原	昔往日	憂求游	幽	尤	流
屈原	橘頌	流求	幽	尤	流
屈原	遠遊	遊浮	幽	尤	流
屈原	遠遊	由留	幽	尤	流
宋玉	九辯	秋楸悠愁	幽	尤	流
屈原	抽思	浮懮	幽	尤有	流
屈原	天問	遊虯	幽	尤幽	流
屈原	離騷	巧好	幽	巧皓	效
屈原	天問	道考	幽	皓	效
屈原	惜誦	保道	幽	皓	效
屈原	離騷	茅／留	幽	肴／尤	效／流
屈原	天問	嫂／首	幽	皓／有	效／流
屈原	橘頌	道／醜	幽	皓／有	效／流
屈原	山鬼	蕭／憂	幽	蕭／尤	效／流
屈原	悲回風	聊／愁	幽	蕭／尤	效／流
屈原	惜誦	好／就	幽	號／宥	效／流

（3）先秦詩　總：12

作　者	篇　名	韻　字	上古韻	中古韻	韻　攝
	越人歌 p24	流舟	幽	尤	流
	獲麟歌 p26	遊求憂	幽	尤	流
	河上歌 p28	捄流	幽	尤	流
	石鼓詩 p57	遊求	幽	尤	流
	右九 p61	蒐求	幽	尤	流
	輿人誦 p40	狃咎	幽	有	流
	成相雜辭 p52	道老好考	幽	皓	效
	麥秀歌 p6	好／油	幽	號／宥	效／流
	恭世子誦 p41	報／臭	幽	號／宥	效／流
	石鼓詩 p57	好／駵	幽	皓／有	效／流
	齊人歌 p13	皋蹈／憂	幽	豪號／尤	效／流
	荀子引逸詩 p69	簫／秋	幽	蕭／尤	效／流

（4）西漢文人　總：18

作　者	篇　名	韻　字	上古韻	中古韻	韻　攝
劉徹	瓠子歌 p93	流遊	幽	尤	流
劉向	離世	遊流	幽	尤	流
劉向	遠逝	流洲	幽	尤	流
劉向	惜賢	憂洲	幽	尤	流
劉向	憂苦	流求	幽	尤	流
東方朔	自悲	遊憂	幽	尤	流
劉向	憂苦	廇受	幽	尤有	流
劉向	遠逝	救究	幽	宥	流
東方朔	自悲	好報	幽	号	效
莊忌	哀時命	巧道	幽	巧皓	效
劉安	八公操 p98	草保	幽	皓	效
韋孟	諷諫詩 p105	保考	幽	皓	效
淮南小山	招隱士	咆曹／留	幽	肴豪／尤	效／流
淮南小山	招隱士	嗥／留	幽	豪／尤	效／流
劉去	歌 p110	聊／愁	幽	蕭／尤	效／流
淮南小山	招隱士	聊／啾	幽	蕭／尤	效／流
劉向	逢紛	蕭／愁	幽	蕭／尤	效／流
王褒	蓄英	聊皋／愁悠	幽	蕭豪／尤	效／流

（5）東漢文人　總：8

作　者	篇　名	韻　字	上古韻	中古韻	韻　攝
王逸	遭厄	軌／造道	幽	旨／皓	止／效
秦嘉	述婚詩 p185	由周仇攸休	幽	尤	流
王逸	逢尤	愁憂	幽	尤	流
梁鴻	適吳詩 p166	秀臭究留	幽	宥	流
傅毅	迪志詩 p172	考道	幽	皓	效
蔡邕	飲馬長城窟行 p192	草道	幽	皓	效
石勛	費鳳別碑詩 p175	好／舅	幽	皓／有	效／流
王逸	逢尤	聊／遊州	幽	蕭／尤	效／流

（6）兩漢民間　總：22

作　者	篇　名	韻　字	上古韻	中古韻	韻　攝
	練時日 p147	斿休	幽	尤	流
	天門 p151	斿求	幽	尤	流

	會稽童謠 p216	矛休	幽	尤	流
	恒農童謠 p218	憂休	幽	尤	流
	同前 p261	搜憂	幽	尤	流
	西門行 p269	愁憂遊	幽	尤	流
	滿歌行 p275	愁憂周遊秋	幽	尤	流
	古詩為焦仲卿妻作 p283	由求留	幽	尤	流
	古歌 p289	愁憂修	幽	尤	流
	獲麟歌 p316	遊求憂	幽	尤	流
	思治詩 p326	流修	幽	尤	流
	古詩十九首 p329	憂遊	幽	尤	流
	董逃行 p264	壽首守	幽	有	流
	長安中謠 p323	酒咎	幽	有	流
	時人為應曜語 p135	皓老	幽	皓	效
	天馬 p150	草道	幽	皓	效
	婦病行 p270	抱道	幽	皓	效
	古詩十九首 p329	草道浩老	幽	皓	效
	古詩十九首 p329	道草老早考寶	幽	皓	效
	古五雜組詩 p343	草道老	幽	皓	效
	二郡謠 p221	嘯孝	幽	嘯效	效
	安世房中歌 p145	保／壽	幽	皓／有	效／流

（7）三國詩歌　總：36

作　者	篇　名	韻　字	上古韻	中古韻	韻　攝
王粲	贈文叔良 p358	流休由留仇憂	幽	尤	流
應瑒	別詩 p383	流抽由憂	幽	尤	流
曹丕	善哉行 p390	洲求愁憂	幽	尤	流
左延年	秦女休行 p410	休矛	幽	尤	流
曹植	歌 p443	仇由修愁	幽	尤	流
曹植	應詔 p447	游由	幽	尤	流
曹植	朔風詩 p447	周秋	幽	尤	流
曹植	朔風詩 p447	憂舟	幽	尤	流
曹植	贈王粲詩 p451	游流儔舟愁留周憂	幽	尤	流
曹植	雜詩 p456	遊仇由流舟憂	幽	尤	流
曹植	芙蓉池詩 p462	舟鳩	幽	尤	流
郭遐叔	贈嵇康詩 p476	憂求留愁	幽	尤	流
嵇康	幽憤詩 p480	遊憂儔留求	幽	尤	流

嵇康	四言贈兄秀才入軍詩 p482	儔洲流游	幽	尤	流
嵇康	四言詩 p484	遊流洲浮	幽	尤	流
嵇康	琴歌 p491	洲仇遊留	幽	尤	流
阮籍	詠懷詩 p496	洲求遊浮流輈憂	幽	尤	流
阮籍	詠懷詩 p496	憂舟遊	幽	尤	流
阮籍	詠懷詩 p496	憂舟遊	幽	尤	流
阮籍	詠懷詩 p496	舟由憂遊	幽	尤	流
阮籍	詠懷詩 p496	憂流羞逎遊	幽	尤	流
王粲	矛俞新福歌 p525	州休脩憂遊柔	幽	尤	流
阮籍	詠懷詩 p496	秋悠流浮留遊舟幽	幽	尤尤尤尤尤尤尤幽	流
曹植	聖皇篇 p427	休留由幽	幽	尤尤尤幽	流
曹丕	見挽船士兄弟辭別詩 p404	飽草道抱嫂早	幽	巧皓皓皓皓皓	效
曹丕	短歌行 p389	老早考保	幽	皓	效
曹植	靈芝篇 p428	考早老抱	幽	皓	效
曹植	矯志詩 p448	寶道	幽	皓	效
曹植	雜詩 p456	道老	幽	皓	效
嵇康	幽憤詩 p480	造緤	幽	皓	效
阮籍	詠懷詩 p496	道保草老好	幽	皓	效
王粲	太廟頌歌 p524	道考	幽	皓	效
繆襲	邕熙 p529	道寶浩	幽	皓	效
甄皇后	塘上行 p406	翛 / 愁秋	幽	蕭 / 尤	效 / 流
甄皇后	塘上行 p406	蕭 / 愁秋	幽	蕭 / 尤	效 / 流
嵇康	思親詩 p490	聊 / 抽	幽	蕭 / 尤	效 / 流

2. 幽 / 支

（1）詩經　總：1

作　者	篇　名	韻　字	上古韻	中古韻	韻　攝
	南有嘉魚之什・車攻	調 / 柴	幽 / 支	蕭 / 佳	效 / 蟹

3. 幽 / 冬 / 宵

（1）東漢文人　總：1

作　者	篇　名	韻　字	上古韻	中古韻	韻　攝
王逸	怨上	流 / 濃 / 謷	幽 / 冬 / 宵	尤 / 冬 / 豪	流 / 通 / 效

4. 幽／東

（1）楚辭屈宋　總：1

作　者	篇　名	韻　字	上古韻	中古韻	韻　攝
屈原	離騷	調／同	幽／東	蕭／東	效／通

（2）西漢文人　總：1

作　者	篇　名	韻　字	上古韻	中古韻	韻　攝
東方朔	謬諫	調／同	幽／東	蕭／東	效／通

5. 幽／侯

（1）詩經　總：1

作　者	篇　名	韻　字	上古韻	中古韻	韻　攝
	文王之什・棫樸	櫄／趣	幽／侯	有／遇	流／遇

（2）楚辭屈宋　總：1

作　者	篇　名	韻　字	上古韻	中古韻	韻　攝
屈原	昔往日	由／廚	幽／侯	尤／虞	流／遇

（3）西漢文人　總：2

作　者	篇　名	韻　字	上古韻	中古韻	韻　攝
息夫躬	絕命辭 p116	留／須	幽／侯	尤／虞	流／遇
劉向	遠遊	浮／霧	幽／侯	尤／遇	流／遇

（4）東漢文人　總：1

作　者	篇　名	韻　字	上古韻	中古韻	韻　攝
梁鴻	適吳詩 p166	流浮休／隅	幽／侯	尤／虞	流／遇

（5）兩漢民間　總：4

作　者	篇　名	韻　字	上古韻	中古韻	韻　攝
	時人為三茅君謠 p229	流周憂遊／頭	幽／侯	尤／侯	流
	諸儒為賈逵語 p251	休／頭	幽／侯	尤／侯	流
	豔歌行 p273	流／頭	幽／侯	尤／侯	流
	三輔為張氏何氏語 p142	瘦／鈎	幽／侯	宥／侯	流

（6）三國詩歌　總：1

作　者	篇　名	韻　字	上古韻	中古韻	韻　攝
曹植	妾薄倖 p441	仇／樓	幽／侯	尤／侯	流

6. 幽／侯／魚

（1）兩漢民間　總：1

作　者	篇　名	韻　字	上古韻	中古韻	韻　攝
	隴西行 p267	留／廚趨樞／如夫	幽／侯／魚	尤／虞／魚虞	流／遇／遇

（2）三國詩歌　總：1

作　者	篇　名	韻　字	上古韻	中古韻	韻　攝
陳琳	詩 p368	油流由羞／殊腴／衢夫	幽／侯／魚	尤／虞／虞	流／遇／遇

7. 幽／宵

（1）詩經　總：6

作　者	篇　名	韻　字	上古韻	中古韻	韻　攝
	月出	糾／皎僚悄	幽／宵	黝／篠小小	流／效
	文王之什・思齊	保／廟	幽／宵	皓／笑	效
	君子陽陽	陶翿／敖	幽／宵	豪	效
	載驅	滔／儦敖	幽／宵	豪／宵豪	效
	七月	蜩／蔞	幽／宵	蕭／宵	效
	鴟鴞	翛／曉譙翹搖	幽／宵	蕭／蕭宵宵宵	效

（2）楚辭屈宋　總：1

作　者	篇　名	韻　字	上古韻	中古韻	韻　攝
屈原	昔往日	流幽／聊昭	幽／宵	尤幽／蕭宵	流／效

（3）先秦詩　總：1

作　者	篇　名	韻　字	上古韻	中古韻	韻　攝
	右八 p60	導／杲	幽／宵	皓／号	效

（4）西漢文人　總：1

作　者	篇　名	韻　字	上古韻	中古韻	韻　攝
淮南小山	招隱士	幽／繚	幽／宵	幽／蕭	流／效

（5）東漢文人　總：1

作　者	篇　名	韻　字	上古韻	中古韻	韻　攝
王逸	守志	條／嶢遙鴞佋	幽／宵	蕭／蕭宵宵宵	效

（6）兩漢民間　總：1

作　者	篇　名	韻　字	上古韻	中古韻	韻　攝
	古詩 p335	草抱道／槁	幽／宵	皓	效

（7）三國詩歌　總：2

作　者	篇　名	韻　字	上古韻	中古韻	韻　攝
徐幹	室思詩 p376	道老草保／惱	幽／宵	皓	效
曹植	飛龍篇 p421	好草道造老／窕腦	幽／宵	皓／篠皓	效

8. 幽／宵／侯

（1）東漢文人　總：2

作　者	篇　名	韻　字	上古韻	中古韻	韻　攝
王逸	逢尤	由／朝／劬	幽／宵／侯	尤／宵／虞	流／效／遇
王逸	怨上	悠憂／昭／樞	幽／宵／侯	尤／宵／虞	流／效／遇

9. 幽／魚

（1）東漢文人　總：1

作　者	篇　名	韻　字	上古韻	中古韻	韻　攝
王逸	悼亂	囚／居	幽／魚	尤／魚	流／遇

（2）兩漢民間　總：1

作　者	篇　名	韻　字	上古韻	中古韻	韻　攝
	猗蘭操 p300	老／處所雨者野	幽／魚	皓／語語麌馬馬	效／遇遇遇假假

（3）三國詩歌　總：1

作　者	篇　名	韻　字	上古韻	中古韻	韻　攝
曹叡	同前四解 p414	流／楚	幽／魚	尤／語	流／遇

10. 幽／陽

（1）楚辭屈宋　總：1

作　者	篇　名	韻　字	上古韻	中古韻	韻　攝
屈原	思美人	草／莽	幽／陽	皓／蕩	效／宕

11. 幽／歌

（1）兩漢民間　總：1

作　者	篇　名	韻　字	上古韻	中古韻	韻　攝
	滿歌行 p275	愁憂周秋／戲	幽／歌	尤／支	流／止

12. 幽／緝

（1）詩經　總：1

作　者	篇　名	韻　字	上古韻	中古韻	韻　攝
	節南山之什・小旻	道猶咎／集	幽／緝	皓尤有／緝	效流流／深

13. 幽／質

（1）楚辭屈宋　總：1

作　者	篇　名	韻　字	上古韻	中古韻	韻　攝
屈原	天問	飽／繼	幽／質	巧／霽	效／蟹

14. 幽／覺

（1）詩經　總：6

作　者	篇　名	韻　字	上古韻	中古韻	韻　攝
	蕩之什・蕩	究／祝	幽／覺	宥	流
	清廟之什・維天之命	收／篤	幽／覺	尤／沃	流／通
	中穀有蓷	嘯脩／淑	幽／覺	嘯尤／屋	效流／通
	揚之水	皓憂繡／鵠	幽／覺	皓尤宥／沃	效流流／通
	清人	陶好抽／軸	幽／覺	豪号尤／屋	效效流／通
	兔爰	罦造憂／覺	幽／覺	虞皓尤／覺	遇效流／江

（2）楚辭屈宋　總：2

作　者	篇　名	韻　字	上古韻	中古韻	韻　攝
屈原	天問	救／告	幽／覺	宥／覺	流／效
屈原	抽思	救／告	幽／覺	宥／覺	流／效

（3）兩漢民間　總：1

作　者	篇　名	韻　字	上古韻	中古韻	韻　攝
	李陵錄別詩 p336	秋悠酬愁／繆	幽／覺	尤	流

（三）宵部韻譜

1. 宵部獨韻

（1）詩經　總：40

作　者	篇　名	韻　字	上古韻	中古韻	韻　攝
	柏舟	悄小少摽	宵	小	效
	干旄	郊旄	宵	肴豪	效
	鹿鳴之什・出車	郊旄	宵	肴豪	效
	黍離	苗搖	宵	宵	效
	蘀兮	漂要	宵	宵	效
	駉驖	鑣驕	宵	宵	效
	鴻雁之什・白駒	苗朝遙	宵	宵	效
	魚藻之什・角弓	瀌消驕	宵	宵	效
	甫田之什・車轄	鷮教	宵	宵肴	效
	閔予小子之什・載芟	苗麃	宵	宵肴	效
	清人	消麃喬遙	宵	宵肴宵宵	效
	碩鼠	苗郊勞號	宵	宵肴豪豪	效
	園有桃	驕謠殽桃	宵	宵宵肴豪	效
	碩人	驕鑣朝郊敖勞	宵	宵宵宵肴豪豪	效
	羔裘	遙朝忉	宵	宵宵豪	效
	南有嘉魚之什・車攻	苗囂旄敖	宵	宵宵豪豪	效
	凱風	夭勞	宵	宵豪	效
	氓	朝勞	宵	宵豪	效
	河廣	朝刀	宵	宵豪	效
	木瓜	瑤桃	宵	宵豪	效
	甫田	驕忉	宵	宵豪	效
	鹿鳴之什・鹿鳴	昭蒿	宵	宵豪	效
	節南山之什・十月之交	囂勞	宵	宵豪	效
	文王之什・旱麓	燎勞	宵	宵豪	效
	生民之什・公劉	瑤刀	宵	宵豪	效
	下泉	苗膏勞	宵	宵豪豪	效
	鴻雁之什・鴻雁	驕勞嗷	宵	宵豪豪	效

	魚藻之什・黍苗	苗膏勞	宵	宵豪豪	效
	魚藻之什・漸漸之石	朝勞高	宵	宵豪豪	效
	魚藻之什・角弓	教效	宵	效	效
	東方未明	召倒	宵	笑号	效
	泮水	笑效	宵	笑效	效
	采蘋	藻潦	宵	皓	效
	谷風之什・蓼莪	蒿勞	宵	豪	效
	谷風之什・北山	號勞	宵	豪	效
	匪風	弔嘌飄	宵	嘯宵宵	效
	防有鵲巢	苕巢忉	宵	蕭肴豪	效
	生民之什・板	寮囂蕘笑	宵	蕭宵宵笑	效
	鹿鳴之什・鹿鳴	恌傲敖	宵	蕭效豪	效
	谷風之什・信南山	膋毛刀	宵	蕭豪豪	效

（2）楚辭屈宋　總：3

作　者	篇　名	韻　字	上古韻	中古韻	韻攝
屈原	離騷	遙姚	宵	宵	效
屈原	天問	照到	宵	笑号	效
屈原	山鬼	窕笑	宵	篠笑	效

（3）先秦詩　總：2

作　者	篇　名	韻　字	上古韻	中古韻	韻攝
	鸜鵒謠 p37	遙驕巢勞	宵	宵宵肴豪	效
	趙民謠 p38	笑毛號	宵	笑号号	效

（4）西漢文人　總：1

作　者	篇　名	韻　字	上古韻	中古韻	韻攝
東方朔	初放	梟桃	宵	蕭豪	效

（5）東漢文人　總：2

作　者	篇　名	韻　字	上古韻	中古韻	韻攝
張衡	四愁詩 p180	瑤遙刀勞	宵	宵宵豪豪	效
王逸	悼亂	梟跳	宵	蕭	效

（6）兩漢民間　總：10

作　者	篇　名	韻　字	上古韻	中古韻	韻攝
	民為二殽語 p237	殽高	宵	肴豪	效

	景星（寶鼎歌）p152	昭姚	宵	宵	效
	巴郡人為吳資歌 p215	苗饒	宵	宵	效
	豔歌行 p273	樵驕	宵	宵	效
	猛虎行 p287	驕巢	宵	宵肴	效
	王子喬 p261	喬遨高	宵	宵宵豪	效
	天地 p150	搖膏	宵	宵豪	效
	戰城南 p157	豪逃	宵	豪	效
	綏山謠 p322	桃豪	宵	豪	效
	同前 p261	窕笑	宵	篠笑	效

（7）三國詩歌　總：4

作　者	篇　名	韻　字	上古韻	中古韻	韻　攝
阮籍	詠懷詩 p496	朝消招饒飄焦	宵	宵	效
嵇康	思親詩 p490	驕忉	宵	宵豪	效
阮籍	詠懷詩 p496	遼喬霄朝飇	宵	蕭宵宵宵宵	效
嵇康	四言詩 p484	苕霄飄軺要遙	宵	蕭宵宵宵宵宵	效

2. 宵／侯

（1）西漢文人　總：3

作　者	篇　名	韻　字	上古韻	中古韻	韻　攝
韋孟	諷諫詩 p105	苗／媮	宵／侯	宵／侯	效／流
韋孟	在鄒詩 p107	朝／陋	宵／侯	宵／侯	效／流
劉向	遠逝	旄／珠	宵／侯	豪／虞	效／遇

3. 宵／侵

（1）詩經　總：1

作　者	篇　名	韻　字	上古韻	中古韻	韻　攝
	月出	紹燎照／慘〔註8〕	宵／侵	小小笑／感	效／咸

（2）東漢文人　總：1

作　者	篇　名	韻　字	上古韻	中古韻	韻　攝
王逸	傷時	謠／婬	宵／侵	宵／侵	效／深

〔註8〕「慘」字一說為「懆」字（宵部）之誤。

4. 宵／耕

（1）西漢文人　總：1

作　者	篇　名	韻　字	上古韻	中古韻	韻　攝
王褎	思忠	旍／榮旌征嶺冥	宵／耕	豪／庚清清靜青	效／梗

5. 宵／魚

（1）東漢文人　總：3

作　者	篇　名	韻　字	上古韻	中古韻	韻　攝
王逸	遭厄	倒／鼓	宵／魚	皓／姥	效／遇
王逸	遭厄	杳／雨	宵／魚	篠／麌	效／遇
王逸	逢尤	眇／蹰謨圖塗華	宵／魚	小／魚模模模麻	效／遇遇遇遇遇假

6. 宵／陽／耕

（1）兩漢民間　總：1

作　者	篇　名	韻　字	上古韻	中古韻	韻　攝
	李翊夫人碑歎 p328	窅／良英／榮平生鸎情聲城笭零靈庭	宵／陽／耕	豪／陽庚庚庚庚耕清清清清青青青	效／宕梗／梗

7. 宵／微

（1）西漢文人　總：1

作　者	篇　名	韻　字	上古韻	中古韻	韻　攝
東方朔	怨世	夭／依	宵／微	宵／微	效／止

8. 宵／藥

（1）詩經　總：11

作　者	篇　名	韻　字	上古韻	中古韻	韻　攝
	節南山之什・巧言	盜／暴	宵／藥	号	效
	關雎	芼／樂	宵／藥	号／效	效
	蕩之什・韓奕	到／樂	宵／藥	号／效	效
	泮水	昭藻／蹻〔註9〕	宵／藥	宵皓／宵	效

〔註9〕陳新雄《古音研究》p359：「《說文》：『蹻、舉足小高也。从足、喬聲。』丘消切，

		笑／暴悼	宵／藥	笑／号	效
	終風	笑敖／暴悼	宵／藥	笑豪／号	效
	羔裘	膏／曜悼	宵／藥	豪／笑号	效
	蕩之什・抑	昭／樂	宵／藥	宵／鐸	效／宕
	節南山之什・正月	炤殽／虐樂	宵／藥	笑肴／藥鐸	效／宕
	蕩之什・抑	耄／藐虐	宵／藥	号／小藥	效／效宕
	文王之什・靈臺	沼／鼉濯躍	宵／藥	小／沃覺藥	效／通江宕

（2）楚辭屈宋　總：4

作　者	篇　名	韻　字	上古韻	中古韻	韻　攝
宋玉	九辯	效／約	宵／藥	效／笑	效
屈原	遠遊	鶩／燿	宵／藥	号／笑	效
屈原	遠遊	撟／樂	宵／藥	宵／效	效
宋玉	九辯	教高／樂	宵／藥	肴豪／效	效

（3）西漢文人　總：1

作　者	篇　名	韻　字	上古韻	中古韻	韻　攝
東方朔	哀命	到／樂	宵／藥	号／效	效

（4）兩漢民間　總：2

作　者	篇　名	韻　字	上古韻	中古韻	韻　攝
	桓譚引關東鄙語 p143	笑／樂嚼	宵／藥	笑／效藥	效／效宕
	桓帝末京都童謠 p221	鐃／嚼	宵／藥	肴／藥	效／宕

9. 宵／鐸

（1）西漢文人　總：1

作　者	篇　名	韻　字	上古韻	中古韻	韻　攝
劉向	逢紛	耄／露	宵／鐸	号／暮	效／遇

大徐居勺切。按喬聲在宵部，蹻聲在藥部。按蹻字《廣韻》共有五音，下平四宵巨嬌切，又去遙切；上聲三十小居夭切；入聲十八藥居勺切，又其虐切。疑蹻字本有宵部與藥部二部之音。在《詩經》中與宵部相韻者為宵部字，與藥部相韻者為藥部字。」筆者按：「蹻」字與藥部字通協者多，故入藥部為宜。

（四）侯部韻譜

1. 侯部獨韻

（1）詩經　總：29

作　者	篇　名	韻　字	上古韻	中古韻	韻　攝
	蕩之什・抑	漏覯	侯	侯	流
	谷風	笱後	侯	厚	流
	南有嘉魚之什・南山有臺	耇後	侯	厚	流
	節南山之什・小弁	笱後	侯	厚	流
	節南山之什・巧言	口厚	侯	厚	流
	候人	喉媾	侯	宥候	流
	靜女	姝隅躕	侯	虞	遇
	伯兮	殳驅	侯	虞	遇
	株林	駒株	侯	虞	遇
	鹿鳴之什・皇皇者華	駒濡驅諏	侯	虞	遇
	魚藻之什・綿蠻	隅趨	侯	虞	遇
	生民之什・板	渝驅	侯	虞	遇
	蕩之什・抑	隅愚	侯	虞	遇
	節南山之什・巧言	樹數	侯	遇	遇
	文王之什・皇矣	附侮	侯	麌	遇
	鹿鳴之什・常棣	飫具孺 / 豆	侯	御遇遇 / 侯	遇 / 流
	漢廣	駒 / 蔞	侯	虞 / 侯	遇 / 流
	載馳	驅 / 侯	侯	虞 / 侯	遇 / 流
	羔裘	濡渝 / 侯	侯	虞 / 侯	遇 / 流
	山有樞	樞榆驅愉 / 婁	侯	虞 / 侯	遇 / 流
	綢繆	芻隅 / 逅	侯	虞 / 侯	遇 / 流
	南有嘉魚之什・南山有臺	椔 / 枸	侯	虞 / 侯	遇 / 流
	魚藻之什・角弓	駒取饇 / 後	侯	虞麌遇 / 厚	遇 / 流
	鴻雁之什・無羊	具 / 餱	侯	遇 / 侯	遇 / 流
	文王之什・綿	侮附 / 奏後	侯	麌 / 侯厚	遇 / 流
	節南山之什・正月	瘉侮愈 / 後口	侯	麌 / 厚	遇 / 流
	生民之什・行葦	主醻 / 斗耇	侯	麌 / 厚	遇 / 流
	生民之什・卷阿	主 / 厚	侯	麌 / 厚	遇 / 流

	生民之什‧行葦	侮句樹／鍭	侯	婁遇遇／候	遇／流

（2）楚辭屈宋　總：2

作　者	篇　名	韻　字	上古韻	中古韻	韻　攝
屈原	離騷	詬厚	侯	厚	流
屈原	天問	取／厚	侯	麌／厚	遇／流

（3）先秦詩　總：4

作　者	篇　名	韻　字	上古韻	中古韻	韻　攝
	甘泉歌 p32	謳塸口	侯	侯厚厚	流
	去魯歌 p7	口走	侯	厚	流
	成相雜辭 p52	愚儒拘輸	侯	虞	遇
	鸛鴿謠 p37	襦跌／侯	侯	虞／侯	遇／流

（4）西漢文人　總：4

作　者	篇　名	韻　字	上古韻	中古韻	韻　攝
韋玄成	自劾詩 p113	鄹侯	侯	尤侯	流
韋孟	諷諫詩 p105	耇後	侯	厚	流
劉向	愍命	詬／腐	侯	厚／麌	流／遇
劉向	怨思	鶵榆	侯	虞	遇

（5）東漢文人　總：4

作　者	篇　名	韻　字	上古韻	中古韻	韻　攝
王逸	遭厄	走詢	侯	候	流
蔡邕	初平詩 p194	樞隅	侯	虞	遇
王逸	悼亂	拘躬絢	侯	虞	遇
王逸	怨上	務／投	侯	遇／侯	遇／流

（6）兩漢民間　總：12

作　者	篇　名	韻　字	上古韻	中古韻	韻　攝
	更始時長安中語 p141	頭侯	侯	侯	流
	順帝末京都童謠 p217	鈎侯	侯	侯	流
	三府為朱震語 p245	狗厚	侯	厚	流
	古詩為焦仲卿妻作 p283	後口	侯	厚	流
	長安為張竦語 p139	鬭奏	侯	候	流
	天地 p150	殊朱	侯	虞	遇

	蒿里 p257	愚踰	侯	虞	遇
	豫章行 p263	俱株	侯	虞	遇
	李陵錄別詩 p336	臾踰踰隅須驅	侯	虞	遇
	劉輔引里語 p133	柱主	侯	麌	遇
	附 p317	縷主	侯	麌	遇
	古詩為焦仲卿妻作 p283	區 / 厚	侯	虞 / 厚	遇 / 流

（7）三國詩歌　總：6

作　者	篇　名	韻　字	上古韻	中古韻	韻攝
繁欽	定情詩 p385	叩後	侯	厚	流
曹植	孟冬篇 p430	藪走	侯	厚	流
繁欽	定情詩 p385	區珠	侯	虞	遇
繁欽	定情詩 p385	隅襦踰	侯	虞	遇
曹丕	秋胡行 p396	隅珠踰須	侯	虞	遇
曹植	孟冬篇 p430	軀趨	侯	虞	遇

2. 侯 / 東

（1）詩經　總：1

作　者	篇　名	韻　字	上古韻	中古韻	韻攝
	蕩之什・瞻卬	後 / 鞏	侯 / 東	厚 / 腫	流 / 通

3. 侯 / 屋

（1）詩經　總：5

作　者	篇　名	韻　字	上古韻	中古韻	韻攝
	谷風之什・楚茨	奏 / 祿	侯 / 屋	侯 / 屋	流 / 通
	蕩之什・桑柔	垢 / 穀谷	侯 / 屋	厚 / 屋	流 / 通
	魚藻之什・角弓	愈 / 裕	侯 / 屋	麌 / 遇	遇
	魚藻之什・角弓	附 / 木屬	侯 / 屋	麌 / 屋燭	遇 / 通
	小戎	驅 / 轂續羿	侯 / 屋	遇 / 屋燭遇	遇 / 通通遇

（2）楚辭屈宋　總：2

作　者	篇　名	韻　字	上古韻	中古韻	韻攝
屈原	天問	數 / 屬	侯 / 屋	覺 / 燭	江 / 通
屈原	離騷	具 / 屬	侯 / 屋	遇 / 燭	遇 / 通

（3）東漢文人　總：1

作　者	篇　名	韻　字	上古韻	中古韻	韻攝
王逸	憫上	數／促	侯／屋	覺／燭	江／通

4. 侯／魚

（1）先秦詩　總：2

作　者	篇　名	韻　字	上古韻	中古韻	韻攝
	離別相去辭 p31	殳貙／夫蘇殂屠都乎	侯／魚	虞／虞模模模模模	遇
	秦始皇時民歌 p32	拄／舉脯下	侯／魚	麌／語麌馬	遇／遇遇假

（2）西漢文人　總：3

作　者	篇　名	韻　字	上古韻	中古韻	韻攝
韋孟	諷諫詩 p105	後／緒	侯／魚	厚／語	流／遇
莊忌	哀時命	後耦垢／與渚處雨宇者野	侯／魚	厚／語語語麌麌馬馬	流／遇遇遇遇遇假假
韋孟	諷諫詩 p105	驅／娛	侯／魚	虞	遇

（3）東漢文人　總：8

作　者	篇　名	韻　字	上古韻	中古韻	韻攝
王逸	疾世	謱／余	侯／魚	侯／魚	流／遇
王逸	遭厄	耦／宇	侯／魚	厚／麌	流／遇
趙壹	魯生歌 p190	珠豞愚驅／夫	侯／魚	虞	遇
辛延年	羽林郎詩 p198	襦珠躕驅蹰區／餘廬魚裾無夫都胡壚壺	侯／魚	虞／魚魚魚魚虞虞模模模模	遇
王逸	逢尤	愚隅／虛蘇	侯／魚	虞／魚模	遇
張衡	四愁詩 p180	褕珠躕／紆	侯／魚	遇	遇
蔡琰	悲憤詩 p199	腐聚／拒女阻語汝虜罵下	侯／魚	麌／語語語語語姥馬馬	遇／遇遇遇遇遇遇假假
王逸	疾世	取耦／睹	侯／魚	麌厚／姥	遇流／遇

（4）兩漢民間　總：12

作　者	篇　名	韻　字	上古韻	中古韻	韻攝
	陌操附 p300	鄹／魚廬且都辜	侯／魚	尤／魚魚魚模模	流／遇

	龍蛇歌附 p311	口 / 所處	侯 / 魚	厚 / 語	流 / 遇
	鄭白渠歌 p121	口後斗 / 黍釜雨	侯 / 魚	厚 / 語麌麌	流 / 遇
	滿歌行 p275	須驅愚 / 無	侯 / 魚	虞	遇
	滿歌行 p275	須驅愚 / 無	侯 / 魚	虞	遇
	折楊柳行 p268	軀趨 / 胥余墟廬	侯 / 魚	虞 / 魚	遇
	李陵錄別詩 p336	俱隅軀 / 與廬居衢	侯 / 魚	虞 / 魚魚魚虞	遇
	豔歌 p289	歈 / 魚琚輿衢竽壺	侯 / 魚	虞 / 魚魚魚虞虞模	遇
	古詩 p334	姝 / 如夫	侯 / 魚	虞 / 魚虞	遇
	長安為王吉語 p137	樹 / 去	侯 / 魚	遇 / 御	遇
	益都民為王忳謠 p218	遇 / 語	侯 / 魚	遇 / 御	遇
	傷三貞詩 p325	樹 / 黼	侯 / 魚	麌	遇

（5）三國詩歌　總：26

作　者	篇　名	韻　字	上古韻	中古韻	韻　攝
繁欽	定情詩 p385	頭 / 於	侯 / 魚	侯 / 魚	流 / 遇
繁欽	遠戍勸戒詩 p384	垢 / 語武矩輔土補	侯 / 魚	厚 / 語麌麌麌姥姥	流 / 遇
繁欽	生茨詩 p385	軀俱隅 / 藜	侯 / 魚	虞 / 魚	遇
曹丕	詩 p404	隅駒受 / 餘	侯 / 魚	虞 / 魚	遇
曹植	當來日大難 p437	廚 / 餘於	侯 / 魚	虞 / 魚	遇
曹植	樂府 442	珠 / 璵	侯 / 魚	虞 / 魚	遇
郭遐周	贈嵇康詩 p475	姝駒殊軀 / 魚居如書除	侯 / 魚	虞 / 魚	遇
嵇康	四言詩 p484	隅躕駒符 / 除車廬舒魚虛	侯 / 魚	虞 / 魚	遇
嵇康	答二郭詩 p486	俱 / 舒如居墟輿虛書虞衢	侯 / 魚	虞 / 魚魚魚魚魚魚虞虞	遇
曹植	仙人篇 p434	隅軀符樞須 / 魚如虛餘廬居徐竽衢湖	侯 / 魚	虞 / 魚魚魚魚魚魚魚虞虞模	遇
曹植	精微篇 p429	拘俱軀 / 書如除居圖	侯 / 魚	虞 / 魚魚魚魚模	遇
阮籍	詠懷詩 p493	隅殊朱躕符 / 魚舒餘虛敷	侯 / 魚	虞 / 魚魚魚魚麌	遇

阮籍	詠懷詩 p496	隅榆／如居譽扶	侯／魚	虞／魚魚魚虞	遇
阮籍	詠懷詩 p496	殊符／舒虛躇梟虞娛	侯／魚	虞／魚魚魚虞虞虞	遇
吳質	思慕詩 p412	躕殊珠／居舒書夫墟	侯／魚	虞／魚魚魚虞模	遇
曹植	孟冬篇 p430	雛區符／餘魚渠無徒	侯／魚	虞／魚魚魚虞模	遇
曹植	贈白馬王彪詩 p452	俱躕／居疏紆衢	侯／魚	虞／魚魚虞虞	遇
曹丕	孟津詩 p400	區／舒娛衢竽都	侯／魚	虞／魚虞虞虞模	遇
邯鄲淳	贈吳處玄詩 p409	遇／與舉	侯／魚	遇／語	遇
陳琳	飲馬長城窟行 p367	住／故	侯／魚	遇／暮	遇
曹叡	善哉行 p413	撫／旅阻許所御雨矩父武虜浦虎土伍怒祖	侯／魚	麌／語語語語御麌麌麌麌姥姥姥姥姥姥姥	遇
陳琳	飲馬長城窟行 p367	拄／舉脯	侯／魚	麌／語麌	遇
王粲	贈文叔良 p358	主／與輔矩	侯／魚	麌／語麌麌	遇
阮籍	詠懷詩 p496	珠偶／廬興歔舒	侯／魚	虞厚／魚	遇流／遇
應璩	百一詩 p469	雛侯頭／竽	侯／魚	虞侯侯／虞	遇流流／遇
曹植	贈丁翼詩 p452	廚隅俱珠須拘儒謳／餘儲	侯／魚	虞虞虞虞虞虞虞侯／魚	遇遇遇遇遇遇遇流／遇

5. 侯／魚／鐸

（1）三國詩歌　總：2

作　者	篇　名	韻　字	上古韻	中古韻	韻　攝
曹植	浮萍篇 p424	寓／素／愬露	侯／魚／鐸	遇／暮／暮	遇
曹植	白鵠謳 p444	喻／素／露慕	侯／魚／鐸	遇／暮／暮	遇

6. 侯／鐸

（1）西漢文人　總：1

作　者	篇　名	韻　字	上古韻	中古韻	韻　攝
劉胥	歌 p111	臾／路	侯／鐸	至／暮	止／遇

（五）魚部韻譜

1. 魚部獨韻

（1）詩經　總：162

作　者	篇　名	韻　字	上古韻	中古韻	韻　攝
	株林	馬野	魚	馬	假
	東山	野下	魚	馬	假
	駉	馬野者	魚	馬	假
	桃夭	華家	魚	麻	假
	何彼襛	華車	魚	麻	假
	騶虞	葭豝	魚	麻	假
	隰有萇楚	華家	魚	麻	假
	閔予小子之什・訪落	家下	魚	麻馬	假
	鹿鳴之什・杕杜	杜盬	魚	姥	遇
	甫田之什・賓之初筵	鼓祖	魚	姥	遇
	蕩之什・江漢	滸虎土	魚	姥	遇
	泮水	祖祜	魚	姥	遇
	日月	處土顧	魚	御姥暮	遇
	鴻雁之什・斯干	除去芋	魚	御御遇	遇
	柏舟	茹據怒	魚	御御暮	遇
	生民之什・板	豫怒	魚	御暮	遇
	生民之什・生民	去呱	魚	御模	遇
	權輿	渠餘	魚	魚	遇
	鴻雁之什・無羊	魚旟	魚	魚	遇
	臣工之什・潛	魚沮	魚	魚	遇
	鵲巢	居御	魚	魚御	遇
	蕩之什・韓奕	居譽訏甫噳土虎	魚	魚御虞麌麌姥姥	遇
	蕩之什・韓奕	胥且車魚蒲壺屠	魚	魚魚魚魚模模模	遇

	蕩之什・江漢	車旟舒鋪	魚	魚魚魚模	遇
	魚藻之什・都人士	餘旟旰	魚	魚魚虞	遇
	出其東門	且藘娛闍荼	魚	魚魚虞模模	遇
	羔裘	袪居故	魚	魚魚暮	遇
	卷耳	砠吁瘏痡	魚	魚虞模模	遇
	定之方中	虛楚	魚	魚語	遇
	干旄	旟都	魚	魚模	遇
	溱洧	且觀	魚	魚模	遇
	魚藻之什・魚藻	居蒲	魚	魚模	遇
	節南山之什・巧言	且幠辜	魚	魚模模	遇
	節南山之什・十月之交	夫徒	魚	虞模	遇
	谷風	雨怒	魚	遇暮	遇
	東方未明	瞿圃	魚	遇暮	遇
	江有汜	渚與處	魚	語	遇
	旄丘	處與	魚	語	遇
	揚之水	楚女	魚	語	遇
	東門之池	紵語	魚	語	遇
	九罭	渚所處	魚	語	遇
	谷風之什・小明	處與女	魚	語	遇
	甫田之什・賓之初筵	楚旅	魚	語	遇
	閔予小子之什・良耜	女筥黍	魚	語	遇
	鹿鳴之什・采薇	處鹽	魚	語姥	遇
	南有嘉魚之什・采芑	旅鼓	魚	語姥	遇
	節南山之什・小旻	沮土	魚	語姥	遇
	節南山之什・巧言	沮怒	魚	語姥	遇
	甫田之什・賓之初筵	語殺	魚	語姥	遇
	蕩之什・烝民	舉補	魚	語姥	遇
	閟宮	女祖	魚	語姥	遇
	干旄	予組五	魚	語姥姥	遇
	蕩之什・常武	所虜浦	魚	語姥姥	遇
	那	與鼓祖	魚	語姥姥	遇
	烈祖	所祜祖	魚	語姥姥	遇

大叔于田	所女虎	魚	語語姥	遇
黃鳥	楚禦虎	魚	語語姥	遇
七月	處鼠戶	魚	語語姥	遇
鴻雁之什・斯干	語處戶堵祖	魚	語語姥姥姥	遇
碩鼠	黍所土顧	魚	語語姥暮	遇
魚藻之什・黍苗	處旅御	魚	語語御	遇
閟宮	黍秬緒土	魚	語語語姥	遇
蕩之什・雲漢	予沮所助顧	魚	語語語御暮	遇
殷武	緒所旅阻楚武	魚	語語語語語麌	遇
蕩之什・常武	緒旅處父土浦	魚	語語語麌姥姥	遇
臣工之什・有瞽	虡圄舉羽瞽鼓	魚	語語語麌姥姥	遇
鹿鳴之什・伐木	許萬羜父顧	魚	語語語麌暮	遇
蜉蝣	楚處羽	魚	語語麌	遇
谷風之什・谷風	予女雨	魚	語語麌	遇
蕩之什・桑柔	處圉宇怒	魚	語語麌姥	遇
甫田之什・甫田	女黍雨祖鼓	魚	語語麌姥姥	遇
鴻雁之什・黃鳥	黍處栩父	魚	語語麌麌	遇
鴇羽	黍所羽栩怙	魚	語語麌麌姥	遇
墓門	予顧	魚	語暮	遇
揚之水	許蒲	魚	語模	遇
采蘋	筥釜	魚	語麌	遇
雄雉	阻羽	魚	語麌	遇
簡兮	處舞	魚	語麌	遇
敝笱	鱮雨	魚	語麌	遇
甫田之什・車舝	女舞	魚	語麌	遇
文王之什・下武	許武祜	魚	語麌姥	遇
鴟鴞	予雨土戶	魚	語麌姥姥	遇
節南山之什・正月	予輔雨	魚	語麌麌	遇
杕杜	湑踽父杜	魚	語麌麌姥	遇
節南山之什・雨無正	圖辜鋪	魚	模	遇

節南山之什·巧言	幠辜	魚	模	遇
陟岵	父岵	魚	麌姥	遇
七月	羽股	魚	麌姥	遇
東山	宇戶	魚	麌姥	遇
甫田之什·桑扈	羽祜	魚	麌姥	遇
文王之什·文王	尋祖	魚	麌姥	遇
蕩之什·常武	父祖	魚	麌姥	遇
蕩之什·常武	武虎怒	魚	麌姥姥	遇
葛藟	父潣顧	魚	麌姥暮	遇
揚之水	甫楚	魚	麌語	遇
簡兮	俣舞虎組	魚	麌麌姥姥	遇
閟宮	父宇輔魯	魚	麌麌麌姥	遇
凱風	苦／下	魚	姥／馬	遇／假
谷風之什·北山	土／下	魚	姥／馬	遇／假
臣工之什·載見	祜／嘏	魚	姥／馬	遇／假
魚藻之什·何草不黃	虎／野暇	魚	姥／馬禡	遇／假
甫田之什·車轄	譽／射	魚	御／禡	遇／假
著	著素／華	魚	御暮／禡	遇／假
北風	且／邪	魚	魚／麻	遇／假
木瓜	琚／瓜	魚	魚／麻	遇／假
鹿鳴之什·采薇	居／家	魚	魚／麻	遇／假
鹿鳴之什·采薇	車／華	魚	魚／麻	遇／假
鴻雁之什·祈父	居／牙	魚	魚／麻	遇／假
鴻雁之什·我行其野	樗居／家	魚	魚／麻	遇／假
蕩之什·崧高	居土／馬	魚	魚姥／馬	遇／假
谷風之什·信南山	廬葅祖祜／瓜	魚	魚魚姥姥／麻	遇／假
七月	苴樗夫壺／麻	魚	魚魚虞模／麻	遇／假
鹿鳴之什·出車	居書涂／華	魚	魚魚模／麻	遇／假
有女同車	琚都／華車	魚	魚模／麻	遇／假
山有扶蘇	且蘇都／華	魚	魚模模／麻	遇／假
鴟鴞	据荼租豬／家	魚	魚模模模／麻	遇／假

	節南山之什・何人斯	旴／車舍	魚	虞／麻馬	遇／假
	漢廣	楚／馬	魚	語／馬	遇／假
	采蘋	女／下	魚	語／馬	遇／假
	殷其雷	處／下	魚	語／馬	遇／假
	擊鼓	處／馬下	魚	語／馬	遇／假
	葛生	楚處／野	魚	語／馬	遇／假
	鹿鳴之什・四牡	處／馬	魚	語／馬	遇／假
	南有嘉魚之什・蓼蕭	湑語處／寫	魚	語／馬	遇／假
	鴻雁之什・鶴鳴	渚／野	魚	語／馬	遇／假
	節南山之什・十月之交	處／馬	魚	語／馬	遇／假
	谷風之什・四月	予暑／夏	魚	語／馬	遇／假
	甫田之什・裳裳者華	湑處／寫	魚	語／馬	遇／假
	甫田之什・車轄	湑／寫	魚	語／馬	遇／假
	魚藻之什・采綠	鱮／者	魚	語／馬	遇／假
	生民之什・公劉	語旅處／野	魚	語／馬	遇／假
	臣工之什・有客	旅／馬且	魚	語／馬	遇／假
	綢繆	楚戶／者	魚	語姥／馬	遇／假
	采苓	與苦／下	魚	語姥／馬	遇／假
	文王之什・皇矣	旅祜怒／下	魚	語姥姥／馬	遇／假
	魚藻之什・采菽	紓予股／下	魚	語語姥／馬	遇／假
	生民之什・鳧鷖	渚處湑脯／下	魚	語語語麌／馬	遇／假
	閟宮	緒女旅武／野	魚	語語語麌／馬	遇／假
	魚藻之什・采菽	筥予黼／馬	魚	語語麌／馬	遇／假
	蕩之什・烝民	茹禦甫吐／寡	魚	語語麌姥／馬	遇／假
	大叔于田	舉舞組／馬	魚	語麌姥馬	遇／假
	南有嘉魚之什・吉日	所麌午／馬	魚	語麌姥馬	遇／假
	閟宮	許宇魯／碬	魚	語麌姥馬	遇／假

	篇名	韻字	上古韻	中古韻	韻攝
	鹿鳴之什·伐木	湑舞酤鼓／暇	魚	語麌姥姥／禡	遇／假
	谷風之什·小明	暑雨罟土苦／野	魚	語麌姥姥姥／馬	遇／假
	文王之什·綿	女宇父滸／馬下	魚	語麌麌姥／馬	遇／假
	七月	圃／稼	魚	暮／禡	遇／假
	北風	狐烏／車	魚	模／麻	遇／假
	狼跋	胡／瑕	魚	模／麻	遇／假
	鹿鳴之什·常棣	乎圖帑／家	魚	模／麻	遇／假
	節南山之什·雨無正	都／家	魚	模／麻	遇／假
	文王之什·綿	徒／家	魚	模／麻	遇／假
	燕燕	羽雨／野	魚	麌／馬	遇／假
	叔于田	武／野馬	魚	麌／馬	遇／假
	東門之枌	栩／下	魚	麌／馬	遇／假
	東山	羽／馬	魚	麌／馬	遇／假
	鹿鳴之什·四牡	栩父／下	魚	麌／馬	遇／假
	鴻雁之什·鴻雁	羽／野寡	魚	麌／馬	遇／假
	蕩之什·烝民	甫／下	魚	麌／馬	遇／假
	有駜	舞／下	魚	麌／馬	遇／假
	宛丘	羽鼓／下	魚	麌姥／馬	遇／假
	七月	宇戶／下野	魚	麌姥／馬	遇／假

（2）楚辭屈宋　總：52

作　者	篇　名	韻　字	上古韻	中古韻	韻　攝
屈原	離騷	古寤	魚	姥暮	遇
屈原	悲回風	處慮曙去	魚	御	遇
屈原	遠遊	語曙	魚	御	遇
屈原	離騷	車疏	魚	魚	遇
屈原	涉江	如居	魚	魚	遇
屈原	遠遊	居閭予都	魚	魚魚魚模	遇
屈原	天問	如居衢	魚	魚魚虞	遇
屈原	哀郢	如蕪	魚	魚虞	遇
屈原	悲回風	居娛紆	魚	魚虞虞	遇
宋玉	九辯	躇處	魚	魚語	遇
屈原	離騷	居都	魚	魚模	遇
屈原	遠遊	如都	魚	魚模	遇

屈原	天問	懼故	魚	遇暮	遇
屈原	離騷	與予	魚	語	遇
宋玉	九辯	舉去御	魚	語御御	遇
屈原	天問	所處羽	魚	語語麌	遇
屈原	離騷	佇妒	魚	語暮	遇
屈原	離騷	舉輔	魚	語麌	遇
屈原	天問	緒輔	魚	語麌	遇
屈原	禮魂	與舞鼓古	魚	語麌姥姥	遇
屈原	天問	固怒	魚	暮	遇
屈原	抽思	姑祖	魚	模	遇
屈原	天問	洿故	魚	模暮	遇
屈原	涉江	雨宇	魚	麌	遇
屈原	離騷	武怒	魚	麌姥	遇
屈原	離騷	輔土	魚	麌姥	遇
	招魂	宇壺	魚	麌模	遇
屈原	國殤	鼓怒 / 馬野	魚	姥 / 馬	遇 / 假
宋玉	九辯	苦 / 下	魚	姥 / 馬	遇 / 假
屈原	大司命	疏居 / 華	魚	魚 / 麻	遇 / 假
	招魂	居賦故 / 假	魚	魚遇暮 / 禡	遇 / 假
屈原	河伯	魚渚予浦 / 下	魚	魚語語姥 / 馬	遇 / 假
宋玉	九辯	躍 / 衙	魚	虞 / 麻	遇 / 假
屈原	離騷	予 / 野	魚	語 / 馬	遇 / 假
屈原	離騷	予 / 下	魚	語 / 馬	遇 / 假
屈原	離騷	女 / 馬	魚	語 / 馬	遇 / 假
屈原	離騷	女 / 下	魚	語 / 馬	遇 / 假
屈原	離騷	女 / 下	魚	語 / 馬	遇 / 假
屈原	湘夫人	渚予 / 下	魚	語 / 馬	遇 / 假
屈原	大司命	予女 / 下	魚	語 / 馬	遇 / 假
屈原	惜誦	所 / 下	魚	語 / 馬	遇 / 假
宋玉	九辯	處 / 下	魚	語 / 馬	遇 / 假
屈原	湘夫人	與浦 / 者	魚	語姥 / 馬	遇 / 假
屈原	少司命	予苦 / 下	魚	語姥 / 馬	遇 / 假
屈原	東君	虞竽舞鼓 / 姱	魚	語虞麌姥 / 麻	遇 / 假
屈原	湘君	渚女與浦 / 下	魚	語語語姥 / 馬	遇 / 假

	招魂	呂楚舞鼓／下	魚	語語夔姥／馬	遇／假
屈原	山鬼	予雨／下	魚	語夔／馬	遇／假
	招魂	予輔苦／下	魚	語夔姥／馬	遇／假
屈原	抽思	怒／姱	魚	暮／麻	遇／假
屈原	離騷	狐／家	魚	模／麻	遇／假
屈原	懷沙	舞／下	魚	夔／馬	遇／假

（3）先秦詩　總：40

作者	篇名	韻字	上古韻	中古韻	韻攝
	禳田辭 p51	車家	魚	麻	假
	狐援辭 p52	居壚	魚	魚	遇
	白水詩 p66	魚居如	魚	魚	遇
	同上 p67	魚居	魚	魚	遇
	童謠 p43	居壚書舒初盧湖	魚	魚魚魚魚魚模模	遇
	包山謠 p43	書湖	魚	魚模	遇
	狐援辭 p52	閭乎	魚	魚模	遇
	朱儒誦 p41	儒邾	魚	虞	遇
	士冠辭 p48	楚俎	魚	語	遇
	祭侯辭 p50	所女	魚	語	遇
	同上 p50	所女	魚	語	遇
	狐援辭 p52	圉處	魚	語	遇
	楚人謠 p39	楚戶	魚	語姥	遇
	子產誦 p41	褚與伍	魚	語語姥	遇
	貍首詩 p63	舉處所譽	魚	語語語御	遇
	卿雲歌 p3	去舞	魚	語夔	遇
	孔子誦 p42	所甫	魚	語夔	遇
	士冠辭 p48	序脯祜	魚	語夔姥	遇
	祭辭 p49	所雨古土	魚	語夔姥姥	遇
	龍蛇歌附 p16	所宇輔	魚	語夔夔	遇
	暇豫歌 p15	吾烏枯	魚	模	遇
	魯童謠 p37	雨舞	魚	夔	遇
	成相雜辭 p52	怒祖／野下	魚	姥／馬	遇／假
	黃竹詩 p64	土／寡	魚	姥／馬	遇／假
	成相雜辭 p52	戶苦悟／下	魚	姥姥暮／馬	遇／假

	篇名	韻字	上古韻	中古韻	韻攝
	野人歌 p11	豬／貑	魚	魚／麻	遇／假
	彈鋏歌 p14	魚／車家	魚	魚／麻	遇／假
	渾良夫譟 p51	盧夫辜／瓜	魚	魚虞模／麻	遇／假
	龍蛇歌附 p17	所處／下	魚	語／馬	遇／假
	成相雜辭 p52	予序／下	魚	語／馬	遇／假
	說苑引逸詩 p72	紵／野	魚	語／馬	遇／假
	穆天子謠 p36	女土／野夏	魚	語姥／馬	遇／假
	龍蛇歌附 p16	所股土／下野	魚	語姥姥／馬	遇／假
	西王母吟 p36	予女處土／野	魚	語語語姥／馬	遇／假
	龍蛇歌 p16	所雨輔／野下	魚	語麌麌／馬	遇／假
	子桑琴歌 p22	乎／邪	魚	模／麻	遇／假
	烏鵲歌 p29	烏蘇湖乎都辜吳奴／蝦家	魚	模／麻	遇／假
	鸜鵒謠 p37	羽／野馬	魚	麌／馬	遇／假
	祭辭 p49	雨土／者	魚	麌姥／馬	遇／假
	成相雜辭 p52	輔土苦／下	魚	麌姥姥／馬	遇／假

（4）西漢文人　總：27

作　者	篇　名	韻　字	上古韻	中古韻	韻　攝
劉徹	天馬歌 p95	下赭	魚	馬	假
東方朔	歌 p100	馬下	魚	馬	假
賈誼	惜誓	野下	魚	馬	假
韋孟	在鄒詩 p107	土魯	魚	姥	遇
韋孟	諷諫詩 p105	土顧	魚	姥暮	遇
劉向	思古	古悟	魚	姥暮	遇
劉向	怨思	語去	魚	御	遇
東方朔	謬諫	馭去	魚	御	遇
東方朔	謬諫	譽著	魚	御	遇
劉章	耕田歌 p92	疏去	魚	魚御	遇
王褒	昭世	輿胥壚居蹂娛竽紵雨	魚	魚魚魚魚魚虞虞虞麌	遇
劉旦	華容夫人歌附 p109	渠居夫	魚	魚魚虞	遇
劉向	愍命	盧夫	魚	魚虞	遇

韋玄成	戒子孫詩 p114	居懼	魚	魚遇	遇
東方朔	自悲	如舉	魚	魚語	遇
戚夫人	春歌 p91	女伍虜	魚	語姥姥	遇
韋孟	諷諫詩 p105	楚輔	魚	語麌	遇
劉向	憂苦	楚宇	魚	語麌	遇
王褒	株昭	緒輔禹睹土	魚	語麌麌姥姥	遇
劉向	遠遊	故顧	魚	暮	遇
劉向	遠遊	梧湖	魚	模	遇
劉向	遠遊	羽雨	魚	麌	遇
劉向	思古	圉／野	魚	語／馬	遇／假
王褒	通路	處語睹戶／陼	魚	語語姥姥／馬	遇／假
劉安	八公操 p98	女羽土／下	魚	語麌姥／馬	遇／假
東方朔	初放	輔／墅寡下者	魚	麌／馬	遇／假
息夫躬	絕命辭 p116	語諝	魚	御暮	遇

（5）東漢文人　總：17

作　者	篇　名	韻　字	上古韻	中古韻	韻　攝
李尤	九曲歌 p174	斜車	魚	麻	假
蔡邕	飲馬長城窟行 p192	魚書	魚	魚	遇
蔡邕	飲馬長城窟行 p192	書如	魚	魚	遇
劉宏	招商歌 p182	渠舒餘梟踰	魚	魚魚魚虞虞	遇
王逸	怨上	諸枯	魚	魚模	遇
傅毅	迪志詩 p172	序緒	魚	語	遇
王逸	疾世	渚女	魚	語	遇
石勛	費鳳別碑詩 p175	旅罟	魚	語姥	遇
石勛	費鳳別碑詩 p175	楚土	魚	語姥	遇
班固	明堂詩 p168	序武	魚	語麌	遇
班固	靈臺詩 p168	序雨	魚	語麌	遇
班固	靈臺詩 p168	胥廡	魚	語麌	遇
石勛	費鳳別碑詩 p175	阻輔	魚	語麌	遇
石勛	費鳳別碑詩 p175	莒雨	魚	語麌	遇
班固	白雉詩 p169	圖烏都	魚	模	遇
崔駰	安封侯詩 p171	弩／馬	魚	姥／馬	遇／假
王逸	悼亂	夫／挐	魚	虞／麻	遇／假

（6）兩漢民間　總：56

作　者	篇　名	韻　字	上古韻	中古韻	韻　攝
	天馬 p150	下赭	魚	馬	假
	君馬黃 p159	赭馬	魚	馬	假
	時人為繆文雅語 p254	馬雅	魚	馬	假
	平陵東 p259	下馬	魚	馬	假
	古詩為焦仲卿妻作 p283	瀉下	魚	馬	假
	商子華謠 p228	華牙	魚	麻	假
	相逢行 p265	車家	魚	麻	假
	相逢行 p265	車家	魚	麻	假
	孤兒行 p270	芽瓜家	魚	麻	假
	平城歌 p119	苦弩	魚	姥	遇
	長安百姓為王氏五侯歌 p123	怒杜虎	魚	姥	遇
	關東為甯成號 p136	虎怒	魚	姥	遇
	桓帝初城上烏童謠 p219	鼓怒	魚	姥	遇
	天下為賈彪語 p235	虎怒	魚	姥	遇
	時人為任安語 p253	古祖	魚	姥	遇
	天門 p151	著豫	魚	御	遇
	恒農童謠 p218	署處	魚	御	遇
	時人為貢舉語 p242	書居	魚	魚	遇
	西門行 p269	除儲	魚	魚	遇
	孤兒行 p270	書居	魚	魚	遇
	古詩 p334	裾舒	魚	魚	遇
	古詩 p334	餘去素故	魚	魚御暮暮	遇
	交趾兵民為賈琮歌 p212	墟居夫	魚	魚魚虞	遇
	古詩為焦仲卿妻作 p283	初盧	魚	魚模	遇
	桓帝初城上烏童謠 p219	車烏逋徒	魚	魚模模模	遇
	安世房中歌 p145	所緒	魚	語	遇
	俳歌辭 p279	語所	魚	語	遇
	古詩為焦仲卿妻作 p283	語去	魚	語	遇
	古詩為焦仲卿妻作 p283	女汝舉	魚	語	遇

班昭女誡引鄙諺 p232	鼠虎	魚	語姥	遇
時人為郭典語 p240	許禦虎虜土	魚	語語姥姥姥	遇
古詩十九首 p329	女杼許語雨	魚	語語語語麌	遇
京兆為李燮謠 p224	舉茹父虎	魚	語語麌姥	遇
惟泰元 p149	緒雨	魚	語麌	遇
后皇 p153	處宇	魚	語麌	遇
人為高慎語 p234	語甫	魚	語麌	遇
洛陽人為祝良歌 p213	所雨苦	魚	語麌姥	遇
汲縣長老為崔瑗歌 p214	序雨父	魚	語麌麌	遇
帝臨 p148	所宇武五	魚	語麌麌姥	遇
時人為呂布語 p249	布兔	魚	暮	遇
同上 p292	兔顧故	魚	暮	遇
桓帝初天下童謠 p219	枯姑胡	魚	模	遇
華爗爗 p153	宇舞	魚	麌	遇
鄉人謠 p221	矩武	魚	麌	遇
韓安國引語 p129	父虎	魚	麌姥	遇
天下為衛子夫歌 p120	怒／下	魚	姥／馬	遇／假
練時日 p147	虎／馬	魚	姥／馬	遇／假
馬皇后引俗語 p242	土／赭	魚	姥／馬	遇／假
龍蛇歌 p310	怒伍股戶土苦顧／下野	魚	姥姥姥姥姥姥暮／馬	遇／假
箕山操 p307	慮普睹苦土祖顧／下	魚	御姥姥姥姥姥暮／馬	遇／假
張公神碑歌 p326	居魚娛／瑕	魚	魚魚虞／麻	遇／假
應劭引里語論日蝕 p236	語／者	魚	語／馬	遇／假
龍蛇歌附 p311	所雨／下	魚	語麌／馬	遇／假
齊房（芝房歌）p153	都／華	魚	模／麻	遇／假
同前 p261	雨／下	魚	麌／馬	遇／假
孤兒行 p270	雨苦賈魯／馬	魚	麌姥姥姥／馬	遇／假

（7）三國詩歌　總：36

作　者	篇　名	韻　字	上古韻	中古韻	韻　攝
阮籍	詠懷詩 p496	者馬野下寫	魚	馬	假
繆襲	克官渡 p527	馬野	魚	馬	假
曹丕	飲馬長城窟行 p398	虜鼓弩五	魚	姥	遇
曹植	矯志詩 p448	魚居	魚	魚	遇
曹植	言志詩 p462	魚居	魚	魚	遇
嵇康	四言贈兄秀才入軍詩 p482	車渠魚且	魚	魚	遇
	鴻臚中為韓暨韓宣語 p521	臚如	魚	魚	遇
	孫皓初童謠 p539	魚居	魚	魚	遇
應璩	百一詩 p469	初閭魚廬居書譽虛如誣	魚	魚魚魚魚魚魚魚魚魚虞	遇
曹植	妾薄命行 p436	車除虛娛	魚	魚魚魚虞	遇
嵇康	幽憤詩 p480	居如疏虞	魚	魚魚魚虞	遇
曹植	遊仙詩 p456	虛娛湖	魚	魚虞模	遇
曹植	應詔 p447	車都	魚	魚模	遇
曹植	應詔 p447	旅渚女黍	魚	語	遇
曹植	朔風詩 p447	阻暑	魚	語	遇
曹叡	櫂歌行 p416	阻虜怙怒浦	魚	語姥姥姥姥	遇
曹丕	黎陽作詩 p399	阻楚御雨	魚	語語御麌	遇
嵇康	幽憤詩 p480	圄阻與沮補	魚	語語語語姥	遇
阮籍	詠懷詩 p493	序與楚佇處宇羽輔武父	魚	語語語語語麌麌麌麌麌	遇
王粲	贈蔡子篤詩 p357	阻處與佇雨	魚	語語語語麌	遇
王粲	贈士孫文始 p358	處語緒輔	魚	語語語麌	遇
嵇康	四言贈兄秀才入軍詩 p482	渚侶與羽	魚	語語語麌	遇
曹植	泰山梁甫行 p426	墅阻雨宇	魚	語語麌麌	遇
	使者為妖祠詩 p540	渚都	魚	語模	遇
曹植	責躬 p446	敘輔土魯	魚	語麌姥姥	遇
嵇康	四言贈兄秀才入軍詩 p482	楚踽雨澼	魚	語麌麌姥	遇

費禕	嘲吳羣臣 p531	哺故	魚	暮	遇
	時人為周瑜謠（吳謠）	誤顧	魚	暮	遇
曹植	責躬 p446	圖壚	魚	模	遇
曹植	朔風詩 p447	都徂	魚	模	遇
應璩	百一詩 p469	蘇屠壺	魚	模	遇
嵇康	代秋胡歌詩 p479	枯烏徂辜	魚	模	遇
薛綜	嘲蜀使張奉 p534	吳都	魚	模	遇
曹植	矯志詩 p448	矩雨	魚	麌	遇
曹操	善哉行 p352	父戶	魚	麌姥	遇
韋昭	攄武師 p544	祖／夏下	魚	姥／馬	遇／假

2. 魚／支

（1）楚辭屈宋　總：1

作　者	篇　名	韻　字	上古韻	中古韻	韻　攝
宋玉	九辯	譽／知	魚／支	魚／支	遇／止

3. 魚／脂

（1）西漢文人　總：1

作　者	篇　名	韻　字	上古韻	中古韻	韻　攝
劉向	遠遊	馳／指	魚／脂	姥／旨	遇／止

4. 魚／脂／歌

（1）三國詩歌　總：1

作　者	篇　名	韻　字	上古韻	中古韻	韻　攝
嵇康	四言贈兄秀才入軍詩 p482	遐華／喈／歌阿波	魚／脂／歌	麻／皆／歌歌戈	假／蟹／果

5. 魚／陽

（1）楚辭屈宋　總：3

作　者	篇　名	韻　字	上古韻	中古韻	韻　攝
屈原	懷沙	土／莽	魚／陽	姥／蕩	遇／宕
屈原	離騷	與／莽	魚／陽	語／蕩	遇／宕
屈原	離騷	故／迎	魚／陽	暮／映	遇／梗

（2）西漢文人　總：1

作　者	篇　名	韻　字	上古韻	中古韻	韻　攝
劉弗陵	黃鵠歌 p108	葭／祥	魚／陽	麻／陽	假／宕

（3）東漢文人　總：1

作　者	篇　名	韻　字	上古韻	中古韻	韻　攝
王逸	遭厄	處／蕩	魚／陽	語／蕩	遇／宕

（4）兩漢民間　總：1

作　者	篇　名	韻　字	上古韻	中古韻	韻　攝
	龍蛇歌附 p312	怒股土／莽	魚／陽	姥／蕩	遇／宕

6. 魚／微／歌

（1）東漢文人　總：1

作　者	篇　名	韻　字	上古韻	中古韻	韻　攝
仲長統	見志詩 p204	寡下雅冶／火／可我左柂瑣	魚／微／歌	馬／果／哿哿哿哿果	假／果／果

7. 魚／歌

（1）楚辭屈宋　總：2

作　者	篇　名	韻　字	上古韻	中古韻	韻　攝
宋玉	九辯	瑕／加	魚／歌	麻	假
屈原	遠遊	除居霞／戲	魚／歌	魚魚麻／支	遇遇假／止

（2）先秦詩　總：1

作　者	篇　名	韻　字	上古韻	中古韻	韻　攝
	采葛婦歌 p30	除書舒／奇儀移疲	魚／歌	魚／支	遇／止

（3）東漢文人　總：2

作　者	篇　名	韻　字	上古韻	中古韻	韻　攝
酈炎	詩 p182	華／柯阿和科波嘉沙	魚／歌	麻／歌歌戈戈戈麻麻	假／果果果果果假假
張衡	怨詩 p179	葩／阿何嘉	魚／歌	麻／歌歌麻	假／果果假

（4）兩漢民間　總：3

作　者	篇　名	韻　字	上古韻	中古韻	韻　攝
	鄉里為茨充號 p254	車／河	魚／歌	麻／歌	假／果
	列女引 p305	邪／多	魚／歌	麻／歌	假／果
	雉朝飛操 p304	家／何阿和	魚／歌	麻／歌歌戈	假／果

（5）三國詩歌　總：13

作　者	篇　名	韻　字	上古韻	中古韻	韻　攝
曹植	責躬 p446	華／加	魚／歌	麻	假
曹植	大魏篇 p428	華邪／阿歌	魚／歌	麻／歌	假／果
嵇康	代秋胡歌詩 p479	家／多羅他	魚／歌	麻／歌	假／果
阮籍	詠懷詩 p496	葩華誇／河跎何	魚／歌	麻／歌	假／果
	明帝景初中童謠 p516	車／河何	魚／歌	麻／歌	假／果
嵇康	五言詩 p489	華牙／羅多和	魚／歌	麻／歌歌戈	假／果
曹植	閨情詩 p449	華／羅峨歌他和	魚／歌	麻／歌歌歌歌戈	假／果
嵇康	答二郭詩 p486	華霞／荷阿他羅歌多波和嗟嘉	魚／歌	麻／歌歌歌歌歌歌戈戈麻麻	假／果果果果果果果假假
曹植	遠遊篇 p434	霞家華／峨阿歌多波過沙	魚／歌	麻／歌歌歌歌戈戈麻	假／果果果果果果假
阮籍	詠懷詩 p496	華葩／阿禾嗟	魚／歌	麻／歌戈麻	假／果果假
阮籍	詠懷詩 p496	華／阿何嗟加	魚／歌	麻／歌歌麻麻	假／果果假假
應璩	百一詩 p469	蝦／羅沙	魚／歌	麻／歌麻	假／果假
曹操	善哉行 p352	語與楚敘緒處雨祜苦怙覩／左	魚／歌	語語語語語語語麌姥姥姥姥／哿	遇／果

8. 魚／緝

（1）詩經　總：1

作　者	篇　名	韻　字	上古韻	中古韻	韻　攝
	文王之什・思齊	瑕／入	魚／緝	麻／緝	假／深

9. 魚／鐸

（1）詩經　總：19

作　者	篇　名	韻　字	上古韻	中古韻	韻　攝
	鹿鳴之什・天保	除固／庶	魚／鐸	御暮／御	遇
	遵大路	袪故／惡	魚／鐸	魚暮／暮	遇
	蕩之什・抑	虞／度	魚／鐸	虞／暮	遇

	式微	故／露	魚／鐸	暮	遇
	文王之什・皇矣	固／路	魚／鐸	暮	遇
	生民之什・生民	訏／路	魚／鐸	麌／暮	遇
	蕩之什・雲漢	去虞故怒／莫	魚／鐸	御虞暮暮／鐸	遇／宕
	蝃蝀	居除瞿／莫	魚／鐸	魚御虞／鐸	遇／宕
	蕩之什・烝民	賦／若	魚／鐸	遇／藥	遇／宕
	大叔于田	御／射	魚／鐸	御／禡	遇／假
	文王之什・皇矣	椐／柘	魚／鐸	御／禡	遇／假
	葛生	居／夜	魚／鐸	魚／禡	遇／假
	蕩之什・蕩	呼／夜	魚／鐸	模／禡	遇／假
	南有嘉魚之什・六月	茹／獲	魚／鐸	魚／麥	遇／梗
	汾沮洳	洳／度路莫	魚／鐸	御／暮暮鐸	遇／遇遇宕
	臣工之什・振鷺	譽／惡斁夜	魚／鐸	御／暮暮禡	遇／遇遇假
	生民之什・行葦	御斝／酢席	魚／鐸	御馬／鐸昔	遇假／宕梗
	駉	魚徂騢邪／繹	魚／鐸	魚模麻麻／昔	遇遇假假／梗
	谷風之什・小明	除顧怒暇／庶莫	魚／鐸	御暮暮禡／御鐸	遇遇遇假／遇宕

（2）楚辭屈宋　總：16

作　者	篇　名	韻　字	上古韻	中古韻	韻　攝
屈原	離騷	女／慕	魚／鐸	御／暮	遇
屈原	懷沙	懼／錯	魚／鐸	遇／暮	遇
屈原	離騷	序／暮	魚／鐸	語／暮	遇
屈原	離騷	女宇／惡	魚／鐸	語麌／暮	遇
屈原	離騷	圃／暮	魚／鐸	暮	遇
屈原	離騷	固／惡	魚／鐸	暮	遇
屈原	涉江	圃顧／璐	魚／鐸	暮	遇
屈原	懷沙	故／慕	魚／鐸	暮	遇
屈原	懷沙	故／暮	魚／鐸	暮	遇
屈原	思美人	故／暮度	魚／鐸	暮	遇
屈原	遠遊	顧／路	魚／鐸	暮	遇
宋玉	九辯	固／錯	魚／鐸	暮	遇

	招魂	居呼／絡	魚／鐸	魚模／鐸	遇／宕
屈原	離騷	姈／索	魚／鐸	暮／鐸	遇／宕
屈原	離騷	御／夜	魚／鐸	御／禡	遇／假
屈原	離騷	故舍／路	魚／鐸	暮禡／暮	遇假／遇

（3）先秦詩　總：2

作者	篇名	韻字	上古韻	中古韻	韻攝
	徐人歌 p23	故／墓	魚／鐸	暮	遇
	成相雜辭 p52	途故／惡度	魚／鐸	模暮／暮	遇

（4）西漢文人　總：8

作者	篇名	韻字	上古韻	中古韻	韻攝
東方朔	哀命	舍／路	魚／鐸	禡／暮	假／遇
劉向	愍命	語／愬	魚／鐸	御／暮	遇
東方朔	哀命	去／路	魚／鐸	御／暮	遇
劉友	歌 p92	寤／惡	魚／鐸	暮	遇
韋孟	在鄒詩 p107	顧／路	魚／鐸	暮	遇
劉向	離世	故／慕	魚／鐸	暮	遇
東方朔	謬諫	固／涸	魚／鐸	暮／鐸	遇／宕
李陵	歌 p109	奴／漠	魚／鐸	模／鐸	遇／宕

（5）兩漢民間　總：5

作者	篇名	韻字	上古韻	中古韻	韻攝
	通博南歌 p209	堵袴／度暮	魚／鐸	姥暮／暮	遇
	鄉人為秦護歌 p211	袴／護	魚／鐸	暮	遇
	古詩十九首 p329	寤固素誤／墓路暮露度	魚／鐸	暮	遇
	李陵錄別詩 p336	素固故／路胙暮步厝度慕	魚／鐸	暮	遇
	將進酒 p158	苦／索作搏白	魚／鐸	姥／鐸鐸鐸陌	遇／宕宕宕梗

（6）三國詩歌　總：2

作者	篇名	韻字	上古韻	中古韻	韻攝
阮籍	詠懷詩 p493	顧悟固素／路度暮慕露胙	魚／鐸	暮	遇
繆襲	太和 p530	布／胙露度	魚／鐸	暮	遇

10. 魚／鐸／歌

（1）先秦詩　總：1

作　者	篇　名	韻　字	上古韻	中古韻	韻　攝
	申包胥歌 p28	下／澤／蛇	魚／鐸／歌	馬／陌／麻	假／梗／假

（六）支部韻譜

1. 支部獨韻

（1）詩經　總：8

作　者	篇　名	韻　字	上古韻	中古韻	韻　攝
	墓門	斯知	支	支	止
	隰有萇楚	枝知	支	支	止
	節南山之什・小弁	斯提	支	支	止
	節南山之什・小弁	伎雌枝知	支	支	止
	節南山之什・何人斯	篪知斯	支	支	止
	魚藻之什・白華	卑疧	支	支	止
	苑蘭	支知／觿	支	支／齊	止／蟹
	生民之什・板	篪／圭攜	支	支／齊	止／蟹

（2）先秦詩　總：1

作　者	篇　名	韻　字	上古韻	中古韻	韻　攝
	越人歌 p24	枝知	支	支	止

（3）兩漢民間　總：1

作　者	篇　名	韻　字	上古韻	中古韻	韻　攝
	漁陽民為張堪歌 p207	枝歧支	支	支	止

（4）三國詩歌　總：2

作　者	篇　名	韻　字	上古韻	中古韻	韻　攝
	嘉平中謠 p516	馳騎	支	支	止
應璩	百一詩 p469	鼓／賣	支	姥／卦	遇／蟹

2. 支／脂

（1）楚辭屈宋　總：1

作　者	篇　名	韻　字	上古韻	中古韻	韻　攝
屈原	遠遊	弭／涕	支／脂	紙／薺	止／蟹

（2）東漢文人　總：1

作　者	篇　名	韻　字	上古韻	中古韻	韻　攝
王逸	傷時	知／糜	支／脂	支／脂	止

（3）兩漢民間　總：1

作　者	篇　名	韻　字	上古韻	中古韻	韻　攝
	東門行 p269	兒啼／糜	支／脂	支齊／脂	止蟹／止

3. 支／脂／微

（1）三國詩歌　總：1

作　者	篇　名	韻　字	上古韻	中古韻	韻　攝
曹操	苦寒行 p351	啼／糜飢栖／悲巍霏歸懷摧徊	支／脂／微	齊／脂脂齊／脂微微微皆灰灰	蟹／止止蟹／止止蟹蟹蟹

4. 支／脂／歌

（1）三國詩歌　總：2

作　者	篇　名	韻　字	上古韻	中古韻	韻　攝
何晏	言志詩 p468	知／彌／移池	支／脂／歌	支	止
曹丕	短歌行 p389	知麑／棲／離	支／脂／歌	支齊／齊／支	止蟹／蟹／止

5. 支／脂／微／歌

（1）兩漢民間　總：1

作　者	篇　名	韻　字	上古韻	中古韻	韻　攝
	崔少府女贈盧充詩 p324	兒脾／祗／萎／猗奇施儀	支／脂／微／歌	支／脂／支／支	止

6. 支／微

（1）東漢文人　總：1

作　者	篇　名	韻　字	上古韻	中古韻	韻　攝
王逸	傷時	賣／纍	支／微	卦／至	蟹／止

（2）兩漢民間　總：1

作　者	篇　名	韻　字	上古韻	中古韻	韻　攝
	上邪 p160	知／衰	支／微	支／脂	止

7. 支 / 微 / 歌

（1）三國詩歌　總：3

作　者	篇　名	韻　字	上古韻	中古韻	韻　攝
甄皇后	塘上行 p406	知脾 / 悲 / 離	支 / 微 / 歌	支 / 脂 / 支	止
嵇康	五言贈秀才詩 p485	崖 / 維 / 儀池虧差施羈離陂危巇奇隨	支 / 微 / 歌	支 / 脂 / 支	止
嵇康	詩 p491	枝 / 懷 / 儀螭池離虧何	支 / 微 / 歌	支 / 皆 / 支支支支支歌	止 / 蟹 / 止止止止止果

8. 支 / 歌

（1）楚辭屈宋　總：1

作　者	篇　名	韻　字	上古韻	中古韻	韻　攝
屈原	少司命	知 / 離	支 / 歌	支	止

（2）先秦詩　總：4

作　者	篇　名	韻　字	上古韻	中古韻	韻　攝
	琴歌附 p27	雌 / 皮廖為	支 / 歌	支	止
	成相雜辭 p52	徙 / 施禍	支 / 歌	紙 / 寘果	止 / 止果
	琴歌 p27	雞 / 為皮	支 / 歌	齊 / 支	蟹 / 止
	琴歌附 p27	奚谿雞柴 / 為皮	支 / 歌	齊齊齊佳 / 支	蟹 / 止

（3）西漢文人　總：4

作　者	篇　名	韻　字	上古韻	中古韻	韻　攝
東方朔	哀命	知 / 離	支 / 歌	支	止
劉向	思古	灑 / 離	支 / 歌	寘	止
劉向	惜賢	蠡 / 嵯	支 / 歌	支	止
劉向	愍命	柴 / 荷	支 / 歌	佳 / 歌	蟹 / 果

（4）東漢文人　總：4

作　者	篇　名	韻　字	上古韻	中古韻	韻　攝
崔駰	七言詩 p171	規 / 池儀	支 / 歌	支	止
張衡	歌 p179	枝 / 猗	支 / 歌	支	止
王逸	傷時	支 / 為	支 / 歌	支	止
王逸	疾世	岐 / 義	支 / 歌	支 / 寘	止

（5）兩漢民間　總：11

作　者	篇　名	韻　字	上古韻	中古韻	韻　攝
	高誘引諺論毀譽 p239	知／為	支／歌	支	止
	艷歌何嘗行 p272	知／離	支／歌	支	止
	豔歌行 p273	筵／為	支／歌	支	止
	滿歌行 p275	知／巇罹為移	支／歌	支	止
	滿歌行 p275	支知／巇罹移	支／歌	支	止
	古詩為焦仲卿妻作 p283	枝／池離	支／歌	支	止
	芑梁妻歌 p312	知／離隳	支／歌	支	止
	岐山操 p322	岐知斯／移	支／歌	支	止
	古詩十九首 p329	枝知涯／離	支／歌	支支佳／支	止止蟹／止
	豔歌行 p273	啼／離	支／歌	齊／支	蟹／止
	練時日 p147	麗／灑	支／歌	霽／紙	蟹／止

（6）三國詩歌　總：21

作　者	篇　名	韻　字	上古韻	中古韻	韻　攝
王粲	從軍詩 p361	知觜規／為隨垂糜移施觭	支／歌	支	止
劉楨	詩 p373	枝觜／移	支／歌	支	止
徐幹	於清河見挽船士新婚與妻別詩 p378	枝知／離隨移馳池	支／歌	支	止
曹丕	秋胡行 p390	知／為儀危移	支／歌	支	止
曹丕	善哉行 p390	枝知／為馳	支／歌	支	止
曹丕	猛虎行 p392	知／儀池	支／歌	支	止
曹丕	秋胡行 p396	枝／為	支／歌	支	止
曹丕	豔歌何嘗行 p397	兒知／隨離觭	支／歌	支	止
甄皇后	塘上行 p406	知／離儀	支／歌	支	止
曹叡	櫂歌行 p416	祇／移隨媯	支／歌	支	止
曹植	木連理謳 p444	枝規／披	支／歌	支	止
曹植	公讌詩 p449	枝斯／疲隨差池移	支／歌	支	止
嵇康	述志詩 p488	知枝／池羲陂宜離施儀崖羈馳為	支／歌	支	止
阮籍	詠懷詩 p496	枝／池宜離隨	支／歌	支	止
阮籍	詠懷詩 p496	知／移差離迤	支／歌	支／支支支紙	止
阮瑀	駕出北郭門行 p378	枝斯兒知觜規啼嘶／馳施皮離	支／歌	支支支支支支齊齊／支	止止止止止止蟹蟹／止

曹植	白馬篇 p432	兒支卑蹄隄 / 馳垂 蝸移差	支 / 歌	支支支齊 齊 / 支	止止止蟹 蟹 / 止
曹丕	釣竿行 p392	筵涯 / 為	支 / 歌	支佳 / 支	止蟹 / 止
曹植	升天行 p433	枝谿涯 / 馳	支 / 歌	支齊佳 / 支	止蟹蟹 / 止
繁欽	槐樹詩 p386	涯 / 離	支 / 歌	佳 / 支	蟹 / 止
曹植	桂之樹行 p437	佳涯 / 蝸	支 / 歌	佳 / 支	蟹 / 止

9. 支／錫

（1）詩經　總：1

作　者	篇　名	韻　字	上古韻	中古韻	韻　攝
	節南山之什・何人斯	知祇 / 易	支 / 錫	支 / 昔	止 / 梗

（2）先秦詩　總：1

作　者	篇　名	韻　字	上古韻	中古韻	韻　攝
	申叔儀乞糧歌 p23	睨 / 繫	支 / 錫	霽	蟹

（3）西漢文人　總：1

作　者	篇　名	韻　字	上古韻	中古韻	韻　攝
劉向	愍命	智 / 躄	支 / 錫	寘 / 霽	止 / 蟹

10. 支／錫／脂／歌

（1）兩漢民間　總：1

作　者	篇　名	韻　字	上古韻	中古韻	韻　攝
	古詩十九首 p329	此 / 解 / 爾 / 綺被	支 / 錫 / 脂 / 歌	紙 / 蟹 / 紙 / 紙	止 / 蟹 / 止 / 止

（七）脂部韻譜

1. 脂部獨韻

（1）詩經　總：32

作　者	篇　名	韻　字	上古韻	中古韻	韻　攝
	谷風之什・大東	匕矢砥	脂	旨	止
	衡門	遲飢	脂	脂	止
	下泉	蓍師	脂	脂	止
	七月	遲祁	脂	脂	止
	谷風之什・楚茨	遲私	脂	脂	止
	甫田之什・瞻彼洛矣	茨師	脂	脂	止
	鹿鳴之什・魚麗	旨 / 偕	脂	旨 / 皆	止 / 蟹

	甫田之什・賓之初筵	旨／偕	脂	旨／皆	止／蟹
	谷風	死／體	脂	旨／薺	止／蟹
	泉水	姊／沴禰弟	脂	旨／薺	止／蟹
	蝃蝀	指／弟	脂	旨／薺	止／蟹
	相鼠	死／體禮	脂	旨／薺	止／蟹
	鹿鳴之什・魚麗	旨／體	脂	旨／薺	止／蟹
	南有嘉魚之什・吉日	矢兕／體	脂	旨／薺	止／蟹
	生民之什・公劉	几／濟	脂	旨／薺	止／蟹
	閔予小子之什・載芟	秭／濟	脂	旨／薺	止／蟹
	閔予小子之什・載芟	妣／體禮	脂	旨／薺	止／蟹
	陟岵	死／弟偕	脂	旨／薺皆	止／蟹
	臣工之什・豐年	妣／體禮皆	脂	旨／薺薺皆	止／蟹
	杕杜	比佽／弟	脂	至／霽	止／蟹
	鹿鳴之什・杕杜	邇／偕	脂	紙／皆	止／蟹
	載驅	濔／弟濟	脂	紙／薺	止／蟹
	生民之什・行葦	爾几／弟	脂	紙旨／薺	止／蟹
	節南山之什・巧言	麋／階	脂	脂／皆	止／蟹
	蕩之什・瞻卬	鴟／階	脂	脂／皆	止／蟹
	碩人	脂眉／薳犀犀	脂	脂／齊	止／蟹
	風雨	夷／淒喈	脂	脂／齊皆	止／蟹
	甫田之什・大田	祁私／萋穉穧	脂	脂／齊齊霽	止／蟹
	生民之什・卷阿	萋喈	脂	齊皆	蟹
	谷風	薺弟	脂	薺	蟹
	文王之什・旱麓	弟濟	脂	薺	蟹
	谷風之什・大東	涕／視	脂	霽／至	蟹／止

（2）楚辭屈宋　總：3

作　者	篇　名	韻　字	上古韻	中古韻	韻　攝
屈原	天問	死／體	脂	旨／薺	止／蟹
屈原	天問	雉／底	脂	旨／薺	止／蟹
屈原	懷沙	示／濟	脂	至／霽	止／蟹

（3）先秦詩　總：2

作　者	篇　名	韻　字	上古韻	中古韻	韻　攝
	右三 59	兕雉	脂	旨	止
	投壺辭 p51	坻師	脂	脂	止

（4）西漢文人　總：4

作　者	篇　名	韻　字	上古韻	中古韻	韻　攝
韋玄成	自劾詩 p113	視履	脂	旨	止
韋玄成	自劾詩 p113	夷祗	脂	脂	止
劉向	惜賢	夷死美	脂	脂旨旨	止
王褒	陶壅	夷師夷泝／躋	脂	脂脂脂之／齊	止／蟹

（5）東漢文人　總：1

作　者	篇　名	韻　字	上古韻	中古韻	韻　攝
石勛	費鳳別碑詩 p175	姊姒	脂	旨	止

（6）兩漢民間　總：3

作　者	篇　名	韻　字	上古韻	中古韻	韻　攝
	王嘉引里諺 p134	指死	脂	旨	止
	東方為王匡廉丹語 p140	眉師	脂	脂	止
	更始時南陽童謠 p128	眉／諧	脂	脂／皆	止／蟹

（7）三國詩歌　總：3

作　者	篇　名	韻　字	上古韻	中古韻	韻　攝
曹植	矯志詩 p448	追機	脂	脂微	止
曹植	情詩 p459	悲衣飛歸晞微	脂	脂微微微微微	止
曹植	矯志詩 p448	棲泥	脂	齊	蟹

2. 脂／元

（1）詩經　總：1

作　者	篇　名	韻　字	上古韻	中古韻	韻　攝
	新臺	瀰／鮮	脂／元	支／仙	止／山

3. 脂／文

（1）西漢文人　總：1

作　者	篇　名	韻　字	上古韻	中古韻	韻　攝
劉向	遠逝	西／紛	脂／文	齊／文	蟹／臻

4. 脂／真

（1）詩經　總：1

作　者	篇　名	韻　字	上古韻	中古韻	韻　攝
	谷風之什・無將大車	疧／塵	脂／真	脂／真	止／臻

5. 脂／真／文／元

（1）三國詩歌　總：1

作　者	篇　名	韻　字	上古韻	中古韻	韻　攝
曹植	吁嗟篇（琴瑟歌）p423	西／阡淵田／存艱／燔閑間山然連	脂／真／文／元	齊／先魂山／元山山山仙仙	蟹／山臻山／山／山

6. 脂／微

（1）詩經　總：34

作　者	篇　名	韻　字	上古韻	中古韻	韻　攝
	靜女	美／煒	脂／微	旨／尾	止
	狼跋	几／尾	脂／微	旨／尾	止
	汝墳	邇／燬尾	脂／微	紙／紙尾	止
	鹿鳴之什・四牡	遲／悲	脂／微	脂	止
	生民之什・生民	脂／惟	脂／微	脂	止
	草蟲	夷／悲薇	脂／微	脂／脂微	止
	采蘩	祁／歸	脂／微	脂／微	止
	節南山之什・節南山	夷／違	脂／微	脂／微	止
	谷風之什・楚茨	尸／歸	脂／微	脂／微	止
	蕩之什・崧高	郿／歸	脂／微	脂／微	止
	閟宮	遲／依	脂／微	脂／微	止
	臣工之什・有客	夷／威綏追	脂／微	脂／微脂脂	止
	節南山之什・小旻	底／依違哀	脂／微	旨／微微咍	止／止止蟹
	鹿鳴之什・采薇	遲／悲饑哀	脂／微	脂／脂微咍	止／止止蟹
	谷風之什・四月	椔／薇哀	脂／微	脂／微咍	止／止蟹
	鹿鳴之什・出車	祁遲夷／歸萋啍	脂／微	脂／微齊皆	止／止蟹蟹

		韻 字	上古韻	中古韻	韻 攝
	生民之什・板	毗尸資師屎懠迷／葵〔註10〕	脂／微	脂脂脂脂之齊齊／脂	止止止止止蟹蟹／止
	碩人	姨私妻／衣	脂／微	脂脂齊／微	止止蟹／止
	節南山之什・節南山	師毗氐迷／維	脂／微	脂脂齊齊／脂	止止蟹蟹／止
	蒹葭	湄坻妻躋／晞	脂／微	脂脂齊齊／微	止止蟹蟹／止
	長發	遲祗齊躋／違圍	脂／微	脂脂齊齊／微	止止蟹蟹／止
	生民之什・行葦	履泥體／葦	脂／微	旨霽薺／尾	止蟹蟹／止
	北風	喈／霏歸	脂／微	皆／微	蟹／止
	鹿鳴之什・杕杜	萋／悲	脂／微	齊／脂	蟹／止
	鹿鳴之什・杕杜	萋／悲歸	脂／微	齊／脂微	蟹／止
	候人	隮／饑	脂／微	齊／微	蟹／止
	鴻雁之什・斯干	躋／飛	脂／微	齊／微	蟹／止
	谷風之什・四月	淒／腓歸	脂／微	齊／微	蟹／止
	蕩之什・烝民	齊喈／騤〔註11〕歸	脂／微	齊皆／脂微	蟹／止
	葛覃	萋喈／飛	脂／微	齊皆／微	蟹／止
	鹿鳴之什・常棣	弟／韡	脂／微	薺／尾	蟹／止

（2）楚辭屈宋 總：3

作 者	篇 名	韻 字	上古韻	中古韻	韻 攝
屈原	離騷	祗／幃	脂／微	脂／微	止
宋玉	九辯	棲／衰肥歸	脂／微	齊／脂微微	蟹／止
宋玉	九辯	偕／悲哀	脂／微	皆／脂哈	蟹／止蟹

（3）先秦詩 總：5

作 者	篇 名	韻 字	上古韻	中古韻	韻 攝
	五子歌 p5	怩／追悲依歸	脂／微	脂／脂脂微微	止

〔註10〕陳新雄《古音研究》：「《說文》：『癸、冬時水土平，可揆度也。』癸、居誄切，當在微部。」

〔註11〕同前注。

	采葛婦歌 p30	遲／霏	脂／微	脂／微	止
	孔子誦 p42	私／衣	脂／微	脂／微	止
	大唐歌 p3	喈／回	脂／微	皆／灰	蟹
	右四 59	淒／歸	脂／微	齊／微	蟹／止

（4）西漢文人　總：9

作　者	篇　名	韻　字	上古韻	中古韻	韻　攝
劉向	思古	次／悲	脂／微	至／脂	止
司馬相如	歌 p99	遲私／衰悲依	脂／微	脂／脂脂微	止
韋玄成	自劾詩 p113	師／輝	脂／微	脂／微	止
劉向	愍命	夷／衣	脂／微	脂／微	止
劉向	怨思	夷／迴	脂／微	脂／灰	止／蟹
韋玄成	戒子孫詩 p114	階／懷	脂／微	皆	蟹
息夫躬	絕命辭 p116	棲／機	脂／微	齊／微	蟹／止
淮南小山	招隱士	姜／歸	脂／微	齊／微	蟹／止
司馬相如	琴歌 p99	棲諧／悲誰飛妃	脂／微	齊皆／脂脂微微	蟹／止

（5）東漢文人　總：4

作　者	篇　名	韻　字	上古韻	中古韻	韻　攝
孔融	六言詩 p197	私祁飢／悲巍肥	脂／微	脂／脂微微	止
王逸	傷時	夷／嵬	脂／微	脂／灰	止／蟹
王逸	疾世	遲飢黎迷／迷違晞懷雷	脂／微	脂脂齊齊／脂微微皆灰	止止蟹蟹／止止止蟹蟹
王逸	怨上	西棲悽低／悲徽依霏機懷摧	脂／微	齊／脂脂微微微皆灰	蟹／止止止止止蟹蟹

（6）兩漢民間　總：12

作　者	篇　名	韻　字	上古韻	中古韻	韻　攝
	李陵錄別詩 p336	遲／悲誰追歸輝薇飛依衣希	脂／微	脂／脂脂微微微微微微	止
	李陵錄別詩 p336	飢／帷悲飛輝飛歸	脂／微	脂／脂脂微微微微	止
	汝南鴻隙陂童謠 p127	葵／誰威	脂／微	脂／脂微	止
	陂操附 p300	遲鴟／悲依歸微	脂／微	脂／脂微微微微	止

	篇名	韻字	上古韻	中古韻	韻攝
	東門行 p269	遲 / 非	脂 / 微	脂 / 微	止
	李陵錄別詩 p336	飢湄肌遲泥 / 悲帷衰衣懷	脂 / 微	脂脂脂脂齊 / 脂脂脂微皆	止止止止蟹 / 止止止止蟹
	古豔歌 p291	遲妻 / 悲飛衣機	脂 / 微	脂齊 / 脂微微微	止蟹 / 止
	京師為袁成諺 p244	諧 / 開	脂 / 微	皆 / 哈	蟹
	古八變歌 p288	堦 / 懷回	脂 / 微	皆 / 皆灰	蟹
	張公神碑歌 p326	棲西喈 / 懷徊	脂 / 微	齊齊皆 / 皆灰	蟹
	孤兒行 p270	藜 / 悲彙歸菲衣	脂 / 微	齊 / 脂脂微微微	蟹 / 止
	古詩十九首 p329	齊妻階 / 悲稀飛徊哀	脂 / 微	齊齊皆 / 脂微微灰哈	蟹 / 止止止蟹蟹

（7）三國詩歌　　總：29

作　者	篇　名	韻　字	上古韻	中古韻	韻　攝
曹植	丹霞蔽日行 p421	夷 / 衰遺	脂 / 微	脂	止
曹丕	善哉行 p390	飢 / 追壘衣	脂 / 微	脂 / 脂旨微	止
曹植	贈白馬王彪詩 p452	師 / 衰追悲違歸晞	脂 / 微	脂 / 脂脂脂微微微	止
王粲	從軍詩 p361	夷坻私 / 悲誰暉飛衣違	脂 / 微	脂 / 脂脂微微微微	止
王粲	贈文叔良 p358	師 / 惟幾微	脂 / 微	脂 / 脂微微	止
嵇康	四言詩 p484	湄坻 / 衰腓機	脂 / 微	脂 / 脂微微	止
王粲	詩 p364	湄 / 追暉飛歸	脂 / 微	脂 / 脂微微微	止
嵇康	四言詩 p484	嵋 / 維微歸飛	脂 / 微	脂 / 脂微微微	止
阮籍	詠懷詩 p496	飢 / 悲衣依歸飛	脂 / 微	脂 / 脂微微微微	止
王粲	贈士孫文始 p358	夷師湄 / 違	脂 / 微	脂 / 微	止
阮瑀	詩 p380	夷 / 歸輝衣	脂 / 微	脂 / 微	止
阮瑀	詩 p381	遲葵 / 衣飛	脂 / 微	脂 / 微	止
曹植	姜薄命行 p436	私遲 / 歸晞	脂 / 微	脂 / 微	止
嵇康	幽憤詩 p480	師 / 威	脂 / 微	脂 / 微	止

嵇康	四言贈兄秀才入軍 p482	姿／暉歸飛	脂／微	脂／微	止
阮籍	詠懷詩 p496	湄夷／璣輝微晞威違	脂／微	脂／微	止
王粲	公讌詩 p360	遲／蕤榱悲誰綏追暉歸違巍罍	脂／微	脂／脂脂脂脂脂脂微微微微灰	止／止止止止止止止止止止蟹
阮籍	采薪者歌 p511	夷／衰衣歸隤推哀	脂／微	脂／脂微微灰灰咍	止／止止止蟹蟹蟹
繁欽	詠蕙詩 p385	姿／依暉晞頹徊哀	脂／微	脂／微微微灰灰咍	止／止止止蟹蟹蟹
王粲	從軍詩 p361	師夷坻資私姿樀／誰遺威肥飛違歸揮非	脂／微	脂脂脂脂脂脂齊／脂脂微微微微微微微	止止止止止止蟹／止止止止止止止止止
王粲	安臺新福歌 p526	師尸黎／綏威違	脂／微	脂脂齊／脂微微	止止蟹／止
曹植	白馬篇 p432	私妻／歸懷	脂／微	脂齊／微皆	止蟹／止蟹
曹植	怨詩行（七哀詩）p459	飢妻棲泥／徊哀	脂／微	脂齊齊齊／灰咍	止蟹蟹蟹／蟹
曹植	應詔 p447	階／隈	脂／微	皆／灰	蟹
王粲	為潘文則作思親詩 p359	階／摧回頹哀	脂／微	皆／灰灰灰咍	蟹
曹丕	寡婦詩 p403	淒棲／乖懷徊頹迴	脂／微	齊／皆皆灰灰灰	蟹
曹叡	步出夏門行 p414	棲／歸飛依摧徊	脂／微	齊／微微微灰灰	蟹／止止止蟹蟹
曹植	怨詩行（七哀詩）p459	西諧／依懷	脂／微	齊皆／微皆	蟹／止蟹
曹植	七哀詩 p458	妻棲泥諧／依懷徊哀	脂／微	齊齊齊皆／微皆灰咍	蟹／止蟹蟹蟹

7. 脂／微／歌

（1）西漢文人　總：1

作　者	篇　名	韻　字	上古韻	中古韻	韻　攝
四皓	歌 p90	飢／歸／迤	脂／微／歌	脂／微／支	止

（2）東漢文人　總：1

作　者	篇　名	韻　字	上古韻	中古韻	韻　攝
徐淑	答秦嘉詩 p188	師／追衣歸違暉懷乖徊／差	脂／微／歌	脂／脂微微微微皆皆灰／麻	止／止止止止止蟹蟹蟹／假

（3）兩漢民間　總：2

作　者	篇　名	韻　字	上古韻	中古韻	韻　攝
	古詩十九首 p329	遲／萎輝／為	脂／微／歌	脂／支微／支	止
	古詩為焦仲卿妻作 p283	遲／悲衣稀歸徊／移為施	脂／微／歌	脂／脂微微微灰／支	止／止止止止蟹／止

（4）三國詩歌　總：2

作　者	篇　名	韻　字	上古韻	中古韻	韻　攝
郭遐周	贈嵇康詩 p475	遲飢／悲歸飛違／離池	脂／微／歌	脂／脂微微微／支	止
應瑒	侍五官中郎將建章臺集詩 p383	棲泥梯諧階／微歸淮懷徊頹哀／疲宜	脂／微／歌	齊齊齊皆皆／微微皆皆灰灰咍／支	蟹／止止蟹蟹蟹蟹蟹／止

8. 脂／歌

（1）楚辭屈宋　總：1

作　者	篇　名	韻　字	上古韻	中古韻	韻　攝
屈原	遠遊	夷／蛇	脂／歌	脂／支	止

（2）先秦詩　總：1

作　者	篇　名	韻　字	上古韻	中古韻	韻　攝
	成相雜辭 p52	師／移為儀	脂／歌	脂／支	止

（3）西漢文人　總：1

作　者	篇　名	韻　字	上古韻	中古韻	韻　攝
東方朔	謬諫	旎／荷阿駝	脂／歌	紙／歌	止／果

（4）兩漢民間　總：1

作　者	篇　名	韻　字	上古韻	中古韻	韻　攝
	同上 p292	脂飢／陂	脂／歌	脂／支	止

9. 脂／質

（1）詩經　總：4

作　者	篇　名	韻　字	上古韻	中古韻	韻　攝
	干旄	紕／四畀	脂／質	支／至	止
	魚藻之什・采菽	膍／戾	脂／質	齊／霽	蟹
	甫田之什・賓之初筵	禮／至	脂／質	薺／至	蟹／止
	載馳	濟／閟	脂／質	霽／至	蟹／止

（2）楚辭屈宋　總：2

作　者	篇　名	韻　字	上古韻	中古韻	韻　攝
屈原	悲回風	比／至	脂／質	至	止
宋玉	九辯	死濟／至	脂／質	旨霽／至	止蟹／止

（3）先秦詩　總：1

作　者	篇　名	韻　字	上古韻	中古韻	韻　攝
	成相雜辭 p52	恣視／至利	脂／質	至	止

（4）西漢文人　總：1

作　者	篇　名	韻　字	上古韻	中古韻	韻　攝
東方朔	謬諫	死／至	脂／質	旨／至	止

（5）兩漢民間　總：2

作　者	篇　名	韻　字	上古韻	中古韻	韻　攝
	猛虎行 p287	棲／日	脂／質	齊／質	蟹／臻
	時人為周澤語 p241	妻泥迷齋／日	脂／質	齊齊齊皆／質	蟹／臻

（八）微部韻譜

1. 微部獨韻

（1）詩經　總：44

作　者	篇　名	韻　字	上古韻	中古韻	韻　攝
	敝笱	唯水	微	旨	止
	魚藻之什・魚藻	尾豈	微	尾	止
	樛木	纍綏	微	脂	止
	南有嘉魚之什・南有嘉魚	纍綏	微	脂	止
	魚藻之什・采菽	葵維	微	脂	止

	七月	悲歸	微	脂微	止
	鹿鳴之什・采薇	騤腓	微	脂微	止
	蕩之什・瞻卬	悲幾	微	脂微	止
	素冠	悲衣歸	微	脂微微	止
	九罭	悲歸衣	微	脂微微	止
	葛覃	歸衣	微	微	止
	柏舟	微衣飛	微	微	止
	谷風	違畿	微	微	止
	式微	微歸	微	微	止
	豐	衣歸	微	微	止
	東方未明	晞衣	微	微	止
	東山	飛歸	微	微	止
	鹿鳴之什・采薇	薇歸	微	微	止
	鹿鳴之什・采薇	依霏	微	微	止
	南有嘉魚之什・湛露	晞歸	微	微	止
	有駜	飛歸	微	微	止
	七月	葦／火	微	尾／果	止／果
	七月	衣／火	微	微／果	止／果
	生民之什・板	畏／壞	微	未／怪	止／蟹
	將仲子	畏／懷	微	未／皆	止／蟹
	東山	畏／懷	微	未／皆	止／蟹
	南山	綏／崔	微	脂／灰	止／蟹
	甫田之什・鴛鴦	綏／摧	微	脂／灰	止／蟹
	蕩之什・雲漢	遺／推雷摧	微	脂／灰	止／蟹
	谷風之什・谷風	遺／懷頹	微	脂／皆灰	止／蟹
	東山	悲歸衣／枚	微	脂微微／灰	止／蟹
	汝墳	饑／枚	微	微／灰	止／蟹
	南有嘉魚之什・采芑	威／雷	微	微／灰	止／蟹
	生民之什・泂酌	歸／罍	微	微／灰	止／蟹
	蕩之什・常武	歸／回	微	微／灰	止／蟹
	節南山之什・十月之交	微／哀	微	微／咍	止／蟹
	揚之水	歸／懷	微	微／皆	止／蟹
	南山	歸／懷	微	微／皆	止／蟹
	鹿鳴之什・常棣	威／懷	微	微／皆	止／蟹
	節南山之什・巧言	威／罪	微	微／賄	止／蟹
	文王之什・旱麓	榴枚回	微	灰	蟹

	閟宮	枚回	微	灰	蟹
	終風	懷雷	微	皆灰	蟹
	卷耳	懷嵬隤罍	微	皆灰灰灰	蟹

（2）楚辭屈宋　總：9

作　者	篇　名	韻　字	上古韻	中古韻	韻攝
宋玉	九辯	冀欷	微	至未	止
宋玉	九辯	衰歸	微	脂微	止
宋玉	九辯	悲歸	微	脂微	止
屈原	天問	依譏	微	微	止
屈原	涉江	衰／嵬	微	脂／灰	止／蟹
屈原	遠遊	悲／懷	微	脂／皆	止／蟹
屈原	遠遊	飛／偎	微	微／灰	止／蟹
屈原	河伯	歸／懷	微	微／皆	止／蟹
屈原	天問	肥／懷	微	微／皆	止／蟹

（3）先秦詩　總：9

作　者	篇　名	韻　字	上古韻	中古韻	韻攝
	呂氏春秋引逸詩 p70	毀累	微	紙	止
	成人歌 p9	綏衰	微	脂	止
	楚狂接輿歌 p20	衰追	微	脂	止
	楚狂接輿歌 p21	衰追	微	脂	止
	採薇歌 p6	衰歸非薇	微	脂微微微	止
	曳杖歌 p8	萎／頹	微	支／灰	止／蟹
	成相雜辭 p52	累衰歸／懷	微	紙脂微／皆	止／蟹
	夢歌 p7	歸／懷瑰	微	微／皆灰	止／蟹
	恭世子誦 p41	懷哀／歸違微依妃	微	皆咍／微	蟹／止

（4）西漢文人　總：19

作　者	篇　名	韻　字	上古韻	中古韻	韻攝
劉向	愍命	圍緯	微	未	止
東方朔	謬諫	悲諱	微	脂微	止
東方朔	謬諫	悲衰驥冀璣	微	脂脂至至微	止
韋玄成	自劾詩 p113	綏韋	微	脂微	止
劉向	離世	悲違	微	脂微	止
劉向	怨思	悲違	微	脂微	止

王褒	陶甕	惟歸飛	微	脂微微	止
劉友	歌 p92	微妃	微	微	止
劉徹	秋風辭 p94	飛歸	微	微	止
息夫躬	絕命辭 p116	歸／徊	微	微／灰	止／蟹
息夫躬	絕命辭 p116	微／開	微	微／咍	止／蟹
劉徹	瓠子歌 p93	水／罪	微	旨／賄	止／蟹
劉向	憂苦	悲／頹	微	脂／灰	止／蟹
李陵	歌 p109	歸／摧隤	微	微／灰	止／蟹
枚乘	歌 p98	飛／槐	微	微／皆	止／蟹
莊忌	哀時命	歸／懷	微	微／皆	止／蟹
劉向	怨思	依／懷	微	微／皆	止／蟹
劉向	逢紛	頹回	微	灰	蟹
劉向	惜賢	懷頹	微	皆灰	蟹

（5）東漢文人　總：5

作　者	篇　名	韻　字	上古韻	中古韻	韻　攝
孔融	六言詩 p197	衰悲微威違	微	脂脂微微微	止
王逸	傷時	悲依	微	脂微	止
班固	論功歌詩 p169	微輝	微	微	止
蔡邕	答卜元嗣詩 p193	希歸	微	微	止
劉辯	唐姬起舞歌附 p191	乖摧頹哀	微	皆灰灰咍	蟹

（6）兩漢民間　總：18

作　者	篇　名	韻　字	上古韻	中古韻	韻　攝
	天馬 p150	水鬼	微	旨尾	止
	建安初荊州童謠 p226	衰遺	微	脂	止
	王子喬 p261	衰悲晞輝歸	微	脂脂微微微	止
	古詩十九首 p329	悲綏衣違輝歸闈飛晞扉	微	脂脂微微微微微微微微	止
	五神 p153	遺歸	微	脂微	止
	赤蛟 p154	衰歸	微	脂微	止
	悲歌 p282	纍歸	微	脂微	止
	東門行 p269	悲衣歸	微	脂微微	止
	薤露 p257	晞歸	微	微	止
	李陵錄別詩 p336	飛稀	微	微	止

	古詩十九首 p329	誰歸衣緯／徊	微	脂微微未／灰	止／蟹
	李陵錄別詩 p336	悲依歸揮飛／乖懷徊摧哀	微	脂微微微微／皆皆灰灰咍	止／蟹
	思親操 p309	飛／徊寬	微	微／灰	止／蟹
	古詩為焦仲卿妻作 p283	歸／哀	微	微／咍	止／蟹
	安世房中歌 p145	歸／懷	微	微／皆	止／蟹
	艷歌何嘗行 p272	頹開	微	灰咍	蟹
	又歌 p216	懷徊	微	皆灰	蟹
	古詩為焦仲卿妻作 p283	懷雷	微	皆灰	蟹

（7）三國詩歌　總：21

作　者	篇　名	韻　字	上古韻	中古韻	韻　攝
阮籍	詠懷詩 p496	帷悲誰暉歸	微	脂脂脂微微	止
繁欽	定情詩 p385	悲衣	微	脂微	止
曹植	同前 p425	悲飛	微	脂微	止
曹植	責躬 p446	悲微	微	脂微	止
費禕	時人為張飛玉追馬歌 p531	追飛	微	脂微	止
陳琳	宴會詩 p368	蕤暉闈	微	脂微微	止
曹植	苦思行 p438	追暉飛	微	脂微微	止
曹植	靈芝篇 p428	遺肥歸機	微	脂微微微	止
嵇康	四言贈兄秀才入軍詩 p482	悲幾暉飛歸饑	微	脂微微微微微	止
曹操	短歌行 p349	稀飛依	微	微	止
劉楨	詩 p374	暉飛	微	微	止
曹叡	同前四解 p414	薇湄歸	微	微	止
曹植	責躬 p446	幾饑	微	微	止
曹植	朔風詩 p447	晞飛	微	微	止
應璩	詩 p473	微輝	微	微	止
繁欽	雜詩 p387	哀／懷	微	脂／皆	止／蟹
繆襲	舊邦 p528	悲誰依違歸／摧	微	脂脂微微微／灰	止／蟹
劉楨	贈五官中郎將詩 p369	追飛歸輝／豈	微	脂微微微／咍	止／蟹

曹丕	臨高臺 p395	頽徊	微	灰	蟹
嵇康	四言詩 p484	懷回頽隈哀	微	皆灰灰灰咍	蟹
阮籍	大人先生歌 p511	懷頽開	微	皆灰咍	蟹

2. 微／元

（1）詩經　總：1

作　者	篇　名	韻　字	上古韻	中古韻	韻　攝
	谷風之什・谷風	萎嵬／怨	微／元	支灰／元	止蟹／山

3. 微／文

（1）詩經　總：2

作　者	篇　名	韻　字	上古韻	中古韻	韻　攝
	鴻雁之什・庭燎	輝／旂晨	微／文	微／微真	止／止臻
	北門	遺摧／敦	微／文	脂灰／魂	止蟹／臻

（2）西漢文人　總：1

作　者	篇　名	韻　字	上古韻	中古韻	韻　攝
韋孟	諷諫詩 p105	韋／旂	微／文	微	止

4. 微／月

（1）三國詩歌　總：1

作　者	篇　名	韻　字	上古韻	中古韻	韻　攝
甄皇后	塘上行 p406	蒯／薤	微／月	怪	蟹

5. 微／物

（1）先秦詩　總：1

作　者	篇　名	韻　字	上古韻	中古韻	韻　攝
	左傳引逸詩 p67	蒯／萃匱	微／物	怪／至	蟹／止

6. 微／物／月

（1）三國詩歌　總：1

作　者	篇　名	韻　字	上古韻	中古韻	韻　攝
甄皇后	塘上行 p406	蒯／寐貴對愛卒沒／薤別	微／物／月	怪／至未隊代術沒／怪薛	蟹／止止蟹蟹臻臻／蟹山

7. 微／歌

（1）楚辭屈宋　總：3

作　者	篇　名	韻　字	上古韻	中古韻	韻　攝
宋玉	九辯	毀／弛	微／歌	紙	止
屈原	東君	歸／蛇懷雷	微／歌	微／支皆灰	止／止蟹蟹
屈原	遠遊	妃／歌	微／歌	微／歌	止／果

（2）西漢文人　總：5

作　者	篇　名	韻　字	上古韻	中古韻	韻　攝
劉向	遠遊	巍／迻	微／歌	微／支	止
劉向	惜賢	斐／峨	微／歌	微／歌	止／果
東方朔	自悲	悲哀歸頹／池	微／歌	脂脂微灰／支	止止止蟹／止
劉向	惜賢	開／塵	微／歌	咍／灰	蟹
劉向	憂苦	哀／離	微／歌	咍／支	蟹／止

（3）東漢文人　總：1

作　者	篇　名	韻　字	上古韻	中古韻	韻　攝
王逸	疾世	乖／池	微／歌	皆／支	蟹／止

（4）兩漢民間　總：6

作　者	篇　名	韻　字	上古韻	中古韻	韻　攝
	古詩為焦仲卿妻作 p283	葦／移	微／歌	尾／支	止
	古詩為焦仲卿妻作 p283	依歸衣／儀	微／歌	微／支	止
	思親操 p309	歸／馳	微／歌	微／支	止
	南風操 p319	悲微／儀嗟	微／歌	脂微／支麻	止／止假
	安世房中歌 p145	回／施	微／歌	灰／支	蟹／止
	艷歌何嘗行 p272	徊／隨	微／歌	灰／支	蟹／止

（5）三國詩歌　總：3

作　者	篇　名	韻　字	上古韻	中古韻	韻　攝
韋昭	炎精缺 p543	綏微違依飛威機／麾羆奇羈施馳	微／歌	脂微微微微微微／支	止
曹丕	代劉勳妻王氏雜詩 p402	輝歸／披	微／歌	微／支	止
曹丕	臨高臺 p395	開／隨	微／歌	咍／支	蟹／止

（九）歌部韻譜

1. 歌部獨韻

（1）詩經　總：55

作　者	篇　名	韻　字	上古韻	中古韻	韻　攝
	新臺	離施	歌	支	止
	相鼠	皮儀為	歌	支	止
	緇衣	宜為	歌	支	止
	南有嘉魚之什·湛露	椅離儀	歌	支	止
	蕩之什·韓奕	皮羆	歌	支	止
	谷風之什·北山	議為	歌	寘	止
	蘀兮	吹／和	歌	支／戈	止／果
	甫田之什·裳裳者華	宜／左	歌	支／哿	止／果
	北門	為／何	歌	支／歌	止／果
	柏舟	儀／河它	歌	支／歌	止／果
	南有嘉魚之什·菁菁者莪	儀／阿	歌	支／歌	止／果
	節南山之什·小弁	罹／何	歌	支／歌	止／果
	節南山之什·小弁	掎扡／佗	歌	支／歌	止／果
	甫田之什·鴛鴦	宜／羅	歌	支／歌	止／果
	文王之什·棫樸	宜／峨	歌	支／歌	止／果
	文王之什·皇矣	池／阿	歌	支／歌	止／果
	生民之什·卷阿	馳／多歌	歌	支／歌	止／果
	玄鳥	宜／河何	歌	支／歌	止／果
	閟宮	犧宜／多	歌	支／歌	止／果
	淇奧	猗／磋磨	歌	支／歌戈	止／果
	兔爰	為／羅吪	歌	支／歌戈	止／果
	鴻雁之什·無羊	池／阿訛	歌	支／歌戈	止／果
	羔羊	皮蛇／紽	歌	支／歌	止／果
	破斧	錡／吪／嘉	歌	支／戈／麻	止／果／假
	蕩之什·抑	儀為／磨／嘉	歌	支／戈／麻	止／果／假
	南有嘉魚之什·車攻	猗馳／破／駕	歌	支／過／禡	止／果／假
	君子偕老	宜／佗河何／珈	歌	支／歌／麻	止／果／假
	東山	綌儀／何／嘉	歌	支／歌／麻	止／果／假

	鴻雁之什・斯干	羆／何／蛇	歌	支／歌／麻	止／果／假
	節南山之什・節南山	猗／何瘥多／嘉嗟	歌	支／歌／麻	止／果／假
	生民之什・鳧鷖	為宜／多／嘉沙	歌	支／歌／麻	止／果／假
	丘中有麻	施／麻嗟	歌	支／麻	止／假
	遵大路	宜／加	歌	支／麻	止／假
	鴻雁之什・斯干	羆／蛇	歌	支／麻	止／假
	甫田之什・賓之初筵	儀／嘉	歌	支／麻	止／假
	生民之什・既醉	儀／嘉	歌	支／麻	止／假
	蕩之什・抑	儀／嘉	歌	支／麻	止／假
	有杕之杜	左我	歌	哿	果
	節南山之什・何人斯	可我禍	歌	哿哿果	果
	晨風	何多	歌	歌	果
	澤陂	荷何沱	歌	歌	果
	節南山之什・小旻	河他	歌	歌	果
	甫田之什・賓之初筵	俄傞	歌	歌	果
	魚藻之什・綿蠻	阿何	歌	歌	果
	蕩之什・桑柔	歌可	歌	歌哿	果
	竹竿	儺瑳左	歌	歌哿哿	果
	江有汜	沱歌過	歌	歌歌戈	果
	魚藻之什・漸漸之石	他沱波	歌	歌歌戈	果
	考槃	阿歌薖過	歌	歌歌戈戈	果
	文王之什・下武	賀佐	歌	箇	果
	東門之枌	娑／麻	歌	歌／麻	果／假
	東門之池	歌／麻	歌	歌／麻	果／假
	鹿鳴之什・魚麗	多／鯊	歌	歌／麻	果／假
	鹿鳴之什・魚麗	多／嘉	歌	歌／麻	果／假
	甫田之什・頍弁	何他／嘉	歌	歌／麻	果／假

（2）楚辭屈宋　總：28

作　者	篇　名	韻　字	上古韻	中古韻	韻　攝
屈原	離騷	離虧	歌	支	止
屈原	抽思	儀虧	歌	支	止
屈原	悲回風	儀為	歌	支	止
屈原	遠遊	馳蛇	歌	支	止
屈原	離騷	馳蛇	歌	支	止

屈原	大司命	為離被	歌	支支紙	止
屈原	離騷	纚〔註12〕蕊	歌	紙	止
屈原	遠遊	麾／波	歌	支／戈	止／果
屈原	大司命	為虧／何	歌	支／歌	止／果
屈原	河伯	螭／河波	歌	支／歌戈	止／果
屈原	少司命	池／阿歌河波	歌	支／歌歌歌戈	止／果
	招魂	離奇／羅歌荷酡波	歌	支／歌歌果歌歌戈	止／果
屈原	橘頌	地／過	歌	至／過	止／果
屈原	天問	地／歌	歌	至／歌	止／果
屈原	天問	施／何／嗟嘉	歌	支／歌／麻	止／果／假
	招魂	為籬池／羅陀荷波／蛇	歌	支／歌歌歌戈／麻	止／果／假
屈原	天問	虧／加	歌	支／麻	止／假
屈原	天問	宜／嘉	歌	支／麻	止／假
屈原	天問	為／化	歌	支／禡	止／假
屈原	天問	施／化	歌	支／禡	止／假
屈原	思美人	為／化	歌	支／禡	止／假
屈原	離騷	離／化	歌	寘／禡	止／假
屈原	離騷	可我	歌	哿	果
屈原	山鬼	阿羅	歌	歌	果
屈原	天問	多何	歌	歌	果
屈原	離騷	頗／差	歌	戈／麻	果／假
屈原	離騷	他／化	歌	歌／禡	果／假
宋玉	九辯	何／化	歌	歌／禡	果／假

（3）先秦詩　總：9

作　者	篇　名	韻　字	上古韻	中古韻	韻　攝
	成相雜辭 p52	罷施移	歌	支	止
	成相雜辭 p52	施罷戲為	歌	支	止
	莊子引逸詩 p70	陂施為	歌	支	止
	宋城者謳 p10	皮／何	歌	支／歌	止／果
	漁父歌 p27	馳漪為／何	歌	支／歌	止／果

〔註12〕「纚」字，郭錫良《漢字古音手冊》入上古支部；陳新雄《古音研究》入第一「歌」部。上古「纚」字僅屈原〈離騷〉1例同「蕊」字相押，依陳新雄入歌部。

	成相雜辭 p52	施義／禍過	歌	寘／果過	止／果
	黃澤謠 p35	儀／沙	歌	支／麻	止／假
	賡歌 p2	脞惰墮	歌	果	果
	左傳引逸詩／p67	何多羅	歌	歌	果

（4）西漢文人　總：16

作　者	篇　名	韻　字	上古韻	中古韻	韻　攝
淮南小山	招隱士	靡倚	歌	紙	止
莊忌	哀時命	施／波	歌	支／戈	止／果
劉邦	鴻鵠 p88	施／何	歌	支／歌	止／果
淮南小山	招隱士	羆／峨	歌	支／歌	止／果
東方朔	謬諫	池／鵝	歌	支／歌	止／果
劉向	遠逝	披義鳥蛇／和	歌	支／戈	止／果
莊忌	哀時命	為差／羅羅波頗／加化	歌	支／歌歌戈戈／麻禡	止／果／假
東方朔	怨世	移戲為議／嵯多何／加	歌	支支支寘／歌／麻	止／果／假
劉徹	瓠子歌 p93	何河	歌	歌	果
劉徹	秋風辭 p94	歌多何	歌	歌	果
劉向	惜賢	何沱	歌	歌	果
劉向	憂苦	峨歌	歌	歌	果
劉徹	秋風辭 p94	河波	歌	歌戈	果
淮南小山	招隱士	峨波	歌	歌戈	果
王褒	株昭	沱羅歌阿和／加蛇化	歌	歌歌歌歌戈／麻麻禡	果／假
王褒	株昭	磋柯阿跎多和劘／嗟	歌	歌歌歌歌歌戈戈／麻	果／假

（5）東漢文人　總：7

作　者	篇　名	韻　字	上古韻	中古韻	韻　攝
秦嘉	贈婦詩 p186	施為	歌	支	止
王逸	傷時	施戲	歌	支	止
張衡	歌 p177	移／多	歌	支／歌	止／果
王逸	疾世	馳羲	歌	支	止
蔡琰	悲憤詩 p199	可禍坐	歌	哿果果	果
王逸	逢尤	阿沱	歌	歌	果
趙岐	歌 p195	何／嘉	歌	歌／麻	果／假

（6）兩漢民間　總：22

作　者	篇　名	韻　字	上古韻	中古韻	韻　攝
	天馬 p150	奇馳	歌	支	止
	朝隴首（白麟歌）p154	馳陂	歌	支	止
	古詩為焦仲卿妻作 p283	離奇	歌	支	止
	琴引 p321	騎麾差	歌	支	止
	古詩十九首 p329	陂宜 / 蘿阿	歌	支 / 歌	止 / 果
	將歸操 p299	為 / 波 / 加	歌	支 / 戈 / 麻	止 / 果 / 假
	風雨詩 p329	池 / 多河何波過 / 沙加	歌	支 / 歌歌歌戈戈 / 麻	止 / 果 / 假
	天下為四侯語 p244	坐墮	歌	果	果
	東方為王匡廉丹語 p140	可我	歌	哿	果
	益州民為尹就諺 p235	可我	歌	哿	果
	應劭引俚語論正失 p235	河何	歌	歌	果
	同前 p261	阿蘿	歌	歌	果
	善哉行 p266	多歌	歌	歌	果
	龜山操 p301	柯何	歌	歌	果
	離歌 287	羅磨	歌	歌戈	果
	華燁燁 p153	阿河波	歌	歌歌戈	果
	艾如張 p156	何羅和	歌	歌歌戈	果
	聖人出 p160	何河和	歌	歌歌戈	果
	張公神碑歌 p326	歌河波	歌	歌歌戈	果
	箕子操 p319	河何 / 嗟	歌	歌 / 麻	果 / 假
	南風操 p319	峨歌河 / 沙	歌	歌 / 麻	果 / 假
	赤蛟 p154	蛇 / 犧	歌	支	止

（7）三國詩歌　總：18

作　者	篇　名	韻　字	上古韻	中古韻	韻　攝
曹丕	善哉行 p393	羈為	歌	支	止
曹植	精微篇 p429	施移為儀	歌	支	止
曹植	樂府 442	離移為	歌	支	止
曹植	責躬 p446	隳儀	歌	支	止
阮籍	詠懷詩 p496	宜施池離隳	歌	支	止
繆襲	戰滎陽 p527	陂馳	歌	支	止

張純	賦席 p535	施宜	歌	支	止
繁欽	定情詩 p385	離／釵	歌	支／佳	止／蟹
	軍中為盧洪趙達語（軍中謠）p521	可我	歌	哿	果
曹操	短歌行 p349	歌何多	歌	歌	果
曹植	同前 p425	多羅波	歌	歌歌戈	果
繆襲	定武功 p528	河沱波戈	歌	歌歌戈戈	果
曹植	妾薄命行 p436	柯河娥波	歌	歌歌歌戈	果
阮籍	詠懷詩 p496	歌跎河多何過	歌	歌歌歌歌歌戈	果
曹植	遠遊篇 p43	娥／沙	歌	歌／麻	果／假
嵇康	思親詩 p490	多／化	歌	歌／禡	果／假
曹叡	猛虎行 p417	柯阿和窠／加	歌	歌歌戈戈／麻	果／假
阮籍	詠懷詩 p496	阿多河過／嗟	歌	歌歌歌戈／麻	果／假

2. 歌／元

（1）詩經　總：3

作　者	篇　名	韻　字	上古韻	中古韻	韻　攝
	魚藻之什‧隰桑	何／難	歌／元	歌／寒	果／山
	甫田之什‧桑扈	那／憲翰難	歌／元	箇／願翰翰	果／山
	東門之枌	差／原	歌／元	麻／元	假／山

（2）先秦詩　總：1

作　者	篇　名	韻　字	上古韻	中古韻	韻　攝
	歲莫歌 p12	罷／寒	歌／元	支／寒	止／山

（3）西漢文人　總：1

作　者	篇　名	韻　字	上古韻	中古韻	韻　攝
淮南小山	招隱士	硊／猭	歌／元	紙／桓	止／山

（4）東漢文人　總：1

作　者	篇　名	韻　字	上古韻	中古韻	韻　攝
王逸	悼亂	蛇／猿山	歌／元	麻／元山	假／山

（5）兩漢民間　總：2

作　者	篇　名	韻　字	上古韻	中古韻	韻　攝
	滿歌行 p275	他／言安干	歌／元	歌／元寒寒	果／山

	滿歌行 p275	他／言安干	歌／元	歌／元寒寒	果／山寒

3. 歌／月

（1）西漢文人　總：1

作　者	篇　名	韻　字	上古韻	中古韻	韻　攝
劉向	遠逝	儀／澌	歌／月	支／祭	止／蟹

二、入聲韻譜、合韻譜

（一）職部韻譜

1. 職部獨韻

（1）詩經　總：85

作　者	篇　名	韻　字	上古韻	中古韻	韻　攝
	鴻雁之什・我行其野	異／富	職	志／宥	止／流
	閟宮	熾試／背／富	職	志／隊／宥	止／蟹／流
	羔羊	革／緎食	職	麥／職	梗／曾
	載馳	麥／極	職	麥／職	梗／曾
	鴻雁之什・斯干	革／棘翼	職	麥／職	梗／曾
	桑中	麥／弋北	職	麥／職德	梗／曾
	丘中有麻	麥／食國	職	麥／職德	梗／曾
	碩鼠	麥／直德國	職	麥／職德德	梗／曾
	文王之什・旱麓	福／備	職	屋／至	通／止
	南有嘉魚之什・采芑	服／革	職	屋／麥	通／梗
	泮水	服／馘／德	職	屋／麥德	通／梗曾
	閟宮	福／麥／穡國	職	屋／麥／職德	通／梗曾
	鴻雁之什・我行其野	菖／特	職	屋／德	通／曾
	甫田之什・賓之初筵	福／德	職	屋／德	通／曾
	文王之什・文王	福／德	職	屋／德	通／曾
	文王之什・下武	服／德	職	屋／德	通／曾
	文王之什・文王有聲	服／北	職	屋／德	通／曾
	生民之什・既醉	福／德	職	屋／德	通／曾
	殷武	福／國	職	屋／德	通／曾

・373・

有狐	服／側	職	屋／職	通／曾
葛屨	服／褅	職	屋／職	通／曾
蜉蝣	服／翼息	職	屋／職	通／曾
候人	服／翼	職	屋／職	通／曾
谷風之什・小明	福／直息	職	屋／職	通／曾
谷風之什・信南山	彧／翼穡食	職	屋／職	通／曾
甫田之什・鴛鴦	福／翼	職	屋／職	通／曾
文王之什・文王	服／億	職	屋／職	通／曾
生民之什・生民	匐／嶷食	職	屋／職	通／曾
生民之什・假樂	福／億	職	屋／職	通／曾
關雎	服／側得	職	屋／職德	通／曾
鹿鳴之什・天保	福／食德	職	屋／職德	通／曾
南有嘉魚之什・六月	服／翼國	職	屋／職德	通／曾
文王之什・大明	福／翼國	職	屋／職德	通／曾
蕩之什・蕩	服／力克德	職	屋／職德德	通／曾
伐檀	輻／側直億食特	職	屋／職職職職德	通／曾
鹿鳴之什・采薇	服／戒／翼棘	職	屋／怪／職	通／蟹／曾
生民之什・行葦	福／背／翼	職	屋／隊／職	通／蟹／曾
甫田之什・大田	福／稷黑	職	屋／職德	通／曾
南山	得克	職	德	曾
伐柯	克得	職	德	曾
節南山之什・雨無正	德國	職	德	曾
蕩之什・抑	賊則	職	德	曾
蕩之什・烝民	則德	職	德	曾
蕩之什・江漢	德國	職	德	曾
泮水	德則	職	德	曾
殷其雷	側息	職	職	曾
羔裘	飾力直	職	職	曾
狡童	食息	職	職	曾
鴇羽	翼棘稷食極	職	職	曾
葛生	棘域息	職	職	曾
魚藻之什・綿蠻	側極	職	職	曾
文王之什・綿	直翼	職	職	曾
蕩之什・桑柔	穡食	職	職	曾

蕩之什·江漢	棘極	職	職	曾
蕩之什·瞻卬	識織	職	職	曾
殷武	翼極	職	職	曾
氓	極德	職	職德	曾
南山	極得	職	職德	曾
南有嘉魚之什·湛露	棘德	職	職德	曾
節南山之什·巷伯	食北	職	職德	曾
谷風之什·蓼莪	極德	職	職德	曾
谷風之什·北山	息國	職	職德	曾
甫田之什·青蠅	棘國	職	職德	曾
魚藻之什·白華	翼德	職	職德	曾
文王之什·文王	翼國	職	職德	曾
文王之什·下武	式則	職	職德	曾
閟宮	稷忒	職	職德	曾
柏舟	側特慝	職	職德德	曾
鳲鳩	棘忒國	職	職德德	曾
生民之什·卷阿	翼德則	職	職德德	曾
蕩之什·蕩	側德國	職	職德德	曾
蕩之什·抑	棘忒國	職	職德德	曾
蕩之什·崧高	直德國	職	職德德	曾
蕩之什·常武	翼克國	職	職德德	曾
節南山之什·正月	力得克特	職	職德德德	曾
黃鳥	棘息特	職	職職德	曾
生民之什·民勞	息極國慝德	職	職職德德德	曾
園有桃	棘食極國	職	職職職德	曾
節南山之什·何人斯	蜮極側得	職	職職職德	曾
蕩之什·烝民	力式翼色則德	職	職職職職德德	曾
文王之什·皇矣	色德則／革	職	職德德／麥	曾／梗
魚藻之什·菀柳	息極／暱〔註13〕	職	職／質	曾／臻
蕩之什·常武	戒／國	職	怪／德	蟹／曾

〔註13〕「暱」字，郭錫良《漢字古音手冊》入上古質部；陳新雄《古音研究》入二十五職部。上古「暱」字僅見於〈魚藻之什·菀柳〉1例同「息、極」等職部字相押，故依陳新雄入職部。

	蕩之什・瞻卬	背／極懠忒	職	隊／職德德	蟹／曾
	蕩之什・桑柔	背／力極克	職	隊／職職德	蟹／曾

（2）楚辭屈宋　總：25

作　者	篇　名	韻　字	上古韻	中古韻	韻　攝
宋玉	九辯	意異	職	志	止
	招魂	意／代	職	志／代	止／蟹
屈原	離騷	服／則	職	屋／德	通／曾
屈原	天問	服／惑	職	屋／德	通／曾
屈原	天問	牧／國	職	屋／德	通／曾
屈原	橘頌	服／國	職	屋／德	通／曾
屈原	離騷	服／息	職	屋／職	通／曾
屈原	離騷	服／極	職	屋／職	通／曾
屈原	惜誦	直／服	職	職／屋	通／曾
屈原	悲回風	默得	職	德	曾
屈原	遠遊	得則	職	德	曾
屈原	離騷	極翼	職	職	曾
屈原	湘君	極息側	職	職	曾
屈原	天問	識極	職	職	曾
屈原	天問	億極	職	職	曾
屈原	天問	殛得	職	職德	曾
屈原	天問	極得	職	職德	曾
屈原	哀郢	極得	職	職德	曾
屈原	遠遊	息德	職	職德	曾
宋玉	九辯	食極得德	職	職職德德	曾
	招魂	食極得賊	職	職職德德	曾
宋玉	九辯	息軾極直得惑	職	職職職職德德	曾
屈原	抽思	域側息得北	職	職職職德德	曾
屈原	天問	戒代	職	怪代	蟹
屈原	昔往日	戒／得	職	怪／德	蟹／曾

（3）先秦詩　總：20

作　者	篇　名	韻　字	上古韻	中古韻	韻　攝
	周宣王時童謠 p36	服／國	職	屋／德	通／曾

	士冠辭 p48	服福 / 德	職	屋 / 德	通 / 曾
	士冠辭 p48	服福 / 德	職	屋 / 德	通 / 曾
	士冠辭 p48	服 / 德	職	屋 / 德	通 / 曾
	成王冠辭 p48	服 / 職式極	職	屋 / 職	通 / 曾
	祭侯辭 p50	福 / 食	職	屋 / 職	通 / 曾
	祭侯辭 p50	福 / 食	職	屋 / 職	通 / 曾
	漢書引逸詩 p71	服 / 翼極	職	屋 / 職	通 / 曾
	荀子引逸詩 p69	輻 / 息塞	職	屋 / 職德	通 / 曾
	成相雜辭 p52	服 / 息力德	職	屋 / 職職德	通 / 曾
	成相雜辭 p52	服 / 稷殖德	職	屋 / 職職德	通 / 曾
	成相雜辭 p52	服 / 職食得	職	屋 / 職職德	通 / 曾
	家語引逸詩 p68	忒德	職	德	曾
	擊壤歌 p1	息食	職	職	曾
	烏鵲歌 p29	極惻食翼識	職	職	曾
	成相雜辭 p52	職食極力	職	職	曾
	康衢謠 p35	極則	職	職德	曾
	嶠詩 p65	極國	職	職德	曾
	呂氏春秋引逸詩 p70	力德	職	職德	曾
	成相雜辭 p52	直極惑塞	職	職職德德	曾

（4）西漢文人　總：15

作　者	篇　名	韻　字	上古韻	中古韻	韻　攝
劉向	思古	意 / 側	職	志 / 職	止 / 曾
東方朔	謬諫	革 / 極得墨	職	麥 / 職德德	梗 / 曾
莊忌	哀時命	革 / 息雉得	職	麥 / 職職德	梗 / 曾
韋玄成	戒子孫詩 p114	服 / 域	職	屋 / 職	通 / 曾
東方朔	哀命	伏 / 息	職	屋 / 職	通 / 曾
劉徹	西極天馬歌 p95	服 / 極德國	職	屋 / 職德德	通 / 曾
韋孟	諷諫詩 p105	則國	職	德	曾
韋玄成	戒子孫詩 p114	德則	職	德	曾
賈誼	惜誓	國賊	職	德	曾
劉向	憂苦	得北	職	德	曾
賈誼	惜誓	息直	職	職	曾

劉向	離世	極息	職	職	曾
東方朔	謬諫	極德	職	職德	曾
劉友	歌 p92	直賊國	職	職德德	曾
東方朔	初放	直息惑	職	職職德	曾

（5）東漢文人　總：8

作　者	篇　名	韻　字	上古韻	中古韻	韻　攝
班固	明堂詩 p168	福／職	職	屋／職	通／曾
朱穆	與劉伯宗絕交詩 p181	伏／翼息食極域力德	職	屋／職職職職職德	通／曾
傅毅	迪志詩 p172	國則	職	德	曾
傅毅	迪志詩 p172	則式	職	德	曾
傅毅	迪志詩 p172	式測	職	職	曾
傅毅	迪志詩 p172	稷息	職	職	曾
傅毅	迪志詩 p172	力極	職	職	曾
蔡邕	飲馬長城窟行 p192	食憶	職	職	曾

（6）兩漢民間　總：31

作　者	篇　名	韻　字	上古韻	中古韻	韻　攝
	后皇 p153	服福	職	屋	通
	安世房中歌 p145	福／革／則國	職	屋／麥／德	通／梗／曾
	安世房中歌 p145	福／德	職	屋／德	通／曾
	安世房中歌 p145	福／則德	職	屋／德	通／曾
	天馬 p150	服／極	職	屋／職	通／曾
	象載瑜（赤雁歌）p154	福／極	職	屋／職	通／曾
	西顥鄒子樂 p149	服／息翊德	職	屋／職職德	通／曾
	安世房中歌 p145	福／殖翼德則	職	屋／職職德德	通／曾
	更始時南陽童謠 p128	得北	職	德	曾
	安世房中歌 p145	北德匿國	職	德	曾
	匈奴歌 p124	息色	職	職	曾
	練時日 p147	飭億	職	職	曾
	王子喬 p261	極側	職	職	曾
	古詩 p335	側飾食色翼	職	職	曾
	安世房中歌 p145	極德	職	職德	曾

	安世房中歌 p145	殖德	職	職德	曾
	安世房中歌 p145	極德	職	職德	曾
	惟泰元 p149	飾德	職	職德	曾
	朝隴首（白麟歌）p154	殛德	職	職德	曾
	戰城南 p157	食北	職	職德	曾
	戰城南 p157	食得	職	職德	曾
	君馬黃 p159	極北	職	職德	曾
	魏郡輿人歌 p211	棘賊	職	職德	曾
	蔣橫遘禍時童謠 p229	殛塞	職	職德	曾
	越裳操 p301	力德	職	職德	曾
	附 p317	息國	職	職德	曾
	附 p317	側國	職	職德	曾
	古詩 p342	棘賊	職	職德	曾
	安世房中歌 p145	翼式德	職	職職德	曾
	安世房中歌 p145	翼極則	職	職職德	曾
	信立退怨歌 p312	臆食德	職	職職德	曾

（7）三國詩歌　總：19

作　者	篇　名	韻　字	上古韻	中古韻	韻　攝
繁欽	定情詩 p385	服／側息	職	屋／職	通／曾
韋昭	承天命 p547	服／植色息昃稷式 陟力直億極德慝	職	屋／職職 職職職職 職職職職 職德德	通／曾
王粲	贈士孫文始 p358	國德則忒	職	德	曾
曹植	聖皇篇 p427	德國	職	德	曾
曹植	責躬 p446	則國	職	德	曾
嵇康	代秋胡歌詩 p479	默得國塞	職	德	曾
王粲	太廟頌歌 p524	德則	職	德	曾
繆襲	定武功 p528	北國	職	德	曾
曹丕	折楊柳行 p393	極食色翼億識	職	職	曾
曹植	平陵東行 p437	食極	職	職	曾
曹植	應詔 p447	息食	職	職	曾
曹植	贈白馬王彪詩 p452	極側匿翼食息	職	職	曾
應璩	百一詩 p469	殖食	職	職	曾
嵇康	代秋胡歌詩 p479	極億翼色	職	職	曾
嵇康	五言詩 p489	側極逼棘食色息	職	職	曾
阮籍	詠懷詩 p496	色側棘翼拭力	職	職	曾

繆襲	平關中 p529	翼億	職	職	曾
曹操	度關山 p346	極息則	職	職職德	曾
	襄陽民為胡烈歌 p514	嶷域則	職	職職德	曾

2. 職／侯

（1）先秦詩　總：1

作　者	篇　名	韻　字	上古韻	中古韻	韻　攝
	楚狂接輿歌 p21	德／趨	職／侯	德／虞	曾／遇

3. 職／屋

（1）兩漢民間　總：1

作　者	篇　名	韻　字	上古韻	中古韻	韻　攝
	漢末洛中童謠 p226	直／粟	職／屋	職／燭	曾／通

4. 職／陽

（1）楚辭屈宋　總：1

作　者	篇　名	韻　字	上古韻	中古韻	韻　攝
宋玉	九辯	得〔註14〕／郢	職／陽	德／陽	曾／宕

5. 職／歌／月

（1）兩漢民間　總：1

作　者	篇　名	韻　字	上古韻	中古韻	韻　攝
	通博南歌 p209	代／施／大	職／歌／月	代／寘／泰	蟹／止／蟹

6. 職／緝

（1）詩經　總：1

作　者	篇　名	韻　字	上古韻	中古韻	韻　攝
	南有嘉魚之什・六月	服飭國則／急	職／緝	屋職德德／緝	通曾曾曾／深

（2）西漢文人　總：1

作　者	篇　名	韻　字	上古韻	中古韻	韻　攝
李延年	歌 p102	得國／立	職／緝	德／緝	曾／深

〔註14〕江有誥以為無韻。依《校補》說：「得」為「將」之誤，陽部獨韻。

（3）兩漢民間 總：2

作 者	篇 名	韻 字	上古韻	中古韻	韻 攝
	赤蛟 p154	國 / 合	職 / 緝	德 / 合	曾 / 咸
	華爗爗 p153	翊 / 集	職 / 緝	職 / 緝	曾 / 深

7. 職 / 質

（1）楚辭屈宋 總：1

作 者	篇 名	韻 字	上古韻	中古韻	韻 攝
屈原	離騷	服 / 節	職 / 質	屋 / 屑	通 / 山

8. 職 / 錫

（1）兩漢民間 總：1

作 者	篇 名	韻 字	上古韻	中古韻	韻 攝
	上之回 p156	服極北德國 / 益	職 / 錫	屋職德德德 / 昔	通曾曾曾曾 / 梗

9. 職 / 錫 / 質

（1）三國詩歌 總：1

作 者	篇 名	韻 字	上古韻	中古韻	韻 攝
	又 p514	置 / 溢 / 日	職 / 錫 / 質	志 / 質 / 質	止 / 臻 / 臻

10. 職 / 覺

（1）詩經 總：4

作 者	篇 名	韻 字	上古韻	中古韻	韻 攝
	谷風之什・楚茨	備戒 / 告	職 / 覺	至怪 / 號	止蟹 / 效
	七月	麥 / 穋	職 / 覺	麥 / 屋	梗 / 通
	蕩之什・抑	則 / 告	職 / 覺	德 / 沃	曾 / 通
	生民之什・生民	稷 / 育夙	職 / 覺	職 / 屋	曾 / 通

（2）楚辭屈宋 總：1

作 者	篇 名	韻 字	上古韻	中古韻	韻 攝
屈原	懷沙	默 / 鞠	職 / 覺	德 / 屋	曾 / 通

（3）先秦詩 總：1

作 者	篇 名	韻 字	上古韻	中古韻	韻 攝
	楊朱歌 p23	識 / 覺	職 / 覺	職 / 覺	曾 / 江

（4）西漢文人　總：1

作　者	篇　名	韻　字	上古韻	中古韻	韻　攝
劉向	愍命	服／逐	職／覺	屋	通

（5）兩漢民間　總：1

作　者	篇　名	韻　字	上古韻	中古韻	韻　攝
	氾勝之引諺 p134	富／覆	職／覺	宥	流

（6）三國詩歌　總：1

作　者	篇　名	韻　字	上古韻	中古韻	韻　攝
韋昭	克皖城 p545	革息賊慝德／覆	職／覺	麥職德德德／屋	梗曾曾曾曾／通

11. 職／覺／屋／物

（1）三國詩歌　總：1

作　者	篇　名	韻　字	上古韻	中古韻	韻　攝
曹操	度關山 p346	域職力國德／戚／獄贖俗曲／律	職／覺／屋／物	職職職德德／錫／燭／術	曾／梗／通／臻

（二）覺部韻譜

1. 覺部獨韻

（1）詩經　總：14

作　者	篇　名	韻　字	上古韻	中古韻	韻　攝
	無衣	六燠	覺	屋	通
	七月	薁菽	覺	屋	通
	九罭	陸復宿	覺	屋	通
	鴻雁之什・我行其野	蓫宿復	覺	屋	通
	谷風之什・蓼莪	鞠畜育復腹	覺	屋	通
	臣工之什・雝	肅穆	覺	屋	通
	南山	鞠告	覺	屋沃	通
	椒聊	匊篤	覺	屋沃	通
	生民之什・既醉	俶告	覺	屋沃	通
	干旄	祝六告	覺	屋屋沃	通
	谷風	鞫覆育毒	覺	屋屋屋沃	通
	考槃	陸軸宿告	覺	屋屋屋沃	通
	谷風之什・小明	蹙菽宿覆／奧／戚	覺	屋／号／錫	通／效／梗
	蕩之什・桑柔	復毒／迪	覺	屋沃／錫	通／梗

（2）楚辭屈宋　總：3

作　者	篇　名	韻　字	上古韻	中古韻	韻　攝
屈原	天問	育腹	覺	屋	通
屈原	天問	竺燠	覺	屋	通
屈原	哀郢	復／慼	覺	屋／錫	通／梗

（3）先秦詩　總：2

作　者	篇　名	韻　字	上古韻	中古韻	韻　攝
	彈歌 p1	竹宍（肉）	覺	屋	通
	宋城者謳 p10	目腹復	覺	屋	通

（4）西漢文人　總：3

作　者	篇　名	韻　字	上古韻	中古韻	韻　攝
劉向	怨思	肉築	覺	屋	通
劉向	思古	陸宿	覺	屋	通
東方朔	初放	宿告	覺	屋沃	通

（5）東漢文人　總：2

作　者	篇　名	韻　字	上古韻	中古韻	韻　攝
傅毅	迪志詩 p172	學／誥	覺	覺／号	江／效
傅毅	迪志詩 p172	復勗	覺	屋燭	通

（6）兩漢民間　總：1

作　者	篇　名	韻　字	上古韻	中古韻	韻　攝
	汝南鴻隙陂童謠 p127	覆復鵠	覺	屋屋沃	通

2. 覺／侯

（1）東漢文人　總：1

作　者	篇　名	韻　字	上古韻	中古韻	韻　攝
王逸	憫上	告／呴	覺／侯	覺／遇	效／遇

3. 覺／侯／屋

（1）東漢文人　總：1

作　者	篇　名	韻　字	上古韻	中古韻	韻　攝
秦嘉	贈婦詩 p186	陸／數／祿獨谷轂足曲躅屬	覺／侯／屋	屋／覺／屋屋屋屋燭燭燭燭	通／江／通

4. 覺／屋

（1）詩經　總：1

作　者	篇　名	韻　字	上古韻	中古韻	韻　攝
	魚藻之什・采綠	匊／沐局綠	覺／屋	屋／屋燭燭	通

（2）東漢文人　總：3

作　者	篇　名	韻　字	上古韻	中古韻	韻　攝
班固	論功歌詩 p169	覆／穀	覺／屋	屋	通
崔駰	歌 p171	篤／覿	覺／屋	沃／錫	通／梗
酈炎	詩 p182	逐／卜祿促局足錄曲濁嶽	覺／屋	屋／屋屋燭燭燭燭燭覺覺	通／通通通通通通通江江

（3）三國詩歌　總：1

作　者	篇　名	韻　字	上古韻	中古韻	韻　攝
薛綜	嘲蜀使張奉 p534	腹／蜀	覺／屋	屋／燭	通

5. 覺／魚／鐸

（1）先秦詩　總：1

作　者	篇　名	韻　字	上古韻	中古韻	韻　攝
	右二 p58	陸迪／兔寫／庶射洛澤	覺／魚／鐸	屋錫／暮馬／御禑鐸陌	通梗／遇假／遇假宕梗

6. 覺／微

（1）三國詩歌　總：1

作　者	篇　名	韻　字	上古韻	中古韻	韻　攝
嵇康	思親詩 p490	戚／追悲誰依摧	覺／微	錫／脂脂脂微灰	梗／止止止止蟹

7. 覺／鐸

（1）三國詩歌　總：1

作　者	篇　名	韻　字	上古韻	中古韻	韻　攝
左延年	同上 p411	目／作	覺／鐸	屋／鐸	通／宕

（三）藥部韻譜

1. 藥部獨韻

（1）詩經　總：11

作　者	篇　名	韻　字	上古韻	中古韻	韻　攝
	淇奧	較 / 綽謔虐	藥	覺 / 藥	江 / 宕
	蕩之什・崧高	蹻濯 / 蹻	藥	覺 / 藥	江 / 宕
	蕩之什・桑柔	濯 / 削爵 / 溺	藥	覺 / 藥 / 錫	江 / 宕 / 梗
	晨風	駁 / 樂 / 櫟	藥	覺 / 鐸 / 錫	江 / 宕 / 梗
	生民之什・板	虐謔蹻謔藥熇	藥	藥藥藥藥藥鐸	宕
	溱洧	謔藥樂	藥	藥藥鐸	宕
	簡兮	籥爵 / 翟	藥	藥 / 錫	宕 / 梗
	甫田之什・賓之初筵	爵 / 的	藥	藥 / 錫	宕 / 梗
	南有嘉魚之什・南有嘉魚	罩樂	藥	效	效
	揚之水	沃 / 鑿襮樂	藥	沃 / 鐸	通 / 宕
	魚藻之什・隰桑	沃 / 樂	藥	沃 / 鐸	通 / 宕

（2）楚辭屈宋　總：1

作　者	篇　名	韻　字	上古韻	中古韻	韻　攝
屈原	離騷	邈樂	藥	覺	江

（3）先秦詩　總：2

作　者	篇　名	韻　字	上古韻	中古韻	韻　攝
	右二 p58	趯樂	藥	錫	梗
	夏人歌 p5	沃 / 樂 / 蹻	藥	沃 / 覺 / 藥	通 / 江 / 宕

（4）兩漢民間　總：1

作　者	篇　名	韻　字	上古韻	中古韻	韻　攝
	安世房中歌 p145	燿約	藥	笑	效

（5）三國詩歌　總：1

作　者	篇　名	韻　字	上古韻	中古韻	韻　攝
左延年	同上 p411	樂駁	藥	覺	江

2. 藥／屋

（1）東漢文人　總：1

作　者	篇　名	韻　字	上古韻	中古韻	韻　攝
王逸	憫上	樂／辱	藥／屋	鐸／燭	宕／通

3. 藥／葉

（1）東漢文人　總：1

作　者	篇　名	韻　字	上古韻	中古韻	韻　攝
唐菆	遠夷懷德歌 p165	樂／狹	藥／葉	覺／洽	江／咸

4. 藥／錫／歌

（1）詩經　總：1

作　者	篇　名	韻　字	上古韻	中古韻	韻　攝
	君子偕老	翟／帝揥皙／髢〔註15〕	藥／錫／歌	霽／霽祭錫／錫	蟹／蟹蟹梗／梗

5. 藥／鐸

（1）先秦詩　總：1

作　者	篇　名	韻　字	上古韻	中古韻	韻　攝
	右四 59	趠／廓	藥／鐸	覺／鐸	江／宕

（2）西漢文人　總：1

作　者	篇　名	韻　字	上古韻	中古韻	韻　攝
劉向	憂苦	樂／寞	藥／鐸	鐸	宕

（3）兩漢民間　總：1

作　者	篇　名	韻　字	上古韻	中古韻	韻　攝
	雞鳴歌 p291	鑰／鵲	藥／鐸	藥	宕

（4）三國詩歌　總：1

作　者	篇　名	韻　字	上古韻	中古韻	韻　攝
劉楨	贈從弟詩 p371	溺／客澤石	藥／鐸	錫／陌陌昔	梗

〔註15〕陳新雄《古音研究》p322：「段玉裁《六書音均表・詩經韻分十七部表》第十六部本音下云：『髢本作鬄，易聲在此部，君子偕老一見。』按也聲本在歌部，易聲在錫部。毛詩作髢，三家作鬄。」筆者依《毛詩》從也聲，歌部字。

（四）屋部韻譜

1. 屋部獨韻

（1）詩經　總：24

作　者	篇　名	韻　字	上古韻	中古韻	韻　攝
	葛覃	谷縠	屋	屋	通
	七月	屋縠	屋	屋	通
	鹿鳴之什・伐木	谷木	屋	屋	通
	節南山之什・正月	祿僕屋	屋	屋	通
	節南山之什・小宛	木谷	屋	屋	通
	生民之什・既醉	祿僕	屋	屋	通
	蕩之什・桑柔	鹿縠谷	屋	屋	通
	鹿鳴之什・天保	縠祿足	屋	屋屋燭	通
	鴻雁之什・黃鳥	縠族粟	屋	屋屋燭	通
	野有死麇	樕鹿束玉	屋	屋屋燭燭	通
	節南山之什・小宛	縠卜獄粟	屋	屋屋燭燭	通
	鴻雁之什・鶴鳴	縠玉	屋	屋燭	通
	魚藻之什・白華	獨束	屋	屋燭	通
	行露	屋獄足	屋	屋燭燭	通
	墻有茨	讀束辱	屋	屋燭燭	通
	鴻雁之什・白駒	谷束玉	屋	屋燭燭	通
	汾沮洳	族曲贖玉	屋	屋燭燭燭	通
	小戎	玉曲	屋	燭	通
	麟之趾	族／角	屋	屋／覺	通／江
	節南山之什・正月	屋縠祿獨／椓	屋	屋／覺	通／江
	谷風之什・四月	縠／濁	屋	屋／覺	通／江
	谷風之什・信南山	霖縠足／渥	屋	屋屋燭／覺	通／江
	閔予小子之什・良耜	續／角	屋	燭／覺	通／江
	葛覃	谷木	屋	屋	通

（2）楚辭屈宋　總：3

作　者	篇　名	韻　字	上古韻	中古韻	韻　攝
屈原	天問	祿欲	屋	屋燭	通
屈原	思美人	木足	屋	屋燭	通
屈原	遠遊	轂屬	屋	屋燭	通

（3）先秦詩　總：6

作　者	篇　名	韻　字	上古韻	中古韻	韻　攝
	黃澤謠 p35	穀玉	屋	屋燭	通
	鸛鵒謠 p37	哭鵒	屋	屋燭	通
	楚狂接輿歌(同上)p21	曲足	屋	燭	通
	鸛鵒謠 p37	鵒辱	屋	燭	通
	孺子歌 p21	足／濁	屋	燭／覺	通／江
	石鼓詩 p57	屬／樸	屋	燭／覺	通／江

（4）西漢文人　總：3

作　者	篇　名	韻　字	上古韻	中古韻	韻　攝
劉向	怨思	瀆簏	屋	屋	通
劉徹	瓠子歌 p93	玉屬	屋	燭	通
劉向	惜賢	俗／濁	屋	燭／覺	通／江

（5）東漢文人　總：6

作　者	篇　名	韻　字	上古韻	中古韻	韻　攝
王逸	遭厄	屋蔟	屋	屋	通
王逸	憫上	沐躅	屋	屋燭	通
唐菆	遠夷懷德歌 p165	穀／塿	屋	屋／覺	通／江
崔駰	歌 p171	漉／渥	屋	屋／覺	通／江
王逸	憫上	睩喔獨俗／幄	屋	屋屋屋燭／覺	通／江
仲長統	見志詩 p204	俗足燭玉欲促／穀角幄	屋	燭燭燭燭燭燭／覺	通／江

（6）兩漢民間　總：10

作　者	篇　名	韻　字	上古韻	中古韻	韻　攝
	諸儒為朱雲語 p136	嶽角	屋	覺	江
	時人為王莽語 p140	禿屋	屋	屋	通
	後漢時蜀中童謠 p216	腹復	屋	屋	通
	平陵東 p259	漉犢	屋	屋	通
	古詩十九首 p329	速屋屬綠促束玉曲躅	屋	屋屋燭燭燭燭燭燭燭	通
	練時日 p147	穀玉	屋	屋燭	通
	東門夬謠 p227	足續	屋	燭	通
	潁川兒歌 p122	族／濁	屋	屋／覺	通／江

玄冥鄒子樂 p149	穀俗 / 樸嶽	屋	屋燭 / 覺	通 / 江
怨詩行 p275	促燭續錄欲 / 嶽	屋	燭 / 覺	通 / 江

（7）三國詩歌　總：7

作　者	篇　名	韻　字	上古韻	中古韻	韻　攝
郭遐叔	贈嵇康詩 p476	速谷僕足俗玉綠	屋	屋屋屋燭燭燭燭	通
劉楨	詩 p372	木速曲足	屋	屋屋燭燭	通
曹植	孟冬篇 p430	鹿足	屋	屋燭	通
劉楨	詩 p373	促錄燭	屋	燭	通
	王昶引語 p519	足欲	屋	燭	通
曹植	時雨謳 p444	獨漉穀 / 渥	屋	屋 / 覺	通 / 江
曹植	責躬 p446	贖 / 嶽	屋	燭 / 覺	通 / 江

2. 屋 / 魚

（1）先秦詩　總：1

作　者	篇　名	韻　字	上古韻	中古韻	韻　攝
	右三 59	鏃 / 虎馬	屋 / 魚	屋 / 姥馬	通 / 遇假

3. 屋 / 魚 / 鐸

（1）先秦詩　總：1

作　者	篇　名	韻　字	上古韻	中古韻	韻　攝
	右三 59	鏃 / 如車寫 / 庶若博碩	屋 / 魚 / 鐸	屋 / 魚麻馬 / 御藥鐸昔	通 / 遇假假 / 遇宕宕梗

4. 屋 / 質

（1）西漢文人　總：1

作　者	篇　名	韻　字	上古韻	中古韻	韻　攝
韋玄成	戒子孫詩 p114	栗 / 室	屋 / 質	燭 / 質	通 / 臻

（2）東漢文人　總：1

作　者	篇　名	韻　字	上古韻	中古韻	韻　攝
秦嘉	贈婦詩 p186	燭 / 室	屋 / 質	燭 / 質	通 / 臻

5. 屋 / 錫

（1）詩經　總：1

作　者	篇　名	韻　字	上古韻	中古韻	韻　攝
	節南山之什・正月	局 / 蹐脊蜴	屋 / 錫	燭 / 昔	通 / 梗

6. 屋／鐸

（1）東漢文人　總：2

作　者	篇　名	韻　字	上古韻	中古韻	韻　攝
王逸	憫上	岳／落錯客薄陌澤石	屋／鐸	覺／鐸鐸鐸鐸陌陌昔	江／宕宕宕宕梗梗梗
唐菆	遠夷懷德歌 p165	僕／帛	屋／鐸	屋／陌	通／梗

（2）兩漢民間　總：1

作　者	篇　名	韻　字	上古韻	中古韻	韻　攝
	崔寔引農語 p243	角／作	屋／鐸	覺／鐸	江／宕

（五）鐸部韻譜

1. 鐸部獨韻

（1）詩經　總：37

作　者	篇　名	韻　字	上古韻	中古韻	韻　攝
	氓	若落	鐸	藥鐸	宕
	鹿鳴之什・皇皇者華	若駱度	鐸	藥鐸鐸	宕
	鹿鳴之什・采薇	作莫	鐸	鐸	宕
	鴻雁之什・鶴鳴	擇錯	鐸	鐸	宕
	鴻雁之什・斯干	閣橐	鐸	鐸	宕
	甫田之什・大田	若／碩	鐸	藥／昔	宕／梗
	生民之什・行葦	朕咢／炙	鐸	藥鐸／昔	宕／梗
	甫田之什・裳裳者華	若駱／白	鐸	藥鐸／陌	宕／梗
	閟宮	若諾／貊宅繹	鐸	藥鐸／陌陌昔	宕／梗
	閟宮	若作度／柏尺烏碩奕碩	鐸	藥鐸鐸／陌昔昔昔昔昔	宕／梗
	葛覃	莫濩／斁	鐸	鐸／昔	宕／梗
	緇衣	作／蓆	鐸	鐸／昔	宕／梗
	載驅	薄鞹／夕	鐸	鐸／昔	宕／梗
	魚藻之什・瓠葉	酢／炙	鐸	鐸／昔	宕／梗
	生民之什・板	莫／懌	鐸	鐸／昔	宕／梗
	駉	駱雒作／繹	鐸	鐸／昔	宕／梗
	無衣	作／載澤	鐸	鐸／陌	宕／梗
	鴻雁之什・鴻雁	作／澤宅	鐸	鐸／陌	宕／梗

	閔予小子之什・載芟	柞／澤	鐸	鐸／陌	宕／梗
	鴻雁之什・白駒	藿／客夕	鐸	鐸／陌昔	宕／梗
	蕩之什・抑	度／格射	鐸	鐸／陌昔	宕／梗
	那	作恪／客斁奕懌昔夕	鐸	鐸／陌昔昔昔昔昔	宕／梗
	蕩之什・韓奕	壑／貊伯籍	鐸	鐸／陌陌昔	宕／梗
	文王之什・皇矣	莫度廓／赫宅獲	鐸	鐸／陌陌麥	宕／梗
	蕩之什・桑柔	作／赫獲	鐸	鐸／陌麥	宕／梗
	泮水	博／逆獲斁昔	鐸	鐸／陌麥昔	宕／梗
	七月	蘀貉／獲	鐸	鐸／麥	宕／梗
	節南山之什・巧言	度作莫／獲	鐸	鐸／麥	宕／梗
	東方未明	夜／莫	鐸	禡／鐸	假／宕
	節南山之什・雨無正	夜／惡／夕	鐸	禡／鐸／昔	假／宕／梗
	南有嘉魚之什・車攻	奕舃繹	鐸	昔	梗
	蕩之什・崧高	伯宅	鐸	陌	梗
	蕩之什・崧高	伯碩	鐸	陌昔	梗
	甫田之什・頍弁	柏弈懌	鐸	陌昔昔	梗
	駉驖	獲碩	鐸	麥昔	梗
	谷風之什・楚茨	庶／度莫錯酢／客格獲踖碩炙	鐸	御／鐸／陌陌麥昔昔昔	遇／宕／梗
	行露	露／夜	鐸	暮／禡	遇／假

（2）楚辭屈宋　總：20

作　者	篇　名	韻　字	上古韻	中古韻	韻　攝
屈原	天問	度作	鐸	鐸	宕
屈原	抽思	作穫	鐸	鐸	宕
屈原	遠遊	漠壑	鐸	鐸	宕
宋玉	九辯	薄索	鐸	鐸	宕
	招魂	薄博	鐸	鐸	宕
屈原	天問	若／射	鐸	藥／昔	宕／梗
屈原	山鬼	若作／柏	鐸	藥鐸／陌	宕／梗
	招魂	託索託／石釋	鐸	鐸／昔	宕／梗
屈原	離騷	索／迫	鐸	鐸／陌	宕／梗
	招魂	簿／迫白	鐸	鐸／陌	宕／梗

宋玉	九辯	廓薄／客繹	鐸	鐸／陌昔	宕／梗
屈原	哀郢	薄／客躑釋	鐸	鐸／陌昔昔	宕／梗
屈原	惜誦	白釋	鐸	陌昔	梗
屈原	離騷	度路	鐸	暮	遇
屈原	離騷	路步	鐸	暮	遇
屈原	離騷	度錯	鐸	暮	遇
屈原	思美人	路度	鐸	暮	遇
屈原	遠遊	路度	鐸	暮	遇
宋玉	九辯	錯路	鐸	暮	遇
	招魂	錯／夜	鐸	暮／禡	遇／假

（3）先秦詩　總：5

作　者	篇　名	韻　字	上古韻	中古韻	韻　攝
	穗歌 p12	穫落	鐸	鐸	宕
	歲莫歌 p12	莫穫	鐸	鐸	宕
	貍首詩 p63	莫／射	鐸	鐸／昔	宕／梗
	蜡辭 p47	作壑／宅	鐸	鐸／陌	宕／梗
	輿人誦 p40	賂／詐	鐸	暮／禡	遇／假

（4）西漢文人　總：10

作　者	篇　名	韻　字	上古韻	中古韻	韻　攝
韋玄成	自劾詩 p113	作度	鐸	鐸	宕
劉向	愍命	雒薄	鐸	鐸	宕
東方朔	謬諫	錯託薄託	鐸	鐸	宕
東方朔	怨世	斯若作惡薄／白石	鐸	藥藥鐸鐸鐸／陌昔	宕／梗
賈誼	惜誓	諤索惡／石	鐸	鐸／昔	宕／梗
劉向	逢紛	薄／石	鐸	鐸／昔	宕／梗
劉向	憂苦	錯／釋	鐸	鐸／昔	宕／梗
劉向	怨思	帛石	鐸	陌昔	梗
劉向	遠逝	迫釋	鐸	陌昔	梗
劉向	惜賢	暮度	鐸	暮	遇

（5）東漢文人　總：3

作　者	篇　名	韻　字	上古韻	中古韻	韻　攝
王逸	憫上	若／白	鐸	藥／陌	宕／梗
唐菆	遠夷懷德歌 p165	洛／石	鐸	鐸／昔	宕／梗
王吉	射烏辭 p164	啞腋石	鐸	陌昔昔	梗

（6）兩漢民間　總：18

作　者	篇　名	韻　字	上古韻	中古韻	韻　攝
	京師為揚雄語 p141	寞閣	鐸	鐸	宕
	二郡謠 p221	博諾	鐸	鐸	宕
	崔實引農家諺 p234	落沰	鐸	鐸	宕
	應劭引語論正失 p237	作度	鐸	鐸	宕
	古歌 p295	絡穫	鐸	鐸	宕
	牢石歌 p122	若／客石	鐸	藥／陌昔	宕／梗
	古詩為焦仲卿妻作 p283	落閣薄郭／夕	鐸	鐸／昔	宕／梗
	古詩十九首 p329	薄洛索栢／客宅迫石尺	鐸	鐸／陌陌陌昔昔	宕／梗
	崔寔引農語 p243	夕赤	鐸	昔	梗
	時人為王符語 p248	石掖	鐸	昔	梗
	時人為甄豐語 p139	客伯	鐸	陌	梗
	京師為張盤語 p244	白石	鐸	陌昔	梗
	馬廖引長安語 p134	額帛尺	鐸	陌陌昔	梗
	傷三貞詩 p325	獲石	鐸	麥昔	梗
	天地 p150	慕路	鐸	暮	遇
	古詩 p336	路去	鐸	暮	遇
	薤露 p257	落／露	鐸	鐸／暮	遇／宕
	崔寔引里語 p234	噁／赦	鐸	暮／禡	遇／假

（7）三國詩歌　總：8

作　者	篇　名	韻　字	上古韻	中古韻	韻　攝
	孫亮初童謠 p539	若恪絡閣	鐸	藥鐸鐸鐸	宕
應璩	百一詩 p469	落／客籍	鐸	鐸／陌昔	宕／梗
曹植	當車已駕行 p438	鐸／客席夕	鐸	鐸／陌昔昔	宕／梗
曹植	贈丁儀詩 p451	落閣穫博薄／澤客惜	鐸	鐸／陌陌昔	宕／梗
應璩	詩 p473	戟迫	鐸	陌	梗
嵇康	四言贈兄秀才入軍詩 p482	宅惜	鐸	陌昔	梗
張儼	賦犬 p535	帛獲	鐸	陌麥	梗
曹丕	陌上桑 p395	步／苲／索錯落宅客陌柏石席惜	鐸	暮／禡／鐸鐸鐸陌陌陌陌昔昔	遇／假／宕宕宕梗梗梗梗梗梗梗

2. 鐸／耕

（1）楚辭屈宋　總：1

作　者	篇　名	韻　字	上古韻	中古韻	韻　攝
屈原	惜誦	路／情	鐸／耕	暮／清	遇／梗

3. 鐸／歌

（1）西漢文人　總：2

作　者	篇　名	韻　字	上古韻	中古韻	韻　攝
韋玄成	戒子孫詩 p114	夜／憜	鐸／歌	禡／果	假／果
韋孟	諷諫詩 p105	霸／過	鐸／歌	禡／過	假／果

4. 鐸／質

（1）三國詩歌　總：1

作　者	篇　名	韻　字	上古韻	中古韻	韻　攝
應璩	百一詩 p469	白客逆澤石跖／穴	鐸／質	陌陌陌陌昔昔／屑	梗／山

5. 鐸／質／物／月

（1）三國詩歌　總：1

作　者	篇　名	韻　字	上古韻	中古韻	韻　攝
郭遐叔	贈嵇康詩 p476	夕／結／忽／歲越怛	鐸／質／物／月	昔／屑／沒／祭月曷	梗／山／臻／蟹山山

6. 鐸／錫

（1）楚辭屈宋　總：1

作　者	篇　名	韻　字	上古韻	中古韻	韻　攝
屈原	悲回風	釋／策積跡適適跡益擊愁	鐸／錫	昔／麥昔昔昔昔昔昔錫錫	梗

（2）三國詩歌　總：1

作　者	篇　名	韻　字	上古韻	中古韻	韻　攝
曹植	詩 p463	薄／璧	鐸／錫	鐸／昔	宕／梗

7. 鐸／錫／質

（1）東漢文人 總：1

作 者	篇 名	韻 字	上古韻	中古韻	韻 攝
王逸	遭厄	石／厄易闃／汨	鐸／錫／質	昔／麥昔錫／沒	梗／梗／臻

（六）錫部韻譜

1. 錫部獨韻

（1）詩經 總：13

作 者	篇 名	韻 字	上古韻	中古韻	韻 攝
	七月	鵙績	錫	昔錫	梗
	文王之什・文王有聲	績辟	錫	昔	梗
	生民之什・板	益易辟	錫	昔	梗
	文王之什・皇矣	辟剔	錫	昔錫	梗
	北門	讁適益	錫	麥昔昔	梗
	淇奧	簀璧錫	錫	麥昔錫	梗
	蕩之什・韓奕	厄錫	錫	麥錫	梗
	防有鵲巢	甓鷊惕	錫	錫	梗
	文王之什・文王	帝／易	錫	霽／寘	蟹／止
	蕩之什・韓奕	解〔註16〕／易辟	錫	卦／昔	蟹／梗
	殷武	解／適辟績	錫	蟹／昔	蟹／梗
	蕩之什・蕩	帝／辟	錫	霽／昔	蟹／梗
	葛屨	刺／揥／辟	錫	寘／祭／昔	止／蟹／梗

（2）楚辭屈宋 總：3

作 者	篇 名	韻 字	上古韻	中古韻	韻 攝
宋玉	九辯	策益適惕	錫	麥昔昔錫	梗
屈原	悲回風	締解	錫	霽卦	蟹
屈原	離騷	隘／績	錫	卦／昔	蟹／梗

（3）先秦詩 總：1

作 者	篇 名	韻 字	上古韻	中古韻	韻 攝
	澤門之晳謳 p10	役晳	錫	昔錫	梗

〔註16〕「解」字，郭錫良《漢字古音手冊》入古韻錫部；陳新雄《古音研究》入第十支部。《詩經》「解」字多同錫部字相押，故從郭先生。

（4）西漢文人　總：1

作　者	篇　名	韻　字	上古韻	中古韻	韻　攝
劉向	離世	跡辟	錫	昔	梗

（5）兩漢民間　總：2

作　者	篇　名	韻　字	上古韻	中古韻	韻　攝
	古詩十九首 p329	翮軛易適跡益壁歷	錫	麥麥昔昔昔昔錫錫	梗
	崔寔引里語 p243	靂壁	錫	錫	梗

（6）三國詩歌　總：1

作　者	篇　名	韻　字	上古韻	中古韻	韻　攝
曹植	責躬 p446	策惕	錫	麥錫	梗

2. 錫／月

（1）三國詩歌　總：1

作　者	篇　名	韻　字	上古韻	中古韻	韻　攝
郭遐叔	贈嵇康詩 p476	惕／逝	錫／月	錫／祭	梗／蟹

3. 錫／脂／真／文／元

（1）兩漢民間　總：1

作　者	篇　名	韻　字	上古韻	中古韻	韻　攝
	雁門太守行 p271	帝／西／民仁人恩賢年／貧論君聞勤門昏／冤煩竿冠端傳	錫／脂／真／文／元	霽／齊／真真真痕先先／真諄文文欣魂魂／元元寒桓桓仙	蟹／蟹／臻臻臻臻山山／臻／山

4. 錫／歌

（1）詩經　總：1

作　者	篇　名	韻　字	上古韻	中古韻	韻　攝
	鴻雁之什・斯干	裼／儀罹議地瓦	錫／歌	錫／支支寘至禡	梗／止止止止宕

5. 錫／質

（1）西漢文人　總：1

作　者	篇　名	韻　字	上古韻	中古韻	韻　攝
劉徹	瓠子歌 p93	溢／日	錫／質	質	臻

（2）兩漢民間　總：1

作　者	篇　名	韻　字	上古韻	中古韻	韻　攝
	天地 p150	溢 / 一	錫 / 質	質	臻

（七）質部韻譜

1. 質部獨韻

（1）詩經　總：40

作　者	篇　名	韻　字	上古韻	中古韻	韻　攝
	苤苢	袺襭	質	屑	山
	汝墳	肆棄	質	至	止
	甫田之什・大田	穗利	質	至	止
	鹿鳴之什・杕杜	至 / 恤	質	至 / 術	止 / 臻
	東山	至 / 室窒 / 垤	質	至 / 質 / 屑	止 / 臻 / 山
	谷風之什・蓼莪	至 / 恤	質	至 / 術	止 / 臻
	桃夭	實室	質	質	臻
	標有梅	七吉	質	質	臻
	伯兮	日疾	質	質	臻
	無衣	七吉	質	質	臻
	葛生	日室	質	質	臻
	隰有萇楚	實室	質	質	臻
	東山	實室	質	質	臻
	鹿鳴之什・杕杜	實日	質	質	臻
	甫田之什・瞻彼洛矣	泌室	質	質	臻
	生民之什・生民	栗室	質	質	臻
	定之方中	日室漆瑟	質	質質質櫛	臻
	山有樞	漆栗日室瑟	質	質質質質櫛	臻
	閔予小子之什・良耜	挃栗室櫛	質	質質質櫛	臻
	旄丘	日 / 節	質	質 / 屑	臻 / 山
	黍離	實 / 噎	質	質 / 屑	臻 / 山
	大車	室日 / 穴	質	質 / 屑	臻 / 山
	黃鳥	慄 / 穴	質	質 / 屑	臻 / 山
	素冠	韠一 / 結	質	質 / 屑	臻 / 山
	鳲鳩	七一 / 結	質	質 / 屑	臻 / 山
	節南山之什・雨無正	疾室 / 血	質	質 / 屑	臻 / 山

	魚藻之什‧都人士	實吉 / 結	質	質 / 屑	臻 / 山
	文王之什‧綿	漆室 / 甔穴	質	質 / 屑	臻 / 山
	蕩之什‧抑	疾 / 戾	質	質 / 屑	臻 / 山
	節南山之什‧十月之交	逸 / 徹 [註17]	質	質 / 薛	臻 / 山
	甫田之什‧賓之初筵	逸 / 設 [註18]	質	質 / 薛	臻 / 山
	車鄰	漆栗瑟 / 耋	質	質質櫛 / 屑	臻 / 山
	東門之墠	室栗 / 即	質	質 / 職	臻 / 曾
	東方之日	日室 / 即	質	質 / 職	臻 / 曾
	甫田之什‧賓之初筵	秩怭 / 抑	質	質 / 職	臻 / 曾
	生民之什‧假樂	匹秩 / 抑	質	質 / 職	臻 / 曾
	生民之什‧公劉	密 / 即	質	質 / 職	臻 / 曾
	終風	曀嚏	質	霽	蟹
	節南山之什‧節南山	惠戾屆 / 闋	質	霽霽怪 / 屑	蟹 / 山
	蕩之什‧瞻卬	屆 / 疾	質	怪 / 質	蟹 / 臻

（2）楚辭屈宋　總：4

作　者	篇　名	韻　字	上古韻	中古韻	韻　攝
屈原	遠遊	一逸	質	質	臻
	招魂	日瑟	質	質櫛	臻
屈原	東君	日 / 節	質	質 / 屑	臻 / 山
屈原	懷沙	替 / 抑	質	霽 / 職	蟹 / 曾

（3）先秦詩　總：4

作　者	篇　名	韻　字	上古韻	中古韻	韻　攝
	楚童謠 p39	實日蜜	質	質	臻
	禱雨辭 p47	疾 / 節	質	質 / 屑	臻 / 山
	成相雜辭 p52	一吉詰 / 結	質	質 / 屑	臻 / 山
	成相雜辭 p52	實必日 / 節	質	質 / 屑	臻 / 山

（4）西漢文人　總：6

作　者	篇　名	韻　字	上古韻	中古韻	韻　攝
劉向	遠逝	結屑	質	屑	山

[註17]　「徹」字，郭錫良《漢字古音手冊》入古韻月部；陳新雄《古音研究》入第五質部。本韻段同「逸」字相押，故從陳先生入質部。

[註18]　「設」字，郭錫良《漢字古音手冊》入古韻月部；陳新雄《古音研究》入第五質部。本韻段同「逸」字相押，故從陳先生入質部。

韋孟	諷諫詩 p105	逸室	質	質	臻
韋玄成	戒子孫詩 p114	畢日	質	質	臻
東方朔	自悲	實室	質	質	臻
劉向	惜賢	疾泹	質	質沒	臻
淮南小山	招隱士	慄栗／穴	質	質／屑	臻／山

（5）東漢文人　總：3

作　者	篇　名	韻　字	上古韻	中古韻	韻　攝
仲長統	詩 p205	駟／疾	質	至／質	止／臻
傅毅	迪志詩 p172	逸日	質	質	臻
孔融	臨終詩（楊柳行）p197	密室日實一漆畢／穴	質	質／屑	臻／山

（6）兩漢民間　總：4

作　者	篇　名	韻　字	上古韻	中古韻	韻　攝
	臨淮吏人為宋暉歌 p207	季／惠	質	至／霽	止／蟹
	畫一歌 p119	一失壹	質	質	臻
	時人為郭況語 p230	室匹	質	質	臻
	古詩 p343	日／結血	質	質／屑	臻／山

2. 質／月

（1）詩經　總：5

作　者	篇　名	韻　字	上古韻	中古韻	韻　攝
	節南山之什・正月	結／厲滅	質／月	屑／祭薛	山／蟹山
	魚藻之什・采菽	淠駟屆／嘒	質／月	至至怪／霽	止止蟹／蟹
	節南山之什・雨無正	戾／勩	質／月	霽／祭	蟹
	文王之什・皇矣	翳／栵	質／月	霽／薛	蟹／山
	蕩之什・瞻卬	惠屆疾／厲瘵	質／月	霽怪質／祭怪	蟹蟹臻／蟹

（2）先秦詩　總：3

作　者	篇　名	韻　字	上古韻	中古韻	韻　攝
	成相雜辭 p52	巇／蔽勢制	質／月	祭	蟹
	孔子誦 p42	戾／苗	質／月	霽／未	蟹／止
	窮劫曲 p29	悷節／越伐發闕發歇怛殺決劣薛滅雪滅絕藝	質／月	霽屑／月月月月月月曷黠屑薛薛薛薛薛薛薛	蟹山／山

（3）西漢文人　總：2

作　者	篇　名	韻　字	上古韻	中古韻	韻　攝
劉向	惜賢	血／廢	質／月	屑／廢	山／蟹
劉向	遠遊	日／滅	質／月	質／薛	臻／山

（4）兩漢民間　總：2

作　者	篇　名	韻　字	上古韻	中古韻	韻　攝
	郭輔碑歌 p328	至惠／裔世勢	質／月	至霽／祭	止蟹／蟹
	古詩十九首 p329	慄／札察缺別滅	質／月	質／黠黠屑薛薛	臻／山

（5）三國詩歌　總：2

作　者	篇　名	韻　字	上古韻	中古韻	韻　攝
曹植	責躬 p446	戾／越	質／月	屑／月	山
曹植	詩 p463	穴／別	質／月	屑／薛	山

3. 質／元

（1）詩經　總：1

作　者	篇　名	韻　字	上古韻	中古韻	韻　攝
	甫田之什・賓之初筵	秩／筵	質／元	質／仙	臻／山

4. 質／文

（1）楚辭屈宋　總：1

作　者	篇　名	韻　字	上古韻	中古韻	韻　攝
屈原	離騷	替／艱	質／文	霽／山	蟹／山

5. 質／物

（1）詩經　總：4

作　者	篇　名	韻　字	上古韻	中古韻	韻　攝
	黍離	穗／醉	質／物	至	止
	陟岵	棄／寐季	質／物	至	止
	谷風	肆／塈	質／物	至／未	止
	文王之什・皇矣	肆／拂茀仡忽	質／物	至／物物迄沒	止／臻

（2）楚辭屈宋　總：1

作　者	篇　名	韻　字	上古韻	中古韻	韻　攝
屈原	懷沙	汨／忽	質／物	沒	臻

（3）西漢文人　總：5

作　者	篇　名	韻　字	上古韻	中古韻	韻　攝
韋孟	諷諫詩 p105	壹／弼	質／物	質	臻
韋孟	在鄒詩 p107	室／弼	質／物	質	臻
劉向	思古	日／鬱	質／物	質／物	臻
韋孟	諷諫詩 p105	逸／黜	質／物	質／術	臻
韋玄成	戒子孫詩 p114	逮／隊	質／物	霽／隊	蟹

（4）兩漢民間　總：1

作　者	篇　名	韻　字	上古韻	中古韻	韻　攝
	古歌 p297	穗／悴	質／物	至	止

（5）三國詩歌　總：3

作　者	篇　名	韻　字	上古韻	中古韻	韻　攝
曹植	白鳩謳 p444	懿／類	質／物	至	止
曹植	責躬 p446	肆／類	質／物	至	止
曹植	白鳩謳 p444	質／出	質／物	質／術	臻

6. 質／物／月

（1）詩經　總：1

作　者	篇　名	韻　字	上古韻	中古韻	韻　攝
	節南山之什・小弁	潬屆／寐／嘒	質／物／月	至怪／至／霽	止蟹／止／蟹

（2）三國詩歌　總：1

作　者	篇　名	韻　字	上古韻	中古韻	韻　攝
曹丕	善哉行 p393	室一失悉／卒／悅	質／物／月	質／術／薛	臻／臻／山

7. 質／緝

（1）西漢文人　總：2

作　者	篇　名	韻　字	上古韻	中古韻	韻　攝
劉向	思古	戾／泣	質／緝	屑／緝	山／深
劉向	遠逝	日／集	質／緝	質／緝	臻／深

（八）物部韻譜

1. 物部獨韻

（1）詩經　總：18

作　者	篇　名	韻　字	上古韻	中古韻	韻　攝
	摽有梅	墍謂	物	未	止
	芄蘭	悸〔註19〕遂	物	至	止
	生民之什・既醉	匱類	物	至	止
	蕩之什・瞻卬	類瘁	物	至	止
	谷風之什・蓼莪	瘁蔚	物	至未	止
	生民之什・假樂	位墍	物	至未	止
	節南山之什・雨無正	瘁／出	物	至／術	止／臻
	魚藻之什・隰桑	謂／愛	物	未／代	止／蟹
	生民之什・泂酌	墍／溉	物	未／代	止／蟹
	文王之什・大明	渭／妹	物	未／隊	止／蟹
	鹿鳴之什・出車	瘁／旆	物	至／泰	止／蟹
	蕩之什・蕩	類懟／對內	物	至／隊	止／蟹
	蕩之什・桑柔	隧類醉／對悖	物	至／隊	止／蟹
	晨風	檖醉／棣〔註20〕	物	至／霽	止／蟹
	日月	出卒述	物	術	臻
	魚藻之什・漸漸之石	卒出沒	物	術術沒	臻
	谷風之什・蓼莪	律卒弗	物	術術物	臻
	蕩之什・桑柔	逮／僾	物	霽／代	蟹

（2）楚辭屈宋　總：2

作　者	篇　名	韻　字	上古韻	中古韻	韻　攝
屈原	懷沙	謂／慨	物	未／代	止／蟹
屈原	懷沙	喟類謂／愛	物	至至未／代	止／蟹

〔註19〕陳新雄《古音研究》p320：「悸字王力歸質部，考《廣韻》悸其季切，季居悸切，兩字互用，《韻鏡》列內轉第七合，據此則應列合口類無疑。王力脂微分部之標準，以脂韻開口屬脂部，脂韻合口屬微部，質沒分部比照脂微，則至韻開口屬質部，至韻合口屬沒部，悸既屬合口，則自應歸沒部無疑。且《詩經》悸無與質部韻者。《詩經》中悸與季相協韻字『遂』、『對』皆沒部字，非質部也。」

〔註20〕陳新雄《古音研究》p320：「考《詩經》隶聲字無與質部相協者，凡隶聲字相協韻者皆在沒（物）部。」

（3）先秦詩　總：1

作　者	篇　名	韻　字	上古韻	中古韻	韻　攝
	成相雜辭 p52	出律／滑拙	物	術／黠薛	臻／山

（4）西漢文人　總：3

作　者	篇　名	韻　字	上古韻	中古韻	韻　攝
劉向	遠逝	悴／坲	物	至／物	止／臻
劉向	惜賢	悴／鬱	物	至／物	止／臻
淮南小山	招隱士	沕忽	物	質沒	臻

（5）東漢文人　總：2

作　者	篇　名	韻　字	上古韻	中古韻	韻　攝
傅毅	迪志詩 p172	卒迄	物	術迄	臻
傅毅	迪志詩 p172	昧溉	物	隊代	蟹

（6）兩漢民間　總：6

作　者	篇　名	韻　字	上古韻	中古韻	韻　攝
	劉聖公賓客醉歌 p124	尉味	物	未	止
	更始時長安中語 p141	胃尉	物	未	止
	赤蛟 p154	位醉	物	至	止
	刺巴郡郡守詩 p326	匱悴	物	至	止
	崔寔引農語 p243	沒骨	物	沒	臻
	朱明鄒子樂 p148	物詘	物	物	臻

（7）三國詩歌　總：6

作　者	篇　名	韻　字	上古韻	中古韻	韻　攝
曹丕	善哉行 p393	醉氣	物	至未	止
	嘉平中謠 p516	遂貴	物	至未	止
曹叡	豫章行 p418	悴／物	物	至／物	止／臻
甄皇后	塘上行 p406	寐／愛	物	至／代	止／蟹
陳琳	飲馬長城窟行 p367	卒骨	物	術沒	臻
曹植	責躬 p446	率紺	物	質術	臻

2. 物／文

（1）詩經　總：1

作　者	篇　名	韻　字	上古韻	中古韻	韻　攝
	節南山之什・雨無正	遂瘁退／訊	物／文	至至隊／震	止止蟹／臻

（2）西漢文人　總：1

作　者	篇　名	韻　字	上古韻	中古韻	韻　攝
劉向	惜賢	鬱／忿	物／文	物／問	臻

3. 物／月

（1）詩經　總：2

作　者	篇　名	韻　字	上古韻	中古韻	韻　攝
	生民之什・生民	稜／㐌	物／月	至／泰	止／蟹
	文王之什・皇矣	對／兌拔	物／月	隊／泰黠	蟹／蟹山

（2）楚辭屈宋　總：3

作　者	篇　名	韻　字	上古韻	中古韻	韻　攝
屈原	哀郢	慨／邁	物／月	代／夬	蟹
	招魂	沫／穢	物／月	泰／廢	蟹
宋玉	九辯	昧慨／帶介邁敗穢	物／月	隊代／泰 怪夬夬廢	蟹

（3）西漢文人　總：5

作　者	篇　名	韻　字	上古韻	中古韻	韻　攝
劉向	愍命	喟／傺	物／月	至／祭	止／蟹
劉向	思古	悴／袂	物／月	至／祭	止／蟹
淮南小山	招隱士	嵲／軋	物／月	物／黠	臻／山
劉去	歌 p110	忽／絕	物／月	沒／薛	臻／山
韋孟	諷諫詩 p105	隊／衛	物／月	隊／祭	蟹

（4）東漢文人　總：1

作　者	篇　名	韻　字	上古韻	中古韻	韻　攝
傅毅	迪志詩 p172	墜／逮	物／月	至／代	止／蟹

（5）兩漢民間　總：1

作　者	篇　名	韻　字	上古韻	中古韻	韻　攝
	青陽鄒子樂 p148	遂／逮	物／月	至／代	止／蟹

（九）月部韻譜

1. 月部獨韻

（1）詩經　總：54

作　者	篇　名	韻　字	上古韻	中古韻	韻　攝
	子衿	闕月達	月	月月曷	山

東方之日	月發闥	月	月月曷	山
長發	發越達撥截烈	月	月月曷末屑薛	山
甘棠	伐茇	月	月末	山
碩人	發活濊揭孽朅	月	月末末薛薛薛	山
魚藻之什・都人士	發撮說	月	月末薛	山
采葛	月葛	月	月曷	山
君子于役	月渴佸括桀	月	月曷末末薛	山
匪風	發怛偈	月	月曷薛	山
草蟲	蕨惙說	月	月薛薛	山
芣苢	掇捋	月	末	山
擊鼓	闊活	月	末	山
蕩之什・瞻卬	奪說	月	末薛	山
閔予小子之什・載芟	達活傑	月	曷末薛	山
甫田	怛桀	月	曷薛	山
鹿鳴之什・采薇	渴烈	月	曷薛	山
伯兮	朅桀	月	薛	山
蜉蝣	閱雪說	月	薛	山
谷風之什・大東	揭舌	月	薛	山
生民之什・板	蹶泄	月	薛	山
擊鼓	說闊	月	薛末	山
候人	芾 / 役	月	物 / 末	臻 / 山
甘棠	拜說	月	怪祭	蟹
節南山之什・小旻	艾敗	月	泰夬	蟹
魚藻之什・白華	外邁	月	泰夬	蟹
泮水	噦大茷邁	月	泰泰泰夬	蟹
匏有苦葉	厲揭	月	祭	蟹
甘棠	憩敗	月	祭夬	蟹
東門之枌	逝邁	月	祭夬	蟹
魚藻之什・都人士	厲蠆邁	月	祭夬夬	蟹
魚藻之什・菀柳	愒瘵邁	月	祭怪夬	蟹
二子乘舟	逝害	月	祭泰	蟹
有狐	厲帶	月	祭泰	蟹
采葛	歲艾	月	祭泰	蟹
鴻雁之什・庭燎	晢艾噦	月	祭泰泰	蟹
泉水	衛害轄邁	月	祭泰泰夬	蟹

	閟宮	歲大艾害	月	祭泰泰泰	蟹
	十畝之間	逝泄外	月	祭祭泰	蟹
	蟋蟀	逝蹶外邁	月	祭祭泰夬	蟹
	生民之什‧民勞	愒泄厲大敗	月	祭祭祭泰夬	蟹
	東門之楊	晢肺	月	祭廢	蟹
	長發	斾／鉞伐曷達截烈蘖桀	月	泰／月月曷曷屑薛薛薛	蟹／山
	生民之什‧生民	害／月達	月	泰／月曷	蟹／山
	谷風之什‧蓼莪	害／發烈	月	泰／月薛	蟹／山
	谷風之什‧四月	害／發烈	月	泰／月薛	蟹／山
	蕩之什‧烝民	外／發舌	月	泰／月薛	蟹／山
	甫田之什‧鴛鴦	艾／秣	月	泰／末	蟹／山
	文王之什‧綿	兌駾喙／拔	月	泰泰廢／黠	蟹／山
	七月	歲／發褐烈薛	月	祭／月曷薛	蟹／山
	生民之什‧生民	歲／載烈	月	祭／末薛	蟹／山
	蕩之什‧蕩	世／撥害揭	月	祭／末薛薛	蟹／山
	甫田之什‧車舝	逝／渴括舝鎋	月	祭／曷末鎋	蟹／山
	蕩之什‧抑	逝／舌	月	祭／薛	蟹／山
	野有死麕	帨吠／脫	月	祭廢／末	蟹／山

（2）楚辭屈宋　總：14

作　者	篇　名	韻　字	上古韻	中古韻	韻　攝
屈原	天問	越活	月	月末	山
屈原	思美人	發達	月	月曷	山
宋玉	九辯	月達	月	月曷	山
屈原	天問	達蠆	月	曷薛	山
屈原	離騷	艾害	月	泰	蟹
屈原	天問	害敗	月	泰夬	蟹
屈原	抽思	歲逝	月	祭	蟹
屈原	遠遊	厲衛	月	祭	蟹
屈原	涉江	滯汰	月	祭泰	蟹
屈原	少司命	際逝帶	月	祭祭泰	蟹
屈原	湘夫人	裔澨逝蓋	月	祭祭祭泰	蟹

屈原	離騷	刈穢	月	廢	蟹
屈原	湘君	枻/末雪絕	月	祭/末薛薛	蟹/山
屈原	離騷	蔽/折	月	祭/薛	蟹/山

（3）先秦詩 總：8

作　者	篇　名	韻　字	上古韻	中古韻	韻　攝
	成相雜辭 p52	竭蹙達孽	月	月月曷薛	山
	成相雜辭 p52	蹙達孽桀	月	月曷薛薛	山
	琴女歌 p33	越拔絕	月	月黠薛	山
	夏人歌 p5	大沛敗廢	月	泰泰夬廢	蟹
	穗歌 p12	弊殺	月	祭夬	蟹
	詩 66	洩外	月	祭泰	蟹
	成相雜辭 p52	世厲害敗	月	祭祭泰夬	蟹
	去魯歌 p7	敗/謁	月	夬/月	蟹/山

（4）西漢文人 總：16

作　者	篇　名	韻　字	上古韻	中古韻	韻　攝
劉向	遠遊	謁闕	月	月	山
班婕妤	怨詩 p116	月發雪熱絕	月	月月薛薛薛	山
韋孟	諷諫詩 p105	髮察	月	月黠	山
韋孟	在鄒詩 p107	絕烈	月	薛	山
韋玄成	戒子孫詩 p114	烈列	月	薛	山
息夫躬	絕命辭 p116	察列	月	黠薛	山
劉向	遠遊	發轄	月	月曷	山
四皓	歌 p90	蓋大	月	泰	蟹
劉徹	瓠子歌 p93	沛外	月	泰	蟹
項羽	歌 p89	世逝	月	祭	蟹
韋玄成	自劾詩 p113	裔世	月	祭	蟹
劉向	離世	厲逝	月	祭	蟹
東方朔	怨世	逝世	月	祭	蟹
東方朔	怨世	蔽滯敗	月	祭祭夬	蟹
劉胥	歌 p111	逝/闋	月	祭/薛	蟹/山
劉向	遠遊	蔽/折	月	祭/薛	蟹/山

（5）東漢文人 總：2

作　者	篇　名	韻　字	上古韻	中古韻	韻　攝
蔡琰	悲憤詩 p199	別裂轍	月	薛	山

蔡琰	悲憤詩 p199	逝厲歲會外艾蓋大賴邁敗吠肺廢	月	祭祭祭泰泰泰泰泰泰夬夬廢廢廢	蟹

（6）兩漢民間　總：17

作　者	篇　名	韻　字	上古韻	中古韻	韻　攝
	氾勝之引古語 p134	撅發拔	月	月月黠	山
	魏郡輿人歌 p211	伐遏	月	月曷	山
	長沙人石虎謠 p125	闕截	月	月屑	山
	豔歌行 p273	月絕	月	月薛	山
	上邪 p160	竭雪絕	月	月薛薛	山
	京師為諸葛豐語 p138	葛闊	月	曷末	山
	古詩 p342	絕別	月	薛	山
	長安為谷永樓護號 p139	札舌	月	黠薛	山
	景星（寶鼎歌）p152	察列	月	黠薛	山
	西顥鄒子樂 p149	殺廢	月	夬廢	蟹
	淮南王 p276	泰外	月	泰	蟹
	古博異辭游 p296	貝帶	月	泰	蟹
	獻帝初童謠 p225	際礪世	月	祭	蟹
	猗蘭操 p300	蔽逝	月	祭	蟹
	練時日 p147	裔沛	月	祭泰	蟹
	巫山高 p158	逝大	月	祭泰	蟹
	赤蛟 p154	蓋濊	月	泰	蟹

（7）三國詩歌　總：20

作　者	篇　名	韻　字	上古韻	中古韻	韻　攝
曹操	短歌行 p349	月掇絕	月	月末薛	山
曹植	朔風詩 p447	越別	月	月薛	山
阮籍	又大人先生歌 p511	竭折冽	月	月薛薛	山
繁欽	定情詩 p385	闊脫	月	末	山
應璩	雜詩 p472	葛喝撮	月	曷曷末	山
曹彪	答東阿王詩 p465	訣轍	月	屑薛	山
曹植	矯志詩 p448	折滅	月	薛	山
嵇康	思親詩 p490	絕裂	月	薛	山
曹植	應詔 p447	沫蓋	月	泰	蟹
阮籍	詠懷詩 p496	外帶會賴	月	泰	蟹
阮籍	詠懷詩 p496	瀨外帶賴害大	月	泰	蟹

曹丕	煌煌京洛行 p391	帶敗	月	泰夬	蟹
嵇康	四言贈兄秀才入軍詩 p482	艾沛害邁	月	泰泰泰夬	蟹
嵇康	四言詩 p484	逝滯裔歲	月	祭	蟹
阮籍	詠懷詩 p496	裔逝際制誓	月	祭	蟹
曹丕	雜詩 p401	滯蓋會	月	祭泰泰	蟹
阮籍	詠懷詩 p496	世裔逝誓外	月	祭祭祭祭泰	蟹
王粲	安臺新福歌 p526	厲逝裔世大	月	祭祭祭祭泰	蟹
曹植	孟冬篇 p430	蓋／喝鶡軋	月	泰／曷曷黠	蟹／山
曹丕	煌煌京洛行 p391	大／劣	月	泰／薛	蟹／山

2. 月／元

（1）西漢文人　總：1

作　者	篇　名	韻　字	上古韻	中古韻	韻　攝
劉向	怨思	察／晏	月／元	黠／諫	山

3. 月／葉

（1）西漢文人　總：2

作　者	篇　名	韻　字	上古韻	中古韻	韻　攝
劉向	逢紛	沛／磕	月／葉	泰	蟹
王褒	尊嘉	逝裔沛瀨蓋蔡／磕	月／葉	祭祭泰泰泰泰／盍	蟹／咸

4. 月／緝

（1）楚辭屈宋　總：1

作　者	篇　名	韻　字	上古韻	中古韻	韻　攝
屈原	天問	說／摯	月／緝	薛／至	山／止

（十）緝部韻譜

1. 緝部獨韻

（1）詩經　總：9

作　者	篇　名	韻　字	上古韻	中古韻	韻　攝
	螽斯	揖蟄	緝	緝	深
	中穀有蓷	濕泣及	緝	緝	深

	鹿鳴之什・皇皇者華	隰及	緝	緝	深
	鴻雁之什・無羊	濈濕	緝	緝	深
	小戎	邑／合軜	緝	緝／合	深／咸
	鹿鳴之什・常棣	翕／合	緝	緝／合	深／咸
	文王之什・大明	集／合	緝	緝／合	深／咸
	生民之什・板	輯／洽	緝	緝／洽	深／咸
	文王之什・棫樸	及／楫	緝	緝／葉	深／咸

（2）楚辭屈宋　總：3

作　者	篇　名	韻　字	上古韻	中古韻	韻　攝
屈原	離騷	急立	緝	緝	深
屈原	天問	悒急	緝	緝	深
宋玉	九辯	入集／合洽	緝	緝／合洽	深／咸

（3）先秦詩　總：1

作　者	篇　名	韻　字	上古韻	中古韻	韻　攝
	右八 p60	邑及	緝	緝	深

（4）西漢文人　總：1

作　者	篇　名	韻　字	上古韻	中古韻	韻　攝
東方朔	哀命	悒及	緝	緝	深

（5）東漢文人　總：1

作　者	篇　名	韻　字	上古韻	中古韻	韻　攝
傅毅	迪志詩 p172	及立	緝	緝	深

（6）兩漢民間　總：1

作　者	篇　名	韻　字	上古韻	中古韻	韻　攝
	枯魚過河泣 p286	泣及入	緝	緝	深

（7）三國詩歌　總：1

作　者	篇　名	韻　字	上古韻	中古韻	韻　攝
曹植	七步詩 p460	汁泣急	緝	緝	深

2. 緝／葉

（1）詩經　總：1

作　者	篇　名	韻　字	上古韻	中古韻	韻　攝
	蕩之什・烝民	及／業捷	緝／葉	緝／業葉	深／咸

（2）先秦詩　總：1

作　者	篇　名	韻　字	上古韻	中古韻	韻　攝
	右四 59	隰／涉	緝／葉	緝／葉	深／咸

（十一）葉部韻譜

1. 葉部獨韻

（1）詩經　總：3

作　者	篇　名	韻　字	上古韻	中古韻	韻　攝
	芃蘭	甲葉韘	葉	狎葉葉	咸
	鹿鳴之什・采薇	業捷	葉	業葉	咸
	長發	業葉	葉	業葉	咸

（2）楚辭屈宋　總：2

作　者	篇　名	韻　字	上古韻	中古韻	韻　攝
屈原	國殤	接甲	葉	葉狎	咸
屈原	哀郢	接涉	葉	葉	咸

（3）兩漢民間　總：1

作　者	篇　名	韻　字	上古韻	中古韻	韻　攝
	齊房（芝房歌）p153	葉諜	葉	葉帖	咸

（4）三國詩歌　總：1

作　者	篇　名	韻　字	上古韻	中古韻	韻　攝
費禕	鄉里為李嚴諺 p532	狎甲	葉	狎	咸

三、陽聲韻譜、合韻譜

（一）蒸部韻譜

1. 蒸部獨韻

（1）詩經　總：21

作　者	篇　名	韻　字	上古韻	中古韻	韻　攝
	雞鳴	夢／薨憎	蒸	東／登	通／曾
	大叔于田	弓／掤	蒸	東／蒸	通／曾
	節南山之什・正月	雄夢／懲陵	蒸	東／蒸	通／曾
	魚藻之什・采綠	弓／繩	蒸	東／蒸	通／曾
	小戎	弓／膺縢	蒸	東／蒸登	通／曾

	篇名	韻字	上古韻	中古韻	韻攝
	節南山之什・正月	夢 / 蒸勝憎	蒸	東 / 蒸蒸登	通 / 曾
	文王之什・綿	馮 / 興勝甍登	蒸	東 / 蒸蒸登登	通 / 曾
	鴻雁之什・無羊	雄 / 蒸兢升崩肱	蒸	東 / 蒸蒸蒸登登	通 / 曾
	鴻雁之什・斯干	夢 / 興	蒸	送 / 證	通 / 曾
	鴻雁之什・沔水	陵懲興	蒸	蒸	曾
	節南山之什・小旻	兢冰	蒸	蒸	曾
	節南山之什・小宛	兢冰	蒸	蒸	曾
	蕩之什・抑	繩承	蒸	蒸	曾
	玄鳥	承乘勝	蒸	蒸	曾
	螽斯	繩薨	蒸	蒸登	曾
	椒聊	升朋	蒸	蒸登	曾
	南有嘉魚之什・菁菁者莪	陵朋	蒸	蒸登	曾
	生民之什・生民	升登	蒸	蒸登	曾
	鹿鳴之什・天保	興陵增	蒸	蒸蒸登	曾
	鹿鳴之什・天保	升承恒崩	蒸	蒸蒸登登	曾
	節南山之什・十月之交	懲陵崩騰	蒸	蒸蒸登登	曾

（2）楚辭屈宋　總：5

作　者	篇　名	韻　字	上古韻	中古韻	韻　攝
屈原	國殤	弓雄 / 懲凌	蒸	東 / 蒸	通 / 曾
屈原	天問	興膺	蒸	蒸	曾
屈原	天問	陵勝	蒸	蒸	曾
屈原	悲回風	膺仍	蒸	蒸	曾
	招魂	乘烝	蒸	蒸	曾

（3）先秦詩　總：4

作　者	篇　名	韻　字	上古韻	中古韻	韻　攝
	左傳引逸詩 p67	弓 / 乘朋	蒸	東 / 蒸登	通 / 曾
	輿人誦 p40	懲興	蒸	蒸	曾
	投壺辭 p51	陵興	蒸	蒸	曾
	史記引逸詩 p71	興 / 崩	蒸	蒸 / 登	曾

（4）西漢文人　總：2

作　者	篇　名	韻　字	上古韻	中古韻	韻　攝
莊忌	哀時命	稱陞	蒸	蒸	曾
劉向	離世	興登	蒸	蒸登	曾

（5）兩漢民間 總：4

作 者	篇 名	韻 字	上古韻	中古韻	韻 攝
	五神 p153	興承	蒸	蒸	曾
	關中為魯丕語 p251	興陵	蒸	蒸	曾
	李陵錄別詩 p336	鷹陵繒蒸勝乘	蒸	蒸	曾
	王符引諺論考績 p247	繩證	蒸	蒸證	曾

（6）三國詩歌 總：5

作 者	篇 名	韻 字	上古韻	中古韻	韻 攝
曹植	矯志詩 p448	弓雄	蒸	東	通
嵇康	幽憤詩 p480	騰憎登朋	蒸	登	曾
曹植	甘露謳 p443	承凝徵	蒸	蒸	曾
曹植	應詔 p447	升興	蒸	蒸	曾
王粲	太廟頌歌 p524	徵升	蒸	蒸	曾

2. 蒸／文

（1）楚辭屈宋 總：1

作 者	篇 名	韻 字	上古韻	中古韻	韻 攝
屈原	遠遊	冰／門	蒸／文	蒸／魂	曾／臻

3. 蒸／冬

（1）東漢文人 總：1

作 者	篇 名	韻 字	上古韻	中古韻	韻 攝
班固	靈臺詩 p168	徵／崇	蒸／冬	蒸／東	曾／通

（2）兩漢民間 總：1

作 者	篇 名	韻 字	上古韻	中古韻	韻 攝
	古詩為焦仲卿妻作 p283	繩／中	蒸／冬	蒸／東	曾／通

（3）三國詩歌 總：1

作 者	篇 名	韻 字	上古韻	中古韻	韻 攝
繆襲	獲呂布 p527	雄／宮中	蒸／冬	東	通

4. 蒸／冬／侵

（1）三國詩歌 總：3

作 者	篇 名	韻 字	上古韻	中古韻	韻 攝
阮籍	詠懷詩 p496	雄／隆融沖戎崇終／風	蒸／冬／侵	東	通

阮籍	采薪者歌 p511	雄/中隆終/風	蒸/冬/侵	東	通
曹丕	黎陽作詩 p399	陵/窮中/風	蒸/冬/侵	蒸/東東	曾/通通

5. 蒸／東

（1）先秦詩　總：1

作　者	篇　名	韻　字	上古韻	中古韻	韻　攝
	黃鵠歌 p9	雄/同雙	蒸/東	東/東江	通/通江

（2）三國詩歌　總：1

作　者	篇　名	韻　字	上古韻	中古韻	韻　攝
曹操	謠俗辭 p355	應繒/縫	蒸/東	蒸/鍾	曾/通

6. 蒸／東／陽

（1）西漢文人　總：1

作　者	篇　名	韻　字	上古韻	中古韻	韻　攝
東方朔	怨思	朋/通/廂翔	蒸/東/陽	登/東/陽	曾/通/宕

（2）三國詩歌　總：2

作　者	篇　名	韻　字	上古韻	中古韻	韻　攝
徐幹	室思詩 p376	興/空/方傷光	蒸/東/陽	蒸/東/陽陽唐	曾/通/宕
韋昭	秋風 p545	鷹/功封/裳疆傷亡場賞	蒸/東/陽	蒸/東鍾/陽陽陽陽陽養	曾/通/宕

7. 蒸／侵

（1）詩經　總：4

作　者	篇　名	韻　字	上古韻	中古韻	韻　攝
	蕩之什・抑	夢/慘	蒸/侵	送/感	通/咸
	閟宮	弓陵乘膺懲承崩騰朋朕增/綅	蒸/侵	東蒸蒸蒸蒸蒸登登登登登/侵	通曾曾曾曾曾曾曾曾曾曾/深
	小戎	興/音	蒸/侵	蒸/侵	曾/深
	文王之什・大明	興/林心	蒸/侵	蒸/侵	曾/深

8. 蒸／耕

（1）三國詩歌　總：1

作　者	篇　名	韻　字	上古韻	中古韻	韻　攝
曹植	當牆欲高行 p438	憎／情聲名誠	蒸／耕	登／清	曾／梗

9. 蒸／陽

（1）楚辭屈宋　總：1

作　者	篇　名	韻　字	上古韻	中古韻	韻　攝
屈原	離騷	懲／常	蒸／陽	蒸／陽	曾／宕

（2）先秦詩　總：1

作　者	篇　名	韻　字	上古韻	中古韻	韻　攝
	禱雨辭 p47	興／行	蒸／陽	蒸／唐	曾／宕

（二）冬部韻譜

1. 冬部獨韻

（1）詩經　總：12

作　者	篇　名	韻　字	上古韻	中古韻	韻　攝
	采蘩	中宮	冬	東	通
	式微	躬中	冬	東	通
	桑中	中宮	冬	東	通
	定之方中	中宮	冬	東	通
	生民之什・既醉	融終	冬	東	通
	谷風	窮冬	冬	東冬	通
	南有嘉魚之什・蓼蕭	沖濃	冬	東鍾	通
	擊鼓	仲忡宋	冬	送送宋	通
	草蟲	蟲螽忡／降	冬	東／江	通／江
	鹿鳴之什・出車	蟲螽忡戎／降	冬	東／江	通／江
	生民之什・鳧鷖	崇湑宗／降	冬	東冬冬／江	通／江
	文王之什・旱麓	中／降	冬	送／降	通／江

（2）楚辭屈宋　總：4

作　者	篇　名	韻　字	上古韻	中古韻	韻　攝
屈原	雲中君	中窮忡	冬	東	通
屈原	涉江	中窮	冬	東	通
	招魂	宮眾	冬	東	通

| 屈原 | 天問 | 躬／降 | 冬 | 東／江 | 通／江 |

（3）先秦詩　總：2

作　者	篇　名	韻　字	上古韻	中古韻	韻　攝
	段干木歌 p18	忠隆	冬	東	通
	詩 66	中融	冬	東	通

（4）西漢文人　總：2

作　者	篇　名	韻　字	上古韻	中古韻	韻　攝
劉胥	歌 p111	終窮	冬	東	通
劉向	遠遊	宮窮	冬	東	通

（5）兩漢民間　總：1

作　者	篇　名	韻　字	上古韻	中古韻	韻　攝
	京師為戴憑語 p249	窮中	冬	東	通

（6）三國詩歌　總：5

作　者	篇　名	韻　字	上古韻	中古韻	韻　攝
曹丕	臨高臺 p395	忠宮	冬	東	通
曹叡	月重輪行 p415	窮終躬中	冬	東	通
曹植	孟冬篇 p430	終宮	冬	東	通
嵇康	四言贈兄秀才入軍詩 p482	終戎	冬	東	通
王粲	太廟頌歌 p524	宮崇	冬	東	通

2. 冬／東

（1）楚辭屈宋　總：1

作　者	篇　名	韻　字	上古韻	中古韻	韻　攝
屈原	離騷	降／庸	冬／東	江／鍾	江／通

（2）先秦詩　總：1

作　者	篇　名	韻　字	上古韻	中古韻	韻　攝
	成相雜辭 p52	衷／從凶江	冬／東	東／鍾鍾江	通／通通江

（3）西漢文人　總：3

作　者	篇　名	韻　字	上古韻	中古韻	韻　攝
劉向	逢紛	降／洶	冬／東	江／鍾	江／通
莊忌	哀時命	忠宮窮忡／容凶匈	冬／東	東／鍾	通
王褒	匡機	宮豐窮中／從	冬／東	東／鍾	通

（4）東漢文人　總：1

作　者	篇　名	韻　字	上古韻	中古韻	韻　攝
王逸	守志	忠／聰	冬／東	東	通

（5）三國詩歌　總：1

作　者	篇　名	韻　字	上古韻	中古韻	韻　攝
應璩	詩 p473	冬／空籠	冬／東	冬／東	通

3. 冬／東／侵

（1）楚辭屈宋　總：1

作　者	篇　名	韻　字	上古韻	中古韻	韻　攝
宋玉	九辯	中／豐／湛	冬／東／侵	東／東／覃	通／通／咸

4. 冬／東／陽

（1）先秦詩　總：1

作　者	篇　名	韻　字	上古韻	中古韻	韻　攝
	河梁歌 p31	降／邦／梁王霜莊長當惶	冬／東／陽	江／江／陽陽陽陽陽唐唐	江／江／宕

（2）三國詩歌　總：1

作　者	篇　名	韻　字	上古韻	中古韻	韻　攝
韋昭	關背德 p545	隆／通蒙同江邦／張祥陽殃翔	冬／東／陽	東／東東東江江／陽	通／通通通江江／宕

5. 冬／東／陽／耕／真

（1）三國詩歌　總：1

作　者	篇　名	韻　字	上古韻	中古韻	韻　攝
曹操	對酒 p347	終蟲／訟／良明兄／盈成刑／民田	冬／東／陽／耕／真	東／鍾／陽庚庚／清清青／真先	通／通／宕梗梗／梗／臻山

6. 冬／侯

（1）詩經　總：1

作　者	篇　名	韻　字	上古韻	中古韻	韻　攝
	鹿鳴之什・常棣	戎／務	冬／侯	東／遇	遇

7. 冬／侵

（1）詩經　總：5

作　者	篇　名	韻　字	上古韻	中古韻	韻　攝
	小戎	中／驂	冬／侵	東／覃	通／咸
	生民之什・公劉	宗／飲	冬／侵	冬／寢	通／深
	七月	沖／陰	冬／侵	東／侵	通／深
	蕩之什・蕩	終／諶	冬／侵	東／侵	通／深
	蕩之什・雲漢	蟲宮躬宗／臨	冬／侵	東東東冬／侵	通／深

（2）東漢文人　總：1

作　者	篇　名	韻　字	上古韻	中古韻	韻　攝
梁鴻	適吳詩 p166	降／南	冬／侵	江／覃	江／咸

（3）三國詩歌　總：1

作　者	篇　名	韻　字	上古韻	中古韻	韻　攝
曹植	雜詩 p456	中窮戎充／風	冬／侵	東	通

8. 冬／真

（1）詩經　總：2

作　者	篇　名	韻　字	上古韻	中古韻	韻　攝
	文王之什・文王	躬／天	冬／真	東／先	通／山
	蕩之什・召旻	躬中／頻	冬／真	東／真	通／臻

9. 冬／耕

（1）先秦詩　總：1

作　者	篇　名	韻　字	上古韻	中古韻	韻　攝
	禱雨辭 p47	崇／盛	冬／耕	東／清	通／梗

10. 冬／陽

（1）楚辭屈宋　總：2

作　者	篇　名	韻　字	上古韻	中古韻	韻　攝
屈原	東君	降／裳漿翔狼行	冬／陽	江／陽陽陽唐唐	江／宕
屈原	河伯	中宮／堂	冬／陽	東／唐	通／宕

（2）先秦詩　總：1

作　者	篇　名	韻　字	上古韻	中古韻	韻　攝
	黃竹詩 p64	窮／行卿	冬／陽	東／唐庚	通／宕梗

（3）西漢文人　總：1

作　者	篇　名	韻　字	上古韻	中古韻	韻　攝
東方朔	沈江	降／芳狂傷香攘陽長傷光旁藏行當葬明	冬／陽	江／陽陽陽陽陽陽陽唐唐唐唐唐宕庚	江／宕宕宕宕宕宕宕宕宕宕宕宕宕梗

（4）兩漢民間　總：1

作　者	篇　名	韻　字	上古韻	中古韻	韻　攝
	神人暢 p318	宗豐中隆宮／堂	冬／陽	冬東東東東／唐	通／宕

（三）東部韻譜

1. 東部獨韻

（1）詩經　總：48

作　者	篇　名	韻　字	上古韻	中古韻	韻　攝
	采蘩	僮公	東	東	通
	小星	東公同	東	東	通
	騶虞	蓬樅	東	東	通
	旄丘	東同	東	東	通
	七月	同功樅公	東	東	通
	七月	同功	東	東	通
	谷風之什・大東	東空	東	東	通
	甫田之什・賓之初筵	同功	東	東	通
	文王之什・文王有聲	豐功	東	東	通
	蕩之什・常武	同功	東	東	通
	伯兮	東蓬容	東	東東鍾	通
	兔爰	罿聰庸兇	東	東東鍾鍾	通
	山有扶蘇	充〔註21〕童松龍	東	東東鍾鍾	通

〔註21〕「充」字，郭錫良《漢字古音手冊》入古韻冬部；陳新雄《古音研究》入第十八部東部。考《詩經》、《楚辭》「充」字韻例僅見於〈鄭風・山有扶蘇〉：「山有喬（松），

閟宮	公東庸	東	東東鍾	通
生民之什・生民	幪唪	東	東腫	通
羔羊	公總縫	東	東董鍾	通
南有嘉魚之什・蓼蕭	同離	東	東鍾	通
文王之什・文王有聲	東癕	東	東鍾	通
臣工之什・雍	公雍	東	東鍾	通
泮水	功訩	東	東鍾	通
桑中	東葑庸	東	東鍾鍾	通
采苓	東葑從	東	東鍾鍾	通
文王之什・靈臺	公逢癕鐘	東	東鍾鍾鍾	通
南有嘉魚之什・六月	公顒	東	東鍾	通
鴻雁之什・祈父	聰饔	東	東鍾	通
大叔于田	控送	東	送	通
長發	動總勇竦	東	董董腫腫	通
行露	墉從訟	東	鍾	通
南山	庸從	東	鍾	通
節南山之什・巧言	邛共	東	鍾	通
谷風之什・無將大車	雍重	東	鍾	通
文王之什・皇矣	衝墉	東	鍾	通
臣工之什・振鷺	雝容	東	鍾	通
節南山之什・節南山	傭訩	東	鍾	通
文王之什・靈臺	樅鏞鐘癕	東	鍾	通
節南山之什・小旻	從邛用	東	鍾鍾用	通
南有嘉魚之什・車攻	攻同東／龐	東	東／江	通／江
甫田之什・瞻彼洛矣	同／邦	東	東／江	通／江
文王之什・思齊	恫／邦	東	東／江	通／江
蕩之什・崧高	功／邦	東	東／江	通／江
閟宮	蒙東功同從／邦	東	東東東東鍾／江	通／江
魚藻之什・采菽	蓬同從／邦	東	東東鍾／江	通／江
蕩之什・召旻	訌共／邦	東	東鍾／江	通／江
豐	送丰／巷	東	送鍾／絳	通／江
節南山之什・節南山	訩／邦	東	鍾／江	通／江

隰有游（龍）。不見子（充），乃見狡（童）。」韻字「松、龍、童」俱為東部字，故依從陳先生。

	文王之什・皇矣	恭共 / 邦	東	鍾 / 江	通 / 江
	蕩之什・崧高	庸 / 邦	東	鍾 / 江	通 / 江
	長發	共龍 / 厖	東	鍾 / 江	通 / 江

（2）楚辭屈宋　總：11

作　者	篇　名	韻　字	上古韻	中古韻	韻　攝
屈原	天問	功同	東	東	通
屈原	天問	通從	東	東鍾	通
屈原	懷沙	豐容	東	東鍾	通
宋玉	九辯	通重	東	東鍾	通
屈原	抽思	同容	東	東鍾	通
宋玉	九辯	通從容誦	東	東鍾鍾用	通
屈原	天問	逢從	東	鍾	通
宋玉	九辯	從容	東	鍾	通
屈原	離騷	縱 / 巷	東	用 / 絳	通 / 江
屈原	哀郢	東 / 江	東	東 / 江	通 / 江
屈原	悲回風	泂 / 江	東	鍾 / 江	通 / 江

（3）先秦詩　總：8

作　者	篇　名	韻　字	上古韻	中古韻	韻　攝
	石鼓詩 p57	攻同	東	東	通
	佹詩 p61	聰同凶	東	東東鍾	通
	書後賦詩附 p62	聰同凶	東	東東鍾	通
	狐裘歌 p15	公從茸	東	東鍾鍾	通
	周禮注引逸詩 p72	工雝凶	東	東鍾鍾	通
	大唐歌 p3	雍從	東	鍾	通
	成相雜辭 p52	功鴻工 / 江	東	東 / 江	通 / 江
	右四 59	東湧	東	東腫	通

（4）西漢文人　總：10

作　者	篇　名	韻　字	上古韻	中古韻	韻　攝
莊忌	哀時命	桐通	東	東	通
劉向	愍命	同通	東	東	通
東方朔	沈江	同蠪	東	東腫	通
韋玄成	自劾詩 p113	東從	東	東鍾	通
韋玄成	自劾詩 p113	同庸	東	東鍾	通
劉向	遠遊	龍溶	東	鍾	通
韋孟	諷諫詩 p105	同 / 邦	東	東 / 江	通 / 江

東方朔	沈江	聰縱／江	東	東鍾／江	通／江
韋孟	在鄒詩 p107	恭／邦	東	鍾／江	通／江
劉向	逢紛	雝／邦	東	鍾／江	通／江

（5）東漢文人　總：3

作　者	篇　名	韻　字	上古韻	中古韻	韻　攝
劉蒼	武德舞歌詩 p167	同功	東	東	通
蔡邕	答對元式詩 p193	從龍	東	鍾	通
蔡邕	初平詩 p194	功通蒙頌／邦	東	東東東鍾／江	通／江

（6）兩漢民間　總：21

作　者	篇　名	韻　字	上古韻	中古韻	韻　攝
	鮑司隸歌 p209	聰公工	東	東	通
	趙歧引南陽舊語 p246	公箐	東	東	通
	時人為王君公語 p250	東公	東	東	通
	平陵東 p259	東桐公	東	東	通
	赤雀辭 p323	公通龍	東	東東鍾	通
	張公神碑歌 p326	僮通重龍	東	東東鍾鍾	通
	漢人為黃公語 p135	公凶	東	東鍾	通
	時人為蔣詡諺 p140	翁巃	東	東鍾	通
	時人為作奏語 p239	工巃	東	東鍾	通
	京師為胡廣語 p252	公庸	東	東鍾	通
	民為淮南厲王歌 p120	縫舂容	東	鍾	通
	長安為張竦語 p139	封松	東	鍾	通
	華燁燁 p153	容縱	東	鍾	通
	王世容歌 p215	空／雙	東	東／江	通／江
	京師為黃香號 p233	童／雙	東	東／江	通／江
	時人為龐氏語 p237	銅翁／龐	東	東／江	通／江
	益都為任文公語 p242	公／雙	東	東／江	通／江
	時人為丁鴻語 p251	公／雙	東	東／江	通／江
	潁川為荀爽語 p234	龍／雙	東	鍾／江	通／江
	公沙六龍 p238	龍／雙	東	鍾／江	通／江
	時人為許慎語 p252	重／雙	東	鍾／江	通／江

（7）三國詩歌　總：16

作　者	篇　名	韻　字	上古韻	中古韻	韻　攝
	軍中為盧洪趙達語 p521	公洪	東	東	通

	博昌人為蔣任二姓語 p524	翁童	東	東	通
阮籍	詠懷詩 p493	聰功通庸凶雍從容蹤龍	東	東東東鍾鍾鍾鍾鍾鍾鍾	通
曹植	平陵東行 p437	通龍	東	東鍾	通
朱異	賦弩 p536	銅墉	東	東鍾	通
繆襲	平關中 p529	潼墉凶	東	東鍾鍾	通
嵇康	代秋胡歌詩 p479	工逢凶從	東	東鍾鍾鍾	通
曹植	代劉勳妻王氏雜詩 p455	重奉共	東	腫腫用	通
曹植	應詔 p447	墉從	東	鍾	通
	時人為張氏兄弟語 p524	龍恭	東	鍾	通
王粲	贈蔡子篤詩 p357	東通同 / 邦江	東	東 / 江	通 / 江
	孫皓天紀中童謠 p540	童 / 江	東	東 / 江	通 / 江
曹植	盤石篇（齊瑟行）p434	蓬東虹鴻通同公重沟龍松鍾從 / 幢江邦	東	東東東東東東東鍾鍾鍾鍾鍾 / 江	通 / 江
嵇康	遊仙詩 p488	蓯通蒙桐龍逢容邕蹤 / 雙	東	東東東東鍾鍾鍾鍾鍾 / 江	通 / 江
郭遐叔	贈嵇康詩 p476	同東從蹤容 / 雙	東	東東鍾鍾鍾 / 江	通 / 江
曹植	責躬 p446	聰蹤雍 / 邦	東	東鍾鍾 / 江	通 / 江

2. 東／元

（1）詩經　總：1

作　者	篇　名	韻　字	上古韻	中古韻	韻　攝
	甫田之什・賓之初筵	恭 / 幡反仙筵遷	東 / 元	鍾 / 元元仙仙仙	通 / 山

3. 東／侵

（1）楚辭屈宋　總：1

作　者	篇　名	韻　字	上古韻	中古韻	韻　攝
屈原	天問	封 / 沈	東 / 侵	鍾 / 寢	通 / 深

（2）西漢文人　總：1

作　者	篇　名	韻　字	上古韻	中古韻	韻　攝
東方朔	怨思	容／心深林	東／侵	鍾／侵	通／深

4. 東／耕／真

（1）東漢文人　總：1

作　者	篇　名	韻　字	上古韻	中古韻	韻　攝
蔡邕	翠鳥詩 P193	容／榮青庭／齡	東／耕／真	鍾／庚青青／青	通／梗／梗

（2）三國詩歌　總：1

作　者	篇　名	韻　字	上古韻	中古韻	韻　攝
	滎陽令歌 p514	訟／政性／令	東／耕／真	用／勁／勁	通／梗／梗

5. 東／陽

（1）詩經　總：1

作　者	篇　名	韻　字	上古韻	中古韻	韻　攝
	清廟之什・維清	公功邦／疆皇	東／陽	東東江／陽唐	通通江／宕

（2）楚辭屈宋　總：1

作　者	篇　名	韻　字	上古韻	中古韻	韻　攝
	招魂	從／陽	東／陽	鍾／陽	通／宕

（3）先秦詩　總：2

作　者	篇　名	韻　字	上古韻	中古韻	韻　攝
	塗山歌 p4	龐／昌	東／陽	江／陽	江／宕
	鄻民歌 p18	公／梁旁	東／陽	東／陽唐	通／宕

（4）西漢文人　總：7

作　者	篇　名	韻　字	上古韻	中古韻	韻　攝
東方朔	自悲	蒙／湯	東／陽	東／唐	通／宕
東方朔	謬諫	公／堂	東／陽	東／唐	通／宕
賈誼	惜誓	功／狂長	東／陽	東／陽	通／宕
東方朔	沈江	功公曚／央	東／陽	東／陽	通／宕
東方朔	謬諫	通／揚	東／陽	東／陽	通／宕
東方朔	沈江	蓬東凶容重雍／望	東／陽	東東鍾鍾鍾鍾／陽	通／宕

| 劉向 | 憂苦 | 茸／章行藏 | 東／陽 | 鍾／陽唐唐 | 通／宕 |

（5）東漢文人　總：2

作　者	篇　名	韻　字	上古韻	中古韻	韻　攝
王逸	哀歲	蠭／穰章房陽傷涼愴唐光荒螂朗	東／陽	鍾／陽陽陽陽陽陽漾唐唐唐唐蕩	通／宕
王逸	守志	功龍雙／衡	東／陽	東鍾江／庚	通通江／梗

（6）兩漢民間　總：5

作　者	篇　名	韻　字	上古韻	中古韻	韻　攝
	同前 p262	幢／長箱彊	東／陽	江／陽	江／宕
	張公神碑歌 p326	公／陽方鄉觴央旁	東／陽	東／陽陽陽陽陽唐	通／宕
	信立退怨歌 p312	同鍾／傷彰	東／陽	東鍾／陽	通／宕
	古詩為焦仲卿妻作 p283	桐通／鴦忘傍徨更	東／陽	東／陽陽唐唐庚	通／宕宕宕宕梗
	信立退怨歌 p312	功／王明	東／陽	東／陽庚	通／宕梗

（7）三國詩歌　總：2

作　者	篇　名	韻　字	上古韻	中古韻	韻　攝
	徐州為王祥 p513	功／祥康	東／陽	東／陽唐	通／宕
曹丕	上留田行 p396	同／梁傷糠	東／陽	東／陽陽唐	通／宕

6. 東／陽／元

（1）兩漢民間　總：1

作　者	篇　名	韻　字	上古韻	中古韻	韻　攝
	古詩為焦仲卿妻作 p283	通雙／忘妝光璫／丹	東／陽／元	東江／陽陽唐唐／寒	通江／宕／山

7. 東／陽／侵

（1）西漢文人　總：1

作　者	篇　名	韻　字	上古韻	中古韻	韻　攝
東方朔	謬諫	動／往／感	東／陽／侵	董／養／感	通／宕／咸

8. 東／陽／耕

（1）三國詩歌　總：1

作　者	篇　名	韻字	上古韻	中古韻	韻　攝
曹操	蒿里行 p347	凶／陽方亡腸戕行／鳴	東／陽／耕	鍾／陽陽陽陽唐庚／庚	通／宕宕宕宕宕梗／梗

9. 東／談

（1）西漢文人　總：1

作　者	篇　名	韻　字	上古韻	中古韻	韻　攝
劉向	逢紛	容／讒	東／談	鍾／咸	通／咸

（四）陽部韻譜

1. 陽部獨韻

（1）詩經　總：162

作　者	篇　名	韻　字	上古韻	中古韻	韻　攝
	雄雉	行臧	陽	唐	宕
	東門之楊	牂煌	陽	唐	宕
	清廟之什・天作	荒康行	陽	唐	宕
	鵲巢	方將	陽	陽	宕
	綠衣	裳亡	陽	陽	宕
	日月	方良忘	陽	陽	宕
	墻有茨	襄詳長	陽	陽	宕
	有狐	梁裳	陽	陽	宕
	葛屨	霜裳	陽	陽	宕
	衡門	魴姜	陽	陽	宕
	九罭	魴裳	陽	陽	宕
	鹿鳴之什・出車	方央襄	陽	陽	宕
	南有嘉魚之什・六月	方陽	陽	陽	宕
	南有嘉魚之什・采芑	鄉央	陽	陽	宕
	谷風之什・大東	揚漿	陽	陽	宕
	文王之什・棫樸	王璋	陽	陽	宕
	文王之什・棫樸	章相王方	陽	陽	宕
	文王之什・皇矣	陽方王將	陽	陽	宕
	閔予小子之什・閔予小子	王忘	陽	陽	宕

	那	嘗將	陽	陽	宕
	閟宮	王陽商	陽	陽	宕
	北風	涼雱行	陽	陽唐唐	宕
	樛木	將荒	陽	陽唐	宕
	殷其雷	陽遑	陽	陽唐	宕
	燕燕	將頏	陽	陽唐	宕
	河廣	望杭	陽	陽唐	宕
	豐	裳行	陽	陽唐	宕
	渭陽	陽黃	陽	陽唐	宕
	東山	場行	陽	陽唐	宕
	鹿鳴之什・采薇	陽剛	陽	陽唐	宕
	南有嘉魚之什・南山有臺	楊桑	陽	陽唐	宕
	南有嘉魚之什・南山有臺	疆光	陽	陽唐	宕
	鴻雁之什・沔水	揚湯	陽	陽唐	宕
	鴻雁之什・沔水	忘行	陽	陽唐	宕
	谷風之什・大東	霜行	陽	陽唐	宕
	甫田之什・賓之初筵	張抗	陽	陽唐	宕
	魚藻之什・隰桑	忘藏	陽	陽唐	宕
	魚藻之什・苕之華	傷黃	陽	陽唐	宕
	文王之什・大明	梁光	陽	陽唐	宕
	生民之什・假樂	疆綱	陽	陽唐	宕
	生民之什・卷阿	陽岡	陽	陽唐	宕
	蕩之什・瞻卬	亡罔	陽	陽唐	宕
	閔予小子之什・載芟	香光	陽	陽唐	宕
	泮水	揚皇	陽	陽唐	宕
	氓	裳湯行	陽	陽唐唐	宕
	黃鳥	防行桑	陽	陽唐唐	宕
	鹿鳴之什・鹿鳴	將行簧	陽	陽唐唐	宕
	蕩之什・召旻	亡荒喪	陽	陽唐唐	宕
	桑中	鄉姜唐	陽	陽陽唐	宕
	君子陽陽	陽房簧	陽	陽陽唐	宕
	豐	昌將堂	陽	陽陽唐	宕
	野有蔓草	瀼揚臧	陽	陽陽唐	宕
	終南	忘裳堂	陽	陽陽唐	宕
	羔裘	翔傷堂	陽	陽陽唐	宕

七月	斨揚桑	陽	陽陽唐	宕
七月	陽裳黃	陽	陽陽唐	宕
破斧	斨將皇	陽	陽陽唐	宕
鹿鳴之什・杕杜	陽傷遑	陽	陽陽唐	宕
南有嘉魚之什・六月	章央行	陽	陽陽唐	宕
鴻雁之什・庭燎	央將光	陽	陽陽唐	宕
魚藻之什・都人士	章望黃	陽	陽陽唐	宕
生民之什・公劉	長陽岡	陽	陽陽唐	宕
生民之什・公劉	糧陽荒	陽	陽陽唐	宕
生民之什・卷阿	常長康	陽	陽陽唐	宕
蕩之什・崧高	疆粻行	陽	陽陽唐	宕
大叔于田	揚襄黃行	陽	陽陽唐唐	宕
還	昌陽狼臧	陽	陽陽唐唐	宕
車鄰	楊亡桑簧	陽	陽陽唐唐	宕
節南山之什・十月之交	良常臧行	陽	陽陽唐唐	宕
魚藻之什・何草不黃	方將行黃	陽	陽陽唐唐	宕
生民之什・卷阿	璋望卬綱	陽	陽陽唐唐	宕
蕩之什・江漢	王方洸湯	陽	陽陽唐唐	宕
玄鳥	商方芒湯	陽	陽陽唐唐	宕
谷風之什・大東	漿長襄光	陽	陽陽陽唐	宕
谷風之什・鼓鐘	將傷忘湯	陽	陽陽陽唐	宕
生民之什・假樂	章忘王皇	陽	陽陽陽唐	宕
鴇羽	常嘗粱桑行	陽	陽陽陽唐唐	宕
猗嗟	昌長揚蹌臧	陽	陽陽陽陽唐	宕
蒹葭	霜方長央蒼	陽	陽陽陽陽唐	宕
臣工之什・載見	王章陽央鶬光	陽	陽陽陽陽唐唐	宕
生民之什・公劉	疆糧張揚康倉囊光行	陽	陽陽陽陽唐唐唐唐唐	宕
長發	商祥方疆長將芒	陽	陽陽陽陽陽陽唐	宕
殷武	常王羌鄉享湯	陽	陽陽陽陽養唐	宕
魚藻之什・角弓	良方亡讓	陽	陽陽陽漾	宕

鹿鳴之什・天保	疆王享	陽	陽陽養	宕
文王之什・大明	方王上	陽	陽陽養	宕
南有嘉魚之什・蓼蕭	瀼忘爽光	陽	陽陽養唐	宕
清廟之什・我將	方饗	陽	陽養	宕
蕩之什・桑柔	王瀼荒蒼	陽	陽養唐唐	宕
甫田之什・車舝	仰行	陽	漾宕	宕
文王之什・綿	將行亢	陽	漾宕宕	宕
節南山之什・十月之交	王向藏	陽	漾漾宕	宕
谷風之什・北山	仰掌	陽	養	宕
南有嘉魚之什・彤弓	饗貺藏	陽	養漾宕	宕
定之方中	堂桑臧／京	陽	唐／庚	宕／梗
著	堂黃／英	陽	唐／庚	宕／梗
陟岵	岡／兄	陽	唐／庚	宕／梗
下泉	稂／京	陽	唐／庚	宕／梗
生民之什・公劉	岡／京	陽	唐／庚	宕／梗
有駜	黃／明	陽	唐／庚	宕／梗
擊鼓	鐺／行兵	陽	唐／庚耕	宕／梗
卷耳	筐／行	陽	陽／庚	宕／梗
鶉之奔奔	疆／兄	陽	陽／庚	宕／梗
東方未明	裳／明	陽	陽／庚	宕／梗
節南山之什・巧言	長／盟	陽	陽／庚	宕／梗
谷風之什・北山	床／行	陽	陽／庚	宕／梗
魚藻之什・瓠葉	嘗／亨	陽	陽／庚	宕／梗
文王之什・文王	常／京	陽	陽／庚	宕／梗
文王之什・大明	商王／京行	陽	陽／庚	宕／梗
文王之什・大明	王商／京行	陽	陽／庚	宕／梗
文王之什・皇矣	方／兄	陽	陽／庚	宕／梗
文王之什・下武	王／京	陽	陽／庚	宕／梗
文王之什・文王有聲	王／京	陽	陽／庚	宕／梗
生民之什・既醉	將／明	陽	陽／庚	宕／梗
生民之什・板	王／明	陽	陽／庚	宕／梗
蕩之什・烝民	將／明	陽	陽／庚	宕／梗
蕩之什・烝民	方鏘／彭	陽	陽／庚	宕／梗
蕩之什・韓奕	張王章／衡	陽	陽／庚	宕／梗
長發	王／衡	陽	陽／庚	宕／梗
無衣	裳／行兵	陽	陽／庚耕	宕／梗

	漢廣	方／泳	陽	陽／映	宕／梗
	蕩之什・抑	尚亡章方／兵	陽	陽／耕	宕／梗
	載馳	狂行／瓃	陽	陽唐／庚	宕／梗
	將仲子	牆桑／兄	陽	陽唐／庚	宕／梗
	清人	翔旁／彭英	陽	陽唐／庚	宕／梗
	雞鳴	昌光／明	陽	陽唐／庚	宕／梗
	載驅	翔湯／彭	陽	陽唐／庚	宕／梗
	南有嘉魚之什・采芑	瑲皇／衡珩	陽	陽唐／庚	宕／梗
	鴻雁之什・黃鳥	粱桑／明兄	陽	陽唐／庚	宕／梗
	文王之什・皇矣	疆岡／京	陽	陽唐／庚	宕／梗
	蕩之什・韓奕	鏘光／彭	陽	陽唐／庚	宕／梗
	閔予小子之什・敬之	將行／明	陽	陽唐／庚	宕／梗
	甫田之什・裳裳者華	章黃／慶	陽	陽唐／映	宕／梗
	卷耳	傷岡黃／觥	陽	陽唐唐／庚	宕／梗
	汾沮洳	方桑行／英	陽	陽唐唐／庚	宕／梗
	蕩之什・蕩	方喪螗／行羹	陽	陽唐唐／庚	宕／梗
	文王之什・皇矣	方喪光／兄慶	陽	陽唐唐／庚映	宕／梗
	駉	疆臧皇黃／彭	陽	陽唐唐唐／庚	宕／梗
	有女同車	忘將行／英	陽	陽陽唐／庚	宕／梗
	甫田之什・甫田	羊方臧／明慶	陽	陽陽唐／庚映	宕／梗
	七月	陽筐行桑／庚	陽	陽陽唐唐／庚	宕／梗
	谷風之什・北山	將方傍剛／彭	陽	陽陽唐唐／庚	宕／梗
	生民之什・民勞	方良王康／明	陽	陽陽陽唐／庚	宕／梗
	谷風之什・大東	襄章箱行／明庚	陽	陽陽陽唐／庚	宕／梗
	鴻雁之什・斯干	牀裳璋王皇／喤	陽	陽陽陽唐／庚	宕／梗
	文王之什・大明	洋揚王商煌／彭明	陽	陽陽陽陽唐／庚	宕／梗

	甫田之什・甫田	梁粱箱疆倉 / 京慶	陽	陽陽陽陽唐 / 庚映	宕 / 梗
	清廟之什・執競	王方將穰康皇康 / 明喤	陽	陽陽陽陽唐唐唐 / 庚	宕 / 梗
	閟宮	嘗將房洋昌方常剛臧 / 衡羹慶	陽	陽陽陽陽陽陽陽唐唐 / 庚庚映	宕 / 梗
	谷風之什・楚茨	蹌羊嘗將疆饗皇 / 亨祊明慶	陽	陽陽陽陽陽養唐 / 庚庚庚映	宕 / 梗
	烈祖	疆將穰嘗將享饗鶬康 / 衡	陽	陽陽陽陽陽養養唐唐 / 庚	宕 / 梗
	七月	霜場羊疆饗堂 / 觥	陽	陽陽陽陽養唐 / 庚	宕 / 梗
	節南山之什・正月	霜傷將瘍 / 京	陽	陽陽陽養 / 庚	宕 / 梗
	谷風之什・信南山	疆享皇 / 明	陽	陽養唐 / 庚	宕 / 梗
	宛丘	望上 / 湯	陽	漾 / 映	宕 / 梗
	谷風之什・楚茨	將 / 慶	陽	漾 / 映	宕 / 梗
	二子乘舟	養 / 景	陽	養 / 梗	宕 / 梗
	甫田之什・頍弁	上臧 / 怲	陽	養唐 / 梗	宕 / 梗
	蕩之什・桑柔	往將 / 梗競	陽	養漾 / 梗映	宕 / 梗
	漢廣	廣 / 永	陽	蕩 / 梗	宕 / 梗
	蕩之什・蕩	明卿	陽	庚	梗
	閔予小子之什・閔予小子	敬庭	陽	映青	梗

（2）楚辭屈宋　總：59

作　者	篇　名	韻　字	上古韻	中古韻	韻　攝
屈原	離騷	當浪	陽	宕	宕
屈原	天問	堂臧	陽	唐	宕
屈原	惜誦	杭旁	陽	唐	宕
屈原	涉江	當行	陽	唐	宕
屈原	悲回風	湯行	陽	唐	宕
屈原	遠遊	行芒	陽	唐	宕
宋玉	九辯	光當藏	陽	唐	宕

屈原	離騷	裳芳	陽	陽	宕
屈原	離騷	殃長	陽	陽	宕
屈原	離騷	央芳	陽	陽	宕
屈原	離騷	長芳	陽	陽	宕
屈原	天問	方狂	陽	陽	宕
屈原	天問	將長	陽	陽	宕
屈原	天問	長彰	陽	陽	宕
屈原	惜誦	糧芳	陽	陽	宕
屈原	涉江	陽傷	陽	陽	宕
屈原	抽思	傷長	陽	陽	宕
屈原	思美人	揚章	陽	陽	宕
	招魂	方祥	陽	陽	宕
屈原	東皇太一	良芳漿倡／皇琅堂康	陽	陽／唐	宕
屈原	離騷	羊桑	陽	陽唐	宕
屈原	離騷	芳當	陽	陽唐	宕
屈原	河伯	望蕩	陽	陽唐	宕
屈原	天問	揚光	陽	陽唐	宕
屈原	天問	方桑	陽	陽唐	宕
屈原	天問	羊臧	陽	陽唐	宕
屈原	天問	將行	陽	陽唐	宕
屈原	哀郢	亡行	陽	陽唐	宕
屈原	懷沙	量臧	陽	陽唐	宕
屈原	思美人	將當	陽	陽唐	宕
屈原	遠遊	涼皇	陽	陽唐	宕
屈原	遠遊	鄉行	陽	陽唐	宕
	招魂	房光	陽	陽唐	宕
	招魂	梁堂	陽	陽唐	宕
屈原	湘夫人	張望上	陽	陽陽養	宕
屈原	天問	尚匠	陽	漾	宕
屈原	遠遊	壯放	陽	漾	宕
宋玉	九辯	恙臧	陽	漾唐	宕
屈原	天問	長饗	陽	養	宕
屈原	懷沙	彊像	陽	養	宕
屈原	橘頌	長像	陽	養	宕
屈原	離騷	傷／英	陽	陽／庚	宕／梗
屈原	離騷	粻／行	陽	陽／庚	宕／梗
屈原	離騷	鄉／行	陽	陽／庚	宕／梗

屈原	大司命	翔陽／坑	陽	陽／庚	宕／梗
屈原	國殤	傷／行	陽	陽／庚	宕／梗
屈原	天問	長／兄	陽	陽／庚	宕／梗
屈原	懷沙	章／明	陽	陽／庚	宕／梗
屈原	東君	方桑／明	陽	陽唐／庚	宕／梗
屈原	涉江	湘光／英	陽	陽唐／庚	宕／梗
屈原	天問	尚行藏／明	陽	陽唐唐／庚	宕／梗
屈原	遠遊	陽鄉行／英	陽	陽陽唐／庚	宕／梗
屈原	雲中君	芳央章光／英	陽	陽陽陽唐／庚	宕／梗
屈原	湘夫人	房張芳堂／衡	陽	陽陽陽唐／庚	宕／梗
宋玉	九辯	房颸芳翔傷／明	陽	陽／庚	宕／梗
宋玉	九辯	霜傷佯將攘方黃當堂藏／橫明	陽	陽陽陽陽陽陽唐唐唐唐／庚	宕／梗
屈原	悲回風	傷倡忘長芳章芳羊既／明	陽	陽陽陽陽陽陽陽陽漾／庚	宕／梗
	招魂	妨漿觴漿芳粱方涼爽餭鶬行／羹	陽	陽陽陽陽陽陽陽陽養唐唐唐／庚	宕／梗
屈原	離騷	章荒	陽	陽唐	宕

（3）先秦詩　總：32

作　者	篇　名	韻　字	上古韻	中古韻	韻　攝
	右八 p60	康黃	陽	唐	宕
	西王母吟 p36	翔望	陽	陽	宕
	士冠辭 p48	芳祥忘	陽	陽	宕
	成相雜辭 p52	相殃良悵	陽	陽	宕
	成相雜辭 p52	相方王祥	陽	陽	宕
	左傳引逸詩 p67	商亡	陽	陽	宕
	卿雲歌 p3	常行	陽	陽唐	宕
	諷賦歌 p25	牀傍	陽	陽唐	宕
	成相雜辭 p52	張湯當光	陽	陽唐唐唐	宕
	五子歌 p5	亡牆荒	陽	陽陽唐	宕

	五子歌 p5	亡方綱唐	陽	陽陽唐唐	宕
	成相雜辭 p52	王良糠行	陽	陽陽唐唐	宕
	黃鵠歌 p9	傷忘良行	陽	陽陽陽唐	宕
	秦世謠 p45	亡牆糧漿床梁皇	陽	陽陽陽陽陽陽唐	宕
	貍首詩 p63	張良常讓堂行抗	陽	陽陽陽漾唐唐唐	宕
	為士卒倡 p52	亡往喪黨	陽	陽養唐蕩	宕
	墨子引周詩 p69	蕩黨	陽	蕩	宕
	荀子引逸詩 p69	蒼／明	陽	唐／庚	宕／梗
	楚狂接輿歌（同上）p21	陽／行	陽	陽／庚	宕／梗
	成相雜辭 p52	相方昌／明	陽	陽／庚	宕／梗
	成相雜辭 p52	常方王／明	陽	陽／庚	宕／梗
	右三 59	陽章／行	陽	陽／庚	宕／梗
	右四 59	方陽／行	陽	陽／庚	宕／梗
	荀子引逸詩 p69	將／明	陽	陽／庚	宕／梗
	士冠辭 p48	疆／慶	陽	陽／映	宕／梗
	士冠辭 p48	疆／慶	陽	陽／映	宕／梗
	晉兒謠 p38	昌葬／兄	陽	陽宕／庚	宕／梗
	賡歌 p2	良康／明	陽	陽唐／庚	宕／梗
	黃竹詩 p64	忘行／卿	陽	陽唐／庚	宕／梗
	成相雜辭 p52	王商湯／明	陽	陽陽唐／庚	宕／梗
	佹詩 p61	鄉將強匡祥疆常忘藏堂凰／盲橫英明行兵	陽	陽陽陽陽陽陽陽陽唐唐唐／庚庚庚庚庚耕	宕／梗
	成相雜辭 p52	相王讓／明	陽	陽陽漾／庚	宕／梗

（4）西漢文人　總：37

作　者	篇　名	韻　字	上古韻	中古韻	韻　攝
劉向	遠遊	唐桑	陽	唐	宕
劉邦	大風 p87	揚鄉方	陽	陽	宕
劉徹	秋風辭 p94	芳忘	陽	陽	宕
劉弗陵	黃鵠歌 p108	章蹌裳	陽	陽	宕
烏孫公主細君	歌 p111	方王牆漿傷鄉	陽	陽	宕

韋玄成	自劾詩 p113	常翔	陽	陽	宕
王褒	株昭	翔揚	陽	陽	宕
劉向	怨思	揚彰	陽	陽	宕
劉向	遠遊	湘央	陽	陽	宕
東方朔	沈江	傷忘彰殃亡望	陽	陽	宕
東方朔	沈江	長方	陽	陽	宕
東方朔	嗟伯夷 p101	陽藏	陽	陽唐	宕
韋孟	在鄒詩 p107	牆堂	陽	陽唐	宕
韋玄成	戒子孫詩 p114	常荒	陽	陽唐	宕
賈誼	惜誓	羊藏	陽	陽唐	宕
劉向	逢紛	裳堂	陽	陽唐	宕
劉向	憂苦	殃行	陽	陽唐	宕
劉向	憂苦	長行	陽	陽唐	宕
劉向	遠遊	方桑	陽	陽唐	宕
劉徹	思奉車子侯歌 p96	芳鄉裳溏	陽	陽陽陽唐	宕
東方朔	自悲	鄉央長湯	陽	陽陽陽唐	宕
王褒	思忠	陽糧方傷光行	陽	陽陽陽陽唐唐	宕
司馬相如	琴歌 p99	鄉將方腸鴦皇堂	陽	陽陽陽陽陽唐唐	宕
王褒	蓄英	強洋上荒	陽	陽陽養唐	宕
劉向	怨思	放望	陽	漾	宕
息夫躬	絕命辭 p116	罔往	陽	養	宕
劉向	逢紛	往盪	陽	養蕩	宕
劉向	遠逝	慌蕩	陽	蕩	宕
賈誼	惜誓	藏 / 衡	陽	唐 / 庚	宕 / 梗
東方朔	初放	湯 / 坑	陽	唐 / 庚	宕 / 梗
劉向	遠遊	光 / 明	陽	唐 / 庚	宕 / 梗
莊忌	哀時命	揚梁 / 英	陽	陽 / 庚	宕 / 梗
韋孟	諷諫詩 p105	商光荒 / 彭	陽	陽唐唐 / 庚	宕 / 梗
王褒	尊嘉	陽殃湘傷行臧 / 橫	陽	陽陽陽陽唐唐 / 庚	宕 / 梗
王褒	通路	陽祥裳將行光旁光當 / 英	陽	陽陽陽陽唐唐唐唐唐 / 庚	宕 / 梗
王褒	匡機	房芳洋翔忘傷堂 / 橫	陽	陽陽陽陽陽陽唐 / 庚	宕 / 梗

莊忌	哀時命	翔徉傷糧鄉芳方量將行當桑行唐湯藏／橫	陽	陽陽陽陽陽陽陽陽陽唐唐唐唐唐唐唐／庚	宕／梗

（5）東漢文人　總：15

作　者	篇　名	韻　字	上古韻	中古韻	韻　攝
張衡	歌 p178	翔鄉	陽	陽	宕
張衡	四愁詩 p180	陽長裳	陽	陽	宕
班固	辟雍詩 p168	梁湯	陽	陽唐	宕
蔡邕	飲馬長城窟行 p192	鄉傍	陽	陽唐	宕
蔡邕	初平詩 p194	望澇	陽	陽唐	宕
王逸	守志	方藏	陽	陽唐	宕
班固	明堂詩 p168	陽煌堂	陽	陽唐唐	宕
蔡琰	悲憤詩 p199	常良彊祥羌亡光	陽	陽陽陽陽陽陽唐	宕
宋子侯	董嬌饒詩 p198	颸傷霜香芳忘腸傍當昂桑堂	陽	陽陽陽陽陽陽陽唐唐唐唐唐	宕
孔融	離合作郡姓名字詩 p196	方張王匡揚彰忘長旁光藏	陽	陽陽陽陽陽陽陽陽唐唐唐	宕
張衡	同聲歌 p178	房嘗牀霜香張方忘湯當光皇	陽	陽陽陽陽陽陽陽陽唐唐唐唐	宕
張衡	四愁詩 p180	悵傷	陽	漾	宕
石勛	費鳳別碑詩 p175	杖黨	陽	養蕩	宕
班固	辟雍詩 p168	兄明	陽	庚	梗
王逸	悼亂	京明	陽	庚	梗

（6）兩漢民間　總：76

作　者	篇　名	韻　字	上古韻	中古韻	韻　攝
	練時日 p147	黃堂	陽	唐	宕
	帝臨 p148	光黃	陽	唐	宕
	天門 p151	光黃	陽	唐	宕
	班昭女誡引鄙諺 p232	狼尪	陽	唐	宕
	古詩為焦仲卿妻作 p283	光囊	陽	唐	宕
	同上 p294	桑篁	陽	唐	宕

吏民為趙張三王語 p137	張王	陽	陽	宕
時人為張氏諺 p142	張良昌	陽	陽	宕
練時日 p147	望方	陽	陽	宕
練時日 p147	香鄉	陽	陽	宕
練時日 p147	芳觴	陽	陽	宕
朱明鄒子樂 p148	昌嘗忘疆	陽	陽	宕
惟泰元 p149	翔將	陽	陽	宕
天地 p150	商長	陽	陽	宕
天門 p151	觴章	陽	陽	宕
天門 p151	昌方	陽	陽	宕
華燁燁 p153	觴長	陽	陽	宕
五神 p153	觴驤	陽	陽	宕
王逸引諺 p232	霜亡	陽	陽	宕
淮南王 p276	牀漿	陽	陽	宕
淮南王 p276	梁鄉	陽	陽	宕
樂府 p287	方香梁	陽	陽	宕
古詩 p336	梁鄉	陽	陽	宕
李陵錄別詩 p336	翔鄉央裳忘	陽	陽	宕
古詩 p342	鴦忘	陽	陽	宕
長安為尹賞歌 p123	場葬	陽	陽宕	宕
諸儒為劉愷語 p253	常伉	陽	陽宕	宕
玄冥鄒子樂 p149	霜藏	陽	陽唐	宕
天門 p151	望堂	陽	陽唐	宕
華燁燁 p153	房堂	陽	陽唐	宕
五神 p153	房光	陽	陽唐	宕
桓帝初城上烏童謠 p219	梁堂	陽	陽唐	宕
靈帝末京都童謠 p224	王芒	陽	陽唐	宕
宋弘引語 p231	忘堂	陽	陽唐	宕
同上 p292	香傍	陽	陽唐	宕
張公神碑歌 p326	方印旁光	陽	陽唐唐唐	宕
君馬黃 p159	良蒼黃	陽	陽陽唐	宕
東光 p256	糧傷倉	陽	陽陽唐	宕
伯姬引 p320	章殃喪	陽	陽陽唐	宕
初平中長安謠 p225	糧鄉郎黃	陽	陽陽唐唐	宕
霍將軍歌 p314	央翔康藏	陽	陽陽唐唐	宕

赤蛟 p154	翔觴央光	陽	陽陽陽唐	宕
古詩為焦仲卿妻作 p283	長將忘行	陽	陽陽陽唐	宕
信立退怨歌 p312	涼央長當	陽	陽陽陽唐	宕
相逢行 p265	忘陽央郎光黃堂	陽	陽陽陽唐唐唐唐	宕
古歌 p289	羊商香霜堂行康	陽	陽陽陽陽唐唐唐	宕
李陵錄別詩 p336	陽翔長璋傷忘彷	陽	陽陽陽陽陽陽唐	宕
雞鳴 p257	倡王鴦廂殭忘堂行郎傍煌	陽	陽陽陽陽陽陽唐唐唐唐唐	宕
怨曠思惟歌 p315	房常羌決長傷黃桑光藏頏徨	陽	陽陽陽陽陽陽唐唐唐唐唐唐	宕
李陵錄別詩 p336	芳鄉霜翔方長央堂光	陽	陽陽陽陽陽陽陽唐唐	宕
李陵錄別詩 p336	芳香庠揚傷唱	陽	陽陽陽陽陽漾	宕
安世房中歌 p145	芳常忘饗臧	陽	陽陽陽養唐	宕
古樂府詩 p293	央揚杖	陽	陽陽養	宕
天地 p150	羖享	陽	陽養	宕
朝隴首（白麟歌）p154	詳饗	陽	陽養	宕
更始時長安中語 p141	養將	陽	漾	宕
閭君謠 p227	昶讓	陽	漾	宕
虞詡引諺 p233	將相	陽	漾	宕
惟泰元 p149	享荒	陽	養唐	宕
天門 p151	饗蕩	陽	養蕩	宕
韓安國引語 p129	狼／兄	陽	唐／庚	宕／梗
京師為周舉語 p252	光／橫	陽	唐／庚	宕／梗
茂陵中書歌 p296	行／英	陽	唐／庚	宕／梗
安世房中歌 p145	常疆／明	陽	陽／庚	宕／梗
天地 p150	章／明	陽	陽／庚	宕／梗
天門 p151	羊／明	陽	陽／庚	宕／梗
彭子陽歌 p215	陽／橫	陽	陽／庚	宕／梗
艷歌何嘗行 p272	方／行	陽	陽／庚	宕／梗

	古詩為焦仲卿妻作 p283	望傷量詳／兄	陽	陽／庚	宕／梗
	拘幽操 p302	昌王喪／明	陽	陽陽唐／庚	宕／梗
	安世房中歌 p145	芳章光芒／行	陽	陽陽唐唐／庚	宕／梗
	安世房中歌 p145	常良芳忘光／明	陽	陽陽陽陽唐／庚	宕／梗
	文王受命 p308	昌亡房羊皇／萌	陽	陽陽陽陽唐／耕	宕／梗
	相逢行 p265	忘倡鴦廂央堂煌郎光傍黃堂／行	陽	陽陽陽陽陽唐唐唐唐唐唐唐／庚	宕／梗
	光武述人時語 p230	觥橫	陽	庚	梗
	有所思 p296	人親	陽	真	臻

（7）三國詩歌　總：86

作　者	篇　名	韻　字	上古韻	中古韻	韻　攝
麋元	詩 p412	行傍	陽	唐	宕
曹植	艷歌行 p440	桑當	陽	唐	宕
曹植	贈白馬王彪詩 p452	蒼橫岡黃	陽	唐	宕
	時人語 p541	黃囊	陽	唐	宕
阮瑀	詩 p381	長裳傷洋	陽	陽	宕
繁欽	定情詩 p385	陽裳腸	陽	陽	宕
曹丕	秋胡行 p390	揚方	陽	陽	宕
曹丕	善哉行 p390	揚腸方芳商忘	陽	陽	宕
曹丕	燕歌行 p394	涼霜翔腸鄉方房忘裳商長牀央望梁	陽	陽	宕
曹叡	櫂歌行 p416	揚涼張方疆	陽	陽	宕
曹植	怨歌行 p426	長忘	陽	陽	宕
曹植	豔歌行 p441	涼芳	陽	陽	宕
曹植	責躬 p446	方殃	陽	陽	宕
曹植	朔風詩 p447	方翔	陽	陽	宕
曹植	贈白馬王彪詩 p452	疆陽梁長傷	陽	陽	宕
曹植	送應氏詩 p454	常霜方陽觴腸長翔	陽	陽	宕
曹植	怨詩行（七哀詩）p459	長忘	陽	陽	宕
曹植	詩 p462	方霜裳	陽	陽	宕
應璩	百一詩 p469	腸亡	陽	陽	宕

阮籍	詠懷詩 p496	翔芳忘腸房陽傷	陽	陽	宕
費禕	襄陽鄉里為馬良諺 p532	常良	陽	陽	宕
曹操	董卓歌辭 p355	常桑	陽	陽唐	宕
劉楨	詩 p373	莊旁	陽	陽唐	宕
曹丕	煌煌京洛行 p391	亡當	陽	陽唐	宕
杜摯	贈毋丘荊州詩 p420	望蒼	陽	陽唐	宕
曹植	苦熱行 p440	鄉藏	陽	陽唐	宕
曹植	妾薄倖 p441	房綱	陽	陽唐	宕
應璩	百一詩 p469	長芒	陽	陽唐	宕
嵇康	思親詩 p490	傷藏	陽	陽唐	宕
曹丕	月重輪行 p398	長光煌	陽	陽唐唐	宕
	時人為李豐等謗語 p52	漿湯光	陽	陽唐唐	宕
繆襲	楚之平 p526	王綱光	陽	陽唐唐	宕
曹操	短歌行 p349	忘康慷	陽	陽唐蕩	宕
曹丕	黎陽作詩 p399	僵裳昂	陽	陽陽唐	宕
曹植	當來日大難 p437	鄉觴堂	陽	陽陽唐	宕
諸葛恪	答費禕 p536	翔鄉凰	陽	陽陽唐	宕
曹丕	煌煌京洛行 p391	長房行藏	陽	陽陽唐唐	宕
應璩	百一詩 p469	陽牆光康	陽	陽陽唐唐	宕
嵇康	四言贈兄秀才入軍詩 p482	梁長航徨	陽	陽陽唐唐	宕
劉楨	鬥雞詩 p372	張翔芒唐光	陽	陽陽唐唐唐	宕
繆襲	邕熙 p529	倡央堂簧綱	陽	陽陽唐唐唐	宕
阮籍	詠懷詩 p496	翔傷凰岡荒藏	陽	陽陽唐唐唐唐	宕
曹植	大魏篇 p428	常祥亡皇	陽	陽陽陽唐	宕
曹植	責躬 p446	方攘王皇	陽	陽陽陽唐	宕
曹植	詩 p460	湘方張傍	陽	陽陽陽唐	宕
阮瑀	詠史詩 p379	良亡忘光桑	陽	陽陽陽唐唐	宕
應瑒	公讌詩 p383	方章觴堂康	陽	陽陽陽唐唐	宕
阮籍	詠懷詩 p496	傷霜長旁桑	陽	陽陽陽唐唐	宕
阮籍	詠懷詩 p496	方傷常堂光	陽	陽陽陽唐唐	宕

曹植	大魏篇 p428	廂觴昌皇康行	陽	陽陽陽唐唐唐	宕
曹植	妾薄命行 p436	房障觴藏光桑	陽	陽陽陽唐唐唐	宕
曹植	妾薄命行 p436	梁香姜忘傍	陽	陽陽陽陽唐	宕
阮籍	詠懷詩 p496	箱揚腸望光	陽	陽陽陽陽唐	宕
繁欽	贈梅公明詩 p384	長翔忘彰桑光	陽	陽陽陽陽唐唐	宕
阮籍	詠懷詩 p496	陽房霜翔綱光	陽	陽陽陽陽唐唐	宕
繆襲	應帝期 p529	昌方祥梁皇岡	陽	陽陽陽陽唐唐	宕
曹丕	於譙作詩 p399	觴粱揚鏘光昂康	陽	陽陽陽陽唐唐唐	宕
阮籍	詠懷詩 p496	芳陽翔傷光璜傍	陽	陽陽陽陽唐唐唐	宕
阮籍	詠懷詩 p496	陽梁芳翔遑光傍	陽	陽陽陽陽唐唐唐	宕
阮瑀	詩 p380	涼傷房央忘光	陽	陽陽陽陽陽唐	宕
阮籍	詠懷詩 p496	常方腸梁房旁	陽	陽陽陽陽陽唐	宕
阮籍	詠懷詩 p496	翔望忘常央旁	陽	陽陽陽陽陽唐	宕
曹叡	短歌行 p413	常裳良房方堂頏	陽	陽陽陽陽唐唐	宕
阮籍	詠懷詩 p496	忘揚場彰常荒光	陽	陽陽陽陽陽唐唐	宕
劉楨	贈五官中郎將詩 p369	鄉翔涼方央光堂康	陽	陽陽陽陽陽唐唐唐	宕
曹植	離友詩 p460	鄉方疆驤房綱航康	陽	陽陽陽陽陽唐唐唐	宕
曹操	却東西門行 p354	鄉翔揚方忘行當傍岡	陽	陽陽陽陽陽唐唐唐唐	宕
曹丕	夏日詩 p404	涼倡商揚腸長傍	陽	陽陽陽陽陽陽唐	宕
阮籍	詠懷詩 p496	陽霜芳裳翔忘光	陽	陽陽陽陽陽陽唐	宕

阮籍	詠懷詩 p496	常璋粱芳方腸綱	陽	陽陽陽陽陽陽唐	宕
繆襲	克官渡 p527	羊揚傷望方章傍當	陽	陽陽陽陽陽陽唐唐	宕
曹叡	樂府詩 p418	牀長颺翔腸裳堂徨蒼	陽	陽陽陽陽陽陽唐唐唐	宕
曹植	鬪雞詩 p450	商方房揚傷翔場光	陽	陽陽陽陽陽陽陽唐	宕
阮籍	詠懷詩 p496	粱翔望霜傷常章茫	陽	陽陽陽陽陽陽陽唐	宕
劉楨	公讌詩 p369	央翔防涼詳忘粱傍蒼塘	陽	陽陽陽陽陽陽陽唐唐唐	宕
曹植	五遊詠 p433	翔裳驤廂漿芳方疆荒蒼光堂	陽	陽陽陽陽陽陽陽陽唐唐唐唐	宕
阮籍	詠懷詩 p493	彰揚芳揚霜王粱商傷光	陽	陽陽陽陽陽陽陽陽陽唐	宕
郭遐周	贈嵇康詩 p475	量佯涼章房姜方翔傷臧康	陽	陽陽陽陽陽陽陽陽陽唐唐	宕
曹植	正會詩 p449	良章方張商粱常央王堂黃光	陽	陽陽陽陽陽陽陽陽陽唐唐唐	宕
阮侃	答嵇康詩 p477	常芳翔鄉長忘粱房傷章行康臧慷	陽	陽陽陽陽陽陽陽陽陽陽陽唐唐唐蕩	宕
嵇康	幽憤詩 p480	放尚	陽	漾	宕
嵇康	四言詩 p484	象響賞朗	陽	養養養蕩	宕
曹操	薤露 p347	良強王殃傷喪行	陽	陽陽陽陽陽唐唐	宕
曹丕	黎陽作詩 p399	驤陽光臧 / 橫	陽	陽陽唐唐 / 橫	宕 / 梗 / 庚
曹丕	至廣陵於馬上作詩 p401	良商顙亡方傷湯光航康 / 橫	陽	陽陽陽陽陽陽唐唐唐唐 / 橫	宕 / 梗 / 庚
曹丕	雜詩 p401	長涼裳翔鄉粱腸徨光 / 橫	陽	陽陽陽陽陽陽陽唐唐 / 橫	宕 / 梗 / 庚

2. 陽／元

（1）詩經　總：1

作　者	篇　名	韻　字	上古韻	中古韻	韻　攝
	蕩之什・抑	行／言	陽／元	庚／元	梗／山

（2）楚辭屈宋　總：1

作　者	篇　名	韻　字	上古韻	中古韻	韻　攝
屈原	抽思	亡／完	陽／元	陽／桓	宕／山

（3）先秦詩　總：2

作　者	篇　名	韻　字	上古韻	中古韻	韻　攝
	無射詩 p65	荒／觀	陽／元	唐／桓	宕／山
	荀子引逸詩 p69	凰／干	陽／元	唐／寒	宕／山

3. 陽／文

（1）楚辭屈宋　總：1

作　者	篇　名	韻　字	上古韻	中古韻	韻　攝
屈原	天問	長〔註22〕／云	陽／文	陽／文	宕／臻

（2）兩漢民間　總：1

作　者	篇　名	韻　字	上古韻	中古韻	韻　攝
	有所思 p296	明／昏	陽／文	庚／魂	梗／臻

4. 陽／侵

（1）西漢文人　總：1

作　者	篇　名	韻　字	上古韻	中古韻	韻　攝
賈誼	惜誓	方羊商翔鄉旁明／風	陽／侵	陽陽陽陽陽唐庚／東	宕宕宕宕宕宕梗／通

5. 陽／真

（1）楚辭屈宋　總：1

作　者	篇　名	韻　字	上古韻	中古韻	韻　攝
屈原	惜誦	明／身	陽／真	庚／真	梗／臻

〔註22〕劉永濟《屈賦通箋》改「長」為「先」。

（2）兩漢民間　總：1

作　者	篇　名	韻　字	上古韻	中古韻	韻　攝
	京師為楊政語 p250	行／鏗	陽／真	庚／耕	梗

6. 陽／真／文／元

（1）兩漢民間　總：1

作　者	篇　名	韻　字	上古韻	中古韻	韻　攝
	古詩為焦仲卿妻作 p283	陽／身姻／君云婚門／言煩官還專緣	陽／真／文／元	陽／真／文文魂魂／元元桓刪仙仙	宕／臻／臻／山

（2）三國詩歌　總：1

作　者	篇　名	韻　字	上古韻	中古韻	韻　攝
曹操	善哉行 p352	王／仁身賢／閒／山	陽／真／文／元	陽／真真先／真／山	宕／臻臻山／臻／山

7. 陽／耕

（1）楚辭屈宋　總：1

作　者	篇　名	韻　字	上古韻	中古韻	韻　攝
	招魂	張璜光／瓊	陽／耕	陽唐唐／清	宕／梗

（2）西漢文人　總：4

作　者	篇　名	韻　字	上古韻	中古韻	韻　攝
韋孟	諷諫詩 p105	京／平耕征寧	陽／耕	庚／庚耕清青	梗
韋玄成	自劾詩 p113	兄／形	陽／耕	庚／青	梗
韋玄成	自劾詩 p113	京／聲	陽／耕	庚／清	梗
韋玄成	戒子孫詩 p114	慶／盛	陽／耕	映／勁	梗

（3）東漢文人　總：3

作　者	篇　名	韻　字	上古韻	中古韻	韻　攝
班固	辟雍詩 p168	行／成	陽／耕	唐／清	宕／梗
王逸	傷時	明／榮娭靈	陽／耕	庚／庚青青	梗
班固	白雉詩 p169	英慶／精成	陽／耕	庚映／清	梗

（4）兩漢民間　總：7

作　者	篇　名	韻　字	上古韻	中古韻	韻攝
	郭喬卿歌 p208	卿／平	陽／耕	庚	梗
	貞女引 p306	英／榮生名清	陽／耕	庚／庚庚清清	梗
	時人為折氏諺 p245	英／平經	陽／耕	庚／庚青	梗
	王子喬 p261	明／平令寧	陽／耕	庚／庚青青	梗
	關中為游殷諺 p249	明／靈	陽／耕	庚／青	梗
	民為五門語 p238	卿／聲	陽／耕	庚／清	梗
	蔣橫邁禍時童謠 p229	兵／寧	陽／耕	耕／青	梗

（5）三國詩歌　總：12

作　者	篇　名	韻　字	上古韻	中古韻	韻　攝
曹叡	長歌行 p415	明／鳴生榮聲鶯成情盈縈庭	陽／耕	庚／庚庚庚清清清清清清青	梗
曹植	惟漢行 p422	明／生平盈聲名形經庭寧	陽／耕	庚／庚庚清清清青青青青	梗
阮籍	詠懷詩 p496	行／榮生名情聲城冥形	陽／耕	庚／庚庚清清清清青青	梗
韋昭	伐烏林 p544	明／驚荊城征聲成程名	陽／耕	庚／庚庚清清清清清清	梗
嵇康	六言詩 p489	明／荊耕傾	陽／耕	庚／庚耕清	梗
嵇康	代秋胡歌詩 p479	英／生城庭	陽／耕	庚／庚清青	梗
曹丕	秋胡行 p390	英／榮傾頸萍庭	陽／耕	庚／庚清青青	梗
嵇康	答二郭詩 p486	京／生征營情成并盈形寧停馨	陽／耕	庚／庚清清清清清清青青青青	梗
曹植	驅車篇 p435	英／生城名清精征成程貞亭靈形冥	陽／耕	庚／庚清清清清清清清清青青青青	梗
王粲	為潘文則作思親詩 p359	祊／爭征嬰頸情誠逞寧齡	陽／耕	庚／耕清清清清清靜青青	梗

曹植	孟冬篇 p430	明兵／清停	陽／耕	庚耕／清青	梗
曹植	贈丁儀王粲詩 p452	京兵／清城名聲營經	陽／耕	庚耕／清清清清青	梗

8. 陽／耕／真

（1）三國詩歌　總：1

作　者	篇　名	韻　字	上古韻	中古韻	韻攝
曹植	精微篇 p429	明卿／生傾名頸／零	陽／耕／真	庚／庚清清清／青	梗

9. 陽／耕／真／文

（1）兩漢民間　總：1

作　者	篇　名	韻　字	上古韻	中古韻	韻攝
	上留田行 p288	長／生／人／貧門	陽／耕／真／文	陽／庚／真／真魂	宕／梗／臻／臻

10. 陽／脂／微

（1）兩漢民間　總：1

作　者	篇　名	韻　字	上古韻	中古韻	韻攝
	古詩 p335	羹／葵／誰纍歸飛衣	陽／脂／微	庚／脂／脂脂微微微	梗／止／止

11. 陽／談

（1）詩經　總：2

作　者	篇　名	韻　字	上古韻	中古韻	韻攝
	殷武	遑／濫監嚴	陽／談	唐／闞銜嚴	宕／咸
	蕩之什・桑柔	狂腸相臧／瞻	陽／談	陽陽陽唐／鹽	宕／咸

（2）楚辭屈宋　總：1

作　者	篇　名	韻　字	上古韻	中古韻	韻攝
屈原	天問	亡／嚴〔註23〕	陽／談	陽／嚴	宕／咸

〔註23〕江有誥改「嚴」為「莊」。

（五）耕部韻譜

1. 耕部獨韻

（1）詩經　總：57

作　者	篇　名	韻　字	上古韻	中古韻	韻　攝
	鹿鳴之什・鹿鳴	苹笙	耕	庚	梗
	鹿鳴之什・常棣	平生寧	耕	庚庚青	梗
	鹿鳴之什・伐木	平生聲	耕	庚庚清	梗
	節南山之什・小宛	鳴生征	耕	庚庚清	梗
	烈祖	爭平成	耕	庚庚清	梗
	南有嘉魚之什・車攻	鳴驚旌盈	耕	庚庚清清	梗
	魚藻之什・苕之華	生青	耕	庚青	梗
	文王之什・皇矣	平屏	耕	庚青	梗
	蕩之什・雲漢	牲聽	耕	庚青	梗
	蕩之什・常武	驚霆	耕	庚青	梗
	蕩之什・常武	平庭	耕	庚青	梗
	淇奧	瑩青星	耕	庚青青	梗
	著	瑩庭青	耕	庚青青	梗
	節南山之什・節南山	生寧定	耕	庚青徑	梗
	蕩之什・江漢	平爭寧定	耕	庚耕青徑	梗
	匏有苦葉	鳴盈	耕	庚清	梗
	鹿鳴之什・伐木	鳴聲	耕	庚清	梗
	文王之什・綿	生成	耕	庚清	梗
	節南山之什・節南山	平正寧	耕	庚清青	梗
	文王之什・文王	生楨寧	耕	庚清青	梗
	殷武	生聲靈寧	耕	庚清青青	梗
	雞鳴	鳴盈聲	耕	庚清清	梗
	那	平成聲	耕	庚清清	梗
	魚藻之什・黍苗	平清成寧	耕	庚清清青	梗
	臣工之什・有瞽	鳴聲成聽	耕	庚清清青	梗
	猗嗟	甥正成清名	耕	庚清清清清	梗
	生民之什・生民	靈寧	耕	青	梗
	閔予小子之什・載芟	馨寧	耕	青	梗
	谷風之什・無將大車	冥熲	耕	青迥	梗
	節南山之什・節南山	政姓	耕	勁	梗

	麟之趾	姓定	耕	勁徑	梗
	鹿鳴之什・采薇	聘定	耕	勁徑	梗
	鹿鳴之什・伐木	嚶丁	耕	耕青	梗
	節南山之什・小旻	爭成程經聽	耕	耕清清青青	梗
	樛木	縈成	耕	清	梗
	鵲巢	盈成	耕	清	梗
	干旄	旌城	耕	清	梗
	溱洧	清盈	耕	清	梗
	南有嘉魚之什・車攻	征聲成	耕	清	梗
	節南山之什・節南山	醒成	耕	清	梗
	魚藻之什・黍苗	營成	耕	清	梗
	文王之什・靈臺	營成	耕	清	梗
	文王之什・文王有聲	正成	耕	清	梗
	蕩之什・抑	盈成	耕	清	梗
	蕩之什・崧高	成城營	耕	清	梗
	清廟之什・維清	成禎	耕	清	梗
	兔罝	城丁	耕	清青	梗
	生民之什・板	城寧	耕	清青	梗
	蕩之什・蕩	傾刑	耕	清青	梗
	閔予小子之什・良耜	盈寧	耕	清青	梗
	文王之什・文王有聲	聲成寧	耕	清清青	梗
	鴻雁之什・斯干	楹正冥寧庭	耕	清清青青青	梗
	生民之什・鳧鷖	清成涇寧馨	耕	清清青寧青	梗
	杕杜	菁睘姓	耕	清清勁	梗
	蕩之什・雲漢	贏成正星寧	耕	清清清青青	梗
	節南山之什・節南山	領騁	耕	靜	梗
	甫田之什・桑扈	領屏	耕	靜	梗

（2）楚辭屈宋　總：17

作　者	篇　名	韻　字	上古韻	中古韻	韻　攝
屈原	山鬼	鳴冥	耕	庚青	梗
	招魂	生征	耕	庚清	梗
宋玉	九辯	鳴聲征成	耕	庚清清清	梗
屈原	天問	聽刑	耕	青	梗

屈原	懷沙	正盛	耕	勁	梗
屈原	少司命	莖成青	耕	耕清青	梗
屈原	離騷	正征	耕	清	梗
屈原	天問	營成傾	耕	清	梗
屈原	天問	營盈	耕	清	梗
屈原	惜誦	情正	耕	清	梗
屈原	懷沙	正程	耕	清	梗
屈原	離騷	情聽	耕	清青	梗
屈原	天問	情寧	耕	清青	梗
屈原	抽思	正聽	耕	清青	梗
屈原	抽思	營星	耕	清青	梗
屈原	湘君	旌靈庭	耕	清青青	梗
屈原	少司命	旌正星	耕	清清青	梗

（3）先秦詩　總：19

作　者	篇　名	韻　字	上古韻	中古韻	韻攝
	成相雜辭 p52	平經刑寧	耕	庚青青青	梗
	禮記引逸詩 p68	生寧成清正	耕	庚青清清清	梗
	右八 p60	平淨	耕	庚勁	梗
	楚人誦子文歌 p19	平程聽	耕	庚清青	梗
	楚狂接輿歌（同上）p21	生成刑	耕	庚清青	梗
	河激歌 p17	驚清冥醒	耕	庚清青青	梗
	恭世子誦 p41	生誠貞傾聽刑	耕	庚清清清青青	梗
	卿雲歌 p3	靈聽	耕	青	梗
	祭辭 p49	寧靈	耕	青	梗
	無射詩 p65	寧經	耕	青	梗
	左傳引逸詩 p67	挺扃	耕	青	梗
	禮記引逸詩 p68	政姓	耕	勁	梗
	段干木歌 p18	敬正	耕	映勁	梗
	忼慨歌 p20	名成	耕	清	梗
	孺子歌 p21	清纓	耕	清	梗
	貍首詩 p63	聲旌	耕	清	梗
	卿雲歌 p3	誠經	耕	清青	梗
	有炎氏頌 p40	聲形	耕	清青	梗
	成相雜辭 p52	請誠經刑	耕	清清青青	梗

（4）西漢文人　總：23

作　者	篇　名	韻　字	上古韻	中古韻	韻　攝
東方朔	自悲	榮生聲	耕	庚庚清	梗
劉徹	瓠子歌 p93	平寧	耕	庚青	梗
項羽	和項王歌 p89	生聲	耕	庚清	梗
韋孟	諷諫詩 p105	生城	耕	庚清	梗
劉向	遠遊	榮清	耕	庚清	梗
東方朔	自悲	鳴情	耕	庚清	梗
王褒	昭世	生征傾冥靈	耕	庚清清青青	梗
韋玄成	戒子孫詩 p114	幸整	耕	耿靜	梗
劉向	逢紛	情傾	耕	清	梗
劉向	逢紛	誠情	耕	清	梗
劉向	思古	聲情	耕	清	梗
東方朔	自悲	楨貞	耕	清	梗
劉向	逢紛	名星	耕	清青	梗
劉向	逢紛	城庭	耕	清青	梗
劉向	離世	正聽	耕	清青	梗
劉向	怨思	情庭	耕	清青	梗
劉向	怨思	情冥	耕	清青	梗
劉向	愍命	城庭	耕	清青	梗
劉向	思古	楹庭	耕	清青	梗
劉向	遠遊	征冥	耕	清青	梗
劉向	遠遊	清冥	耕	清青	梗
東方朔	自悲	旌冥	耕	清青	梗
韋孟	在鄒詩 p107	征清庭	耕	清清青	梗

（5）東漢文人　總：6

作　者	篇　名	韻　字	上古韻	中古韻	韻　攝
班固	詠史 p170	生鳴城莖聲情縈刑	耕	庚庚清清清清青	梗
王逸	哀歲	生莖情冥熒	耕	庚清清青青	梗
蔡邕	歌 p193	生清征靈寧亭	耕	庚清清青青青	梗
王逸	悼亂	嚶征冥	耕	耕清青	梗
劉蒼	武德舞歌詩 p167	清成寧	耕	清清青	梗
秦嘉	贈婦詩 p186	傾楹星庭	耕	清清青青	梗

（6）兩漢民間　總：28

作　者	篇　名	韻　字	上古韻	中古韻	韻　攝
	景星（寶鼎歌）p152	生鳴牲平榮成醒名并成甯	耕	庚庚庚庚庚清清清清清徑	耕
	同上 p293	鳴驚	耕	庚	梗
	崔實引語 p241	生鳴平輕	耕	庚庚庚清	梗
	古兩頭纖纖詩 p344	生鳴睛星	耕	庚庚清青	梗
	張公神碑歌 p326	驚牲傾庭寧泠	耕	庚庚清青青青	梗
	李陵錄別詩 p336	生鳴聲營情零聽庭丁星	耕	庚庚清清清青青青青	梗
	戰城南 p157	鳴冥	耕	庚青	梗
	靈帝末京都童謠 p224	生青	耕	庚青	梗
	王逸引諺 p232	生霆	耕	庚青	梗
	時人為貢舉語 p246	生經	耕	庚青	梗
	考城為仇覽諺 p246	生庭	耕	庚青	梗
	桓帝初城上烏童謠 p219	平姓	耕	庚勁	梗
	滿歌行 p275	榮耕寧形寧	耕	庚耕青青青	梗
	滿歌行 p275	榮耕寧刑寧	耕	庚耕青青青	梗
	天地 p150	鳴清	耕	庚清	梗
	雞鳴 p257	平名	耕	庚清	梗
	古詩 p342	生成	耕	庚清	梗
	同前 p262	生城傾聲縈星	耕	庚清清清清青	梗
	青陽鄒子樂 p148	命聽	耕	映徑	梗
	京師為揚雄語 p141	命靜	耕	映靜	梗
	思親操 p309	耕嚶泠	耕	耕耕青	梗
	詠譙君黃詩 p325	貞聲	耕	清	梗
	潁川兒歌 p122	清寧	耕	清青	梗
	鄒魯詩 p138	甇經	耕	清青	梗
	王符引諺論得賢 p233	聲形	耕	清青	梗
	時人為孔氏兄弟語 p246	名成經聽	耕	清清青青	梗

	安世房中歌 p145	清旌聲情成庭冥聽冥	耕	清清清清清青青青	梗
	桓帝末京都童謠 p221	井整	耕	靜	梗

（7）三國詩歌　總：51

作　者	篇　名	韻　字	上古韻	中古韻	韻　攝
曹操	短歌行 p349	鳴苹笙	耕	庚	梗
	孫亮初白鼉鳴童謠 p539	鳴平生成	耕	庚庚庚清	梗
阮籍	詠懷詩 p496	驚鳴生傾情庭	耕	庚庚庚清清青	梗
曹丕	於玄武陂作詩 p400	榮生鳴城聲傾情經	耕	庚庚庚清清清清青	梗
曹植	大魏篇 p428	鳴驚庭形	耕	庚庚青青	梗
曹植	棄婦詩 p455	榮鳴箏成精并聲清庭青靈寧星	耕	庚庚耕清清清清清青青青青青	梗
繆襲	楚之平 p526	鳴平爭征名傾城旌成靈經寧	耕	庚庚耕清清清清清清青青	梗
嵇康	六言詩 p489	榮驚精寧	耕	庚庚清青	梗
曹植	喜雨詩 p460	生榮征成庭	耕	庚庚清清青	梗
嵇康	幽憤詩 p480	生榮名情貞	耕	庚庚清清清	梗
阮籍	詠懷詩 p496	榮生城情清	耕	庚庚清清清	梗
阮籍	詠懷詩 p496	鳴生城聲情坰	耕	庚庚清清清青	梗
阮籍	詠懷詩 p496	榮生城名傾形	耕	庚庚清清清青	梗
阮籍	詠懷詩 p496	榮生傾并情冥熒	耕	庚庚清清清青青	梗
王粲	雜詩 p364	榮鳴情征誠并形冥	耕	庚庚清清清清青青	梗
陳琳	詩 p368	生榮清城傾名庭銘經	耕	庚庚清清清清青青青	梗
曹植	聖皇篇 p427	生鳴營精聲縈情軿庭	耕	庚庚清清清清清青青	梗

曹植	雜詩 p456	榮生楹征并茒傾情庭萍	耕	庚庚清清清清清清青青	梗
阮侃	答嵇康詩 p477	生榮城情誠成清征精并纓貞形銘聽靈停寧	耕	庚庚清清清清清清清清清清青青青青青青	梗
曹植	飛龍篇 p439	生形	耕	庚青	梗
曹植	朔風詩 p447	榮誠	耕	庚清	梗
	嘉平中謠 p516	榮成	耕	庚清	梗
	黃武中產兒語 p541	生清	耕	庚清	梗
繆襲	戰滎陽 p527	平成榮	耕	庚清青	梗
曹丕	於明津作詩 p402	生城亭星	耕	庚清青青	梗
阮籍	詠懷詩 p496	生情形冥	耕	庚清青青	梗
繆襲	太和 p530	平清情	耕	庚清清	梗
曹植	靈芝篇 p428	牲茒名形	耕	庚清清青	梗
何晏	言志詩 p468	驚清并萍	耕	庚清清青	梗
嵇康	六言詩 p489	生聲正停	耕	庚清清青	梗
嵇康	四言詩 p484	鳴清征庭形	耕	庚清清青青	梗
阮籍	詠懷詩 p496	鳴征聲冥庭	耕	庚清清青青	梗
繆襲	戰滎陽 p527	驚傾營成冥寧	耕	庚清清清青青	梗
曹植	嘉禾謳 p444	莖精庭靈	耕	耕清青青	梗
曹叡	燕歌行 p417	莖傾征庭寧	耕	耕清清青青	梗
陳琳	飲馬長城窟行 p367	程聲城	耕	清	梗
繁欽	定情詩 p385	情纓	耕	清	梗
曹植	妾薄命行 p436	情輕纓呈	耕	清	梗
曹髦	四言詩 p467	征營	耕	清	梗
嵇康	六言詩 p489	清貞名攖營	耕	清	梗
嵇康	思親詩 p490	茒聲	耕	清	梗
劉楨	贈徐幹詩 p371	聲經	耕	清青	梗
曹叡	同前四解 p414	征靈	耕	清青	梗
曹叡	清調歌 p418	精庭	耕	清青	梗
曹植	責躬 p446	盈經	耕	清青	梗
曹植	責躬 p446	嬰庭	耕	清青	梗

曹植	應詔 p447	醒庭	耕	清青	梗
應璩	詩 p473	并庭	耕	清青	梗
	正始中時人謠 p516	城丁	耕	清青	梗
曹植	應詔 p447	征旌聲寧	耕	清清清青	梗
繆襲	平南荊 p528	清征城成庭	耕	清清清清青	梗

2. 耕／文

（1）詩經　總：1

作　者	篇　名	韻　字	上古韻	中古韻	韻　攝
	清廟之什・烈文	刑／訓	耕／文	青／問	梗／臻

3. 耕／元

（1）兩漢民間　總：1

作　者	篇　名	韻　字	上古韻	中古韻	韻　攝
	貢禹引俗語 p131	榮／官宦	耕／元	庚／桓諫	梗／山

4. 耕／侵

（1）三國詩歌　總：1

作　者	篇　名	韻　字	上古韻	中古韻	韻　攝
劉楨	贈從弟詩 p371	勁正性／風	耕／侵	勁／東	梗／通

5. 耕／真

（1）楚辭屈宋　總：6

作　者	篇　名	韻　字	上古韻	中古韻	韻　攝
屈原	遠遊	征成情程／零	耕／真	清／青	梗
宋玉	九辯	平生／憐	耕／真	庚／先	梗／山
屈原	哀郢	名／天	耕／真	清／先	梗／山
宋玉	九辯	名／天	耕／真	清／先	梗／山
屈原	遠遊	榮征／人	耕／真	庚清／真	梗／臻
屈原	離騷	名／均	耕／真	清／諄	梗／臻

（2）先秦詩　總：9

作　者	篇　名	韻　字	上古韻	中古韻	韻　攝
	士冠辭 p48	正／令	耕／真	勁	梗
	左傳引逸詩 p67	定／令	耕／真	徑／勁	梗
	墨子引周詩 p69	平／偏	耕／真	庚／仙	梗／山

	興人誦 p40	佞 / 田	耕 / 眞	徑 / 先	梗 / 山
	成相雜辭 p52	榮誠精 / 人	耕 / 眞	庚清清 / 眞	梗 / 臻
	右八 p60	寧 / 申	耕 / 眞	青 / 眞	梗 / 臻
	同前 p48	佞 / 民	耕 / 眞	徑 / 眞	梗 / 臻
	忼慨歌 p20	名 / 薪	耕 / 眞	耕 / 眞	梗 / 臻
	成相雜辭 p52	平傾 / 人天	耕 / 眞	庚清 / 眞先	梗 / 臻山

（3）西漢文人　總：2

作　者	篇　名	韻　字	上古韻	中古韻	韻　攝
劉向	遠逝	正 / 神	耕 / 眞	清 / 眞	梗 / 臻
莊忌	哀時命	生榮成正名情聲清逞 / 眞身年	耕 / 眞	庚庚清清清清清靜 / 眞眞先	梗 / 臻臻山

（4）東漢文人　總：5

作　者	篇　名	韻　字	上古韻	中古韻	韻　攝
蔡琰	悲憤詩 p199	榮鳴驚生嚶箏精征營清盈頸聲甡情冥腥停扃庭星寧聽形 / 零泠	耕 / 眞 /	庚庚庚庚耕耕清清清清清清清清清清清青青青青青青青青 / 青	梗
桓麟	客示桓麟詩（附）p184	生名 / 齡	耕 / 眞	庚清 / 青	梗
傅毅	歌 p173	榮聲靈 / 苓	耕 / 眞	庚清青 / 青	梗
張衡	歎 p178	鳴征營 / 零	耕 / 眞	庚清清 / 青	梗
秦嘉	贈婦詩 p186	鳴誠聲瓊輕情形寧 / 鈴	耕 / 眞	庚清清清清清青青 / 青	梗

（5）兩漢民間　總：1

作　者	篇　名	韻　字	上古韻	中古韻	韻　攝
	王子喬 p261	命 / 年	耕 / 眞	映 / 先	梗 / 山

（6）三國詩歌　總：6

作　者	篇　名	韻　字	上古韻	中古韻	韻　攝
徐幹	情詩 p376	榮生楹精聲醒庭停 / 泠	耕 / 眞	庚庚清清清清青青 / 青	梗

曹丕	黎陽作詩 p403	崢生征營傾情亭青 / 零	耕 / 真	庚庚清清清青青 / 青	梗
王粲	從軍詩 p361	鳴平征情城貞誠榮聲刑寧 / 齡	耕 / 真	庚庚清清清清清清青青 / 青	梗
阮籍	詠懷詩 p493	榮傾盈精清經零庭形 / 齡	耕 / 真	庚清清清清青青青青 / 青	梗
曹植	丹霞蔽日行 p421	正聖 / 命	耕 / 真	勁 / 映	梗
徐幹	室思詩 p376	情 / 零	耕 / 真	清 / 青	梗

6. 耕 / 真 / 文

（1）楚辭屈宋　總：1

作　者	篇　名	韻　字	上古韻	中古韻	韻　攝
	招魂	暝 / 身人淵千天 / 俇	耕 / 真 / 文	青 / 真真先先先 / 臻	梗 / 臻臻山山山 / 臻

（2）兩漢民間　總：1

作　者	篇　名	韻　字	上古韻	中古韻	韻　攝
	儀鳳歌 p310	庭靈寧 / 臻 / 晨	耕 / 真 / 文	青 / 臻 / 真	梗 / 臻 / 臻

7. 耕 / 脂 / 真 / 文 / 元

（1）三國詩歌　總：2

作　者	篇　名	韻　字	上古韻	中古韻	韻　攝
曹叡	步出夏門行 p414	情 / 西 / 賢天翩 / 存先 / 山間傳遷蟬連	耕 / 脂 / 真 / 文 / 元	清 / 齊 / 先先仙 / 魂先 / 山仙仙仙仙仙	梗 / 蟹 / 山臻山 / 臻山 / 山
曹丕	燕歌行 p394	鳴 / 西 / 眠憐 / 存 / 言軒難肝寒歡寬漫還顏間	耕 / 脂 / 真 / 文 / 元	庚 / 齊 / 先 / 魂 / 元元寒寒寒翰桓換刪刪山	蟹 / 梗 / 山 / 臻 / 山

（六）真部韻譜

1. 真部獨韻

（1）詩經　總：65

作　者	篇　名	韻　字	上古韻	中古韻	韻　攝
	南有嘉魚之什・采芑	淵闐	真	先	山
	鴻雁之什・鶴鳴	天淵	真	先	山
	谷風之什・四月	天淵	真	先	山
	谷風之什・信南山	田甸	真	先霰	山
	東方未明	顛／令	真	霰／勁	山／梗
	節南山之什・十月之交	電／令	真	霰／勁	山／梗
	蕩之什・韓奕	甸／命	真	霰／映	山／梗
	蝃蝀	命／姻	真	映／真	梗／臻
	采蘋	蘋濱	真	真	臻
	凱風	薪人	真	真	臻
	揚之水	薪申	真	真	臻
	揚之水	粼人	真	真	臻
	谷風之什・大東	薪人	真	真	臻
	蕩之什・烝民	身人	真	真	臻
	揚之水	薪人信	真	真真震	臻
	鹿鳴之什・皇皇者華	駰均詢	真	真諄諄	臻
	桃夭	人蓁	真	真臻	臻
	褰裳	人溱	真	真臻	臻
	甫田之什・青蠅	人榛	真	真臻	臻
	谷風之什・楚茨	盡引	真	軫	臻
	節南山之什・節南山	信親	真	震稕	臻
	擊鼓	信洵	真	震諄	臻
	燕燕	身人／淵	真	真／先	臻／山
	柏舟	人／天	真	真／先	臻／山
	定之方中	人／零田淵千	真	真／先	臻／山
	黍離	人／天	真	真／先	臻／山
	叔于田	人仁／田	真	真／先	臻／山
	綢繆	薪人／天	真	真／先	臻／山
	黃鳥	身人／天	真	真／先	臻／山
	東山	薪／年	真	真／先	臻／山
	節南山之什・十月之交	人／天	真	真／先	臻／山

節南山之什・小宛	人／天	真	真／先	臻／山
節南山之什・何人斯	陳身人／天	真	真／先	臻／山
節南山之什・巷伯	人／天	真	真／先	臻／山
谷風之什・信南山	賓／年	真	真／先	臻／山
甫田之什・甫田	陳人／年田千	真	真／先	臻／山
魚藻之什・白華	人／田	真	真／先	臻／山
魚藻之什・何草不黃	民矜／玄	真	真／先	臻／山
文王之什・文王	新／天	真	真／先	臻／山
文王之什・棫樸	人／天	真	真／先	臻／山
文王之什・旱麓	人／淵天	真	真／先	臻／山
生民之什・假樂	人申／天	真	真／先	臻／山
蕩之什・桑柔	矜／天	真	真／先	臻／山
蕩之什・崧高	申神／天	真	真／先	臻／山
蕩之什・崧高	人／田	真	真／先	臻／山
蕩之什・瞻卬	人／天	真	真／先	臻／山
臣工之什・雍	人／天	真	真／先	臻／山
清廟之什・維清	禋／典	真	真／銑	臻／山
谷風之什・北山	濱臣均／賢	真	真真諄／先	臻／山
蕩之什・桑柔	頻泯燼／翩	真	真真震／仙	臻／山
蕩之什・桑柔	民旬／填	真	真諄／先	臻／山
節南山之什・巷伯	人信／翩	真	真震／仙	臻／山
節南山之什・雨無正	身信臻／天	真	真震臻／先	臻／山
鳲鳩	人榛／年	真	真臻／先	臻／山
魚藻之什・菀柳	矜臻／天	真	真臻／先	臻／山
蕩之什・雲漢	人臻／天	真	真臻／先	臻／山
生民之什・行葦	鈞均／賢堅	真	諄／先	臻／山
鴻雁之什・無羊	溱／年	真	臻／先	臻／山
蕩之什・江漢	人／年田／命	真	真／先／映	臻／山／梗
盧令	仁／令	真	真／青	臻／梗
魚藻之什・采菽	申／命	真	真／映	臻／梗
簡兮	榛／苓	真	臻／青	臻／梗
車鄰	鄰顛／令	真	真先／青	臻山／梗
生民之什・卷阿	人天／命	真	真先／映	臻山／梗
采苓	信巔／苓	真	震先／青	臻山／梗

（2）楚辭屈宋　總：6

作者	篇名	韻字	上古韻	中古韻	韻攝
屈原	悲回風	顛天	真	先	山
屈原	天問	民嬪	真	真	臻
屈原	涉江	人身	真	真	臻
	抽思	鎮人	真	真	臻
宋玉	九辯	人新	真	真	臻
屈原	大司命	人轔／天	真	真／先	臻／山

（3）先秦詩　總：7

作者	篇名	韻字	上古韻	中古韻	韻攝
	楚人為諸御己歌 p19	薪人	真	真	臻
	荀子引逸詩 p69	人身	真	真	臻
	卿雲歌 p3	人陳／天	真	真／先	臻／山
	楊朱歌 p23	人／天	真	真／先	臻／山
	成相雜辭 p52	賓民臣／賢	真	真／先	臻／山
	成相雜辭 p52	民臣均／賢	真	真真諄／先	臻／山
	瞍辭 p49	引／年田天	真	軫／先	臻／山

（4）西漢文人　總：6

作者	篇名	韻字	上古韻	中古韻	韻攝
王褒	通路	闐眠／怜	真	先／青	山／梗
劉徹	瓠子歌 p93	仁人	真	真	臻
韋孟	在鄒詩 p107	仁臣	真	真	臻
劉向	逢紛	親濱	真	真	臻
劉向	遠遊	濱門	真	真魂	臻
東方朔	謬諫	人／淵	真	真／先	臻／山

（5）東漢文人　總：3

作者	篇名	韻字	上古韻	中古韻	韻攝
蔡邕	初平詩 p194	神繽民	真	真	臻
班固	寶鼎詩 p169	神／年	真	真／先	臻／山
應季先	美嚴王思詩 p184	人親／淵	真	真／先	臻／山

（6）兩漢民間　總：17

作者	篇名	韻字	上古韻	中古韻	韻攝
	淮南王 p276	年賢天	真	先	山

	桓寬引語 p129	民人	真	真	臻
	通博南歌 p209	賓津人	真	真	臻
	巴山歌陳紀山 p214	真身民	真	真	臻
	古詩為焦仲卿妻作 p283	人因	真	真	臻
	古詩十九首 p329	陳神真伸塵津辛	真	真	臻
	薛宣引鄙語 p133	親恩	真	真痕	臻
	鄉人謠 p221	印進	真	震	臻
	摘洛謠 p228	人／賢	真	真／先	臻／山
	鄉里為雷義陳重語 p248	陳／堅	真	真／先	臻／山
	箜篌謠 p287	親秦薪塵／天	真	真／先	臻／山
	風巴郡太守詩 p325	親民人新／天	真	真／先	臻／山
	辟歷引 p306	臻／天闐年	真	臻／先	臻／山
	成帝時歌謠 p126	人／顛田	真	真／先	臻／山
	王莽末天水童謠 p127	民／天	真	真／先	臻／山
	安世房中歌 p145	人／天	真	真／先	臻／山
	古詩為焦仲卿妻作 p283	辛恩／紜門專／還	真	真痕／文魂仙／刪	臻／臻臻山／山

（7）三國詩歌　總：23

作　者	篇　名	韻　字	上古韻	中古韻	韻　攝
曹叡	同前四解 p414	天淵	真	先	山
曹植	同前 p425	天年	真	先	山
	明帝時宮人謠 p516	鈿憐	真	先	山
	軍中為夏侯淵語 p521	淵千	真	先	山
曹丕	丹霞蔽日行 p391	天翩	真	先仙	山
阮瑀	詩（怨詩）p381	塵身辛	真	真	臻
曹丕	煌煌京洛行 p391	人臣	真	真	臻
曹丕	雜詩 p401	陳人	真	真	臻
曹植	門有萬里客 p426	人親陳民秦	真	真	臻
曹植	陌上桑 p442	人塵驎	真	真	臻
曹植	責躬 p446	臣濱身	真	真	臻
曹植	朔風詩 p447	鄰人	真	真	臻
曹植	侍太子坐詩 p450	塵身陳秦神	真	真	臻
應璩	百一詩 p469	民臣	真	真	臻
嵇康	幽憤詩 p480	身真人塵	真	真	臻
嵇康	四言贈兄秀才入軍詩 p482	塵鱗人親	真	真	臻

嵇康	思親詩 p490	親因	真	真	臻
阮籍	詠懷詩 p496	賓塵神人	真	真	臻
阮籍	詠懷詩 p496	濱真人身辛	真	真	臻
王粲	弩俞新福歌 p525	陳神仁賓	真	真	臻
繆襲	平南荊 p528	民臣新人	真	真	臻
韋昭	關背德 p545	神鄰濱臣新	真	真	臻
嵇康	六言詩 p489	親民均	真	真真諄	臻

2. 真／元

（1）楚辭屈宋　總：2

作　者	篇　名	韻　字	上古韻	中古韻	韻　攝
屈原	湘君	翩／閒	真／元	仙／山	山
屈原	抽思	進／願	真／元	震／願	臻／山

（2）先秦詩　總：1

作　者	篇　名	韻　字	上古韻	中古韻	韻　攝
	烏鵲歌 p29	年天翩／還間懸鳶	真／元	先先仙／刪山先仙	山

（3）西漢文人　總：4

作　者	篇　名	韻　字	上古韻	中古韻	韻　攝
劉向	惜賢	淵／山	真／元	先／山	山
劉向	愍命	賢／愆	真／元	先／仙	山
劉向	愍命	淵／遷	真／元	先／仙	山
劉向	遠逝	身／前	真／元	真／先	臻／山

（4）東漢文人　總：1

作　者	篇　名	韻　字	上古韻	中古韻	韻　攝
趙壹	秦客詩 p189	賢／邊錢延	真／元	先／先仙仙	山

（5）兩漢民間　總：12

作　者	篇　名	韻　字	上古韻	中古韻	韻　攝
	履霜操 p303	偏／言冤寒肝愆	真／元	仙／元元寒寒仙	山
	婦病行 p270	翩／言寒	真／元	仙／元寒	山
	時人為揚雄桓譚語 p141	篇／官	真／元	仙／桓	山
	順帝末京都童謠 p217	弦／邊	真／元	先	山

	古詩 p342	天 / 山	真 / 元	先 / 山	山
	江南 p256	田 / 間蓮	真 / 元	先 / 山先	山
	君子行 p263	賢 / 餐難冠間肩	真 / 元	先 / 寒寒桓山先	山
	時人為郭況語 p231	千 / 錢	真 / 元	先 / 仙	山
	古諺 p240	年 / 錢	真 / 元	先 / 仙	山
	豔歌行 p273	眄 / 綻組見縣	真 / 元	霰 / 襇襇霰霰	山
	張公神碑歌 p326	徧 / 建萬難爛畔見	真 / 元	先 / 願願翰翰換霰	山
	信立退怨歌 p312	身 / 言	真 / 元	真 / 元	臻 / 山

（6）三國詩歌　總：24

作　者	篇　名	韻　字	上古韻	中古韻	韻　攝
阮籍	詠懷詩 p496	翩 / 山然娟連仙仙	真 / 元	仙 / 山仙仙仙	山
劉楨	贈徐幹詩 p370	偏 / 垣言園源翻懸宣遷連焉	真 / 元	仙 / 元元元元元先仙仙仙仙	山
曹植	美女篇 p431	翩 / 餐安玕難蘭歎觀端環還關顏間	真 / 元	仙 / 寒寒寒寒寒翰桓桓刪刪刪刪山	山
王粲	為潘文則作思親詩 p359	天年顛 / 懸	真 / 元	先	山
阮籍	詠懷詩 p496	顛天憐眠年 / 妍	真 / 元	先	山
曹植	大魏篇 p428	玄年 / 山	真 / 元	先 / 山	山
曹植	升天行 p433	天巔 / 山仙	真 / 元	先 / 山仙	山
曹丕	上留田行 p396	天 / 怨	真 / 元	先 / 元	山
曹叡	步出夏門行 p414	憐 / 繁言綿	真 / 元	先 / 元元仙	山
曹丕	董逃行 p398	天 / 轅諠漫山	真 / 元	先 / 元元換山	山
曹植	豫章行 p424	賢 / 言連然	真 / 元	先 / 元仙仙	山
曹植	苦思行 p438	巔 / 言連然	真 / 元	先 / 元仙仙	山
曹丕	月重輪行 p398	年 / 言前	真 / 元	先 / 元先	山
曹植	名都篇 p431	年千 / 蹯端攀還間山前妍鮮連鳶筵	真 / 元	先 / 元桓刪刪山山先先仙仙仙仙	山

曹植	孟冬篇 p430	弦 / 猨彎冠	真 / 元	先 / 元桓桓	山
曹丕	秋胡行 p390	天 / 全	真 / 元	先 / 仙	山
曹植	靈芝篇 p428	田賢年 / 宣虔然	真 / 元	先 / 仙	山
應瑒	雜詩 p472	眠 / 綿	真 / 元	先 / 仙	山
嵇康	四言詩 p484	淵年 / 懸然	真 / 元	先 / 先仙	山
曹植	雜詩 p458	淵 / 彎間	真 / 元	先 / 刪山	山
曹操	陌上桑 p348	千翩 / 元蘭泉愆	真 / 元	先仙 / 元寒仙仙	山
曹植	贈徐幹詩 p450	天憐年篇 / 繁軒言山閒間愆然宣	真 / 元	先先先仙 / 元元元山山山仙仙仙	山
曹操	善哉行 p353	人 / 仙	真 / 元	真 / 仙	臻 / 山
邯鄲淳	贈吳處玄詩 p409	臻 / 難安山	真 / 元	臻 / 寒寒山	臻 / 山

3. 真 / 元 / 侵

（1）三國詩歌　總：1

作　者	篇　名	韻　字	上古韻	中古韻	韻　攝
曹操	秋胡行 p349	人因天憐 / 怨煩難觀攀間山傳 / 琴	真 / 元 / 侵	真真先先 / 元元寒桓刪山山仙 / 侵	臻臻山山 / 山 / 深

4. 真 / 元 / 談

（1）東漢文人　總：1

作　者	篇　名	韻　字	上古韻	中古韻	韻　攝
梁鴻	適吳詩 p166	賢 / 哑 / 讒	真 / 元 / 談	先 / 仙 / 咸	山 / 山 / 咸

5. 真 / 文

（1）詩經　總：2

作　者	篇　名	韻　字	上古韻	中古韻	韻　攝
	碩人	倩 / 盼	真 / 文	霰 / 襉	山
	生民之什・既醉	胤 / 壺〔註24〕	真 / 文	震 / 混	臻

〔註24〕「壺」音「kǔn」。《詩經・大雅・既醉》：「其類維何？室家之壺」。毛亨曰：「壺，廣也。」

（2）楚辭屈宋　總：6

作　者	篇　名	韻　字	上古韻	中古韻	韻　攝
屈原	天問	賓／墳	真／文	先／文	山／臻
屈原	天問	陳／分	真／文	真／文	臻
屈原	大司命	塵／雲門	真／文	真／文魂	臻
屈原	天問	親／鰥	真／文	真／山	臻／山
	招魂	陳／紛分先	真／文	真／文文先	臻／臻臻山
屈原	遠遊	鄰天／聞	真／文	真先／文	臻山／臻

（3）先秦詩　總：1

作　者	篇　名	韻　字	上古韻	中古韻	韻　攝
	成相雜辭 p52	陳／銀分門	真／文	真／真文魂	臻

（4）西漢文人　總：8

作　者	篇　名	韻　字	上古韻	中古韻	韻　攝
王褒	昭世	憐／紛門	真／文	先／文魂	山／臻
劉向	遠遊	淵／辰	真／文	先／真	山／臻
韋孟	諷諫詩 p105	親／聞	真／文	真／文	臻
劉向	離世	神／聞	真／文	真／文	臻
王褒	昭世	真臻／芬昏	真／文	真臻／文魂	臻
劉向	離世	均／純	真／文	諄	臻
韋孟	諷諫詩 p105	信／俊	真／文	震／稕	臻
王褒	思忠	神憐／晨紛雲	真／文	真先／真文文	臻山／臻

（5）東漢文人　總：2

作　者	篇　名	韻　字	上古韻	中古韻	韻　攝
崔駰	安封侯詩 p171	命／震	真／文	映／震	梗／臻
蔡邕	答卜元嗣詩 p193	人／文	真／文	真／魂	臻

（6）兩漢民間　總：12

作　者	篇　名	韻　字	上古韻	中古韻	韻　攝
	朝隴首（白麟歌）p154	麟／垠	真／文	真	臻
	李陵錄別詩 p336	因人身秦新賓親／辰	真／文	真	臻
	五神 p153	鄰／雲	真／文	真／文	臻

	篇名	韻字	上古韻	中古韻	韻攝
	順陽吏民為劉陶歌 p212	民／君	真／文	真／文	臻
	宜城為封使君語 p242	民／君	真／文	真／文	臻
	古詩十九首 p329	親薪人因／墳	真／文	真／文	臻
	元帝時童謠 p125	烟／門	真／文	真／魂	臻
	桓譚引諺論巧習 p142	神／門	真／文	真／魂	臻
	上郡吏民為馮氏兄弟歌 p122	民鈞／循君	真／文	真諄／諄文	臻
	壽春鄉里為召馴語 p250	恂／春	真／文	諄	臻
	張公神碑歌 p326	民隣／貧雲	真／文	真／真文	臻
	董逃行 p264	璘烟／紛	真／文	真先／文	臻山／臻

（7）三國詩歌　總：28

作者	篇名	韻字	上古韻	中古韻	韻攝
曹植	桂之樹行 p437	天／存	真／文	先／魂	山／臻
阮瑀	詩（隱士詩）p381	濱仁真／貧	真／文	真	臻
曹植	靈芝篇 p428	濱神罳仁親／巾	真／文	真	臻
嵇康	四言贈兄秀才入軍詩 p482	身人神／珍	真／文	真	臻
嵇康	五言詩 p489	鄰塵津真神新人身／辰	真／文	真	臻
王粲	從軍詩 p361	津人臣陳秦身／軍勲君	真／文	真／文	臻
阮瑀	詠史詩 p379	賓秦津人／雲	真／文	真／文	臻
曹植	薤露行 p422	因塵麟人／君羣分芬	真／文	真／文	臻
曹植	當牆欲高行 p438	人親真陳津／雲	真／文	真／文	臻
曹操	陌上桑 p348	神／雲君門崙	真／文	真／文文魂魂	臻
王粲	詩 p365	因身／雲勤	真／文	真／文欣	臻
王粲	贈文叔良 p358	濱鄰岷／勤	真／文	真／欣	臻
曹植	贈白馬王彪詩 p452	神陳鄰親仁辛／懃	真／文	真／欣	臻
繁欽	定情詩 p385	塵人／巾	真／文	真	臻
阮瑀	公讌詩 p380	仁親／珍雲	真／文	真／真文	臻
曹丕	詩 p405	津／闉雲	真／文	真／真文	臻
曹植	聖皇篇 p427	人辛／珍銀輪雲	真／文	真／真真諄文	臻
阮籍	詠懷詩 p496	人辛真身鄰／晨淪	真／文	真／真諄	臻

應瑒	鬥雞詩 p384	賓陳／珍倫紛分翬勤欣	真／文	真／真諄文文文欣欣	臻
阮籍	詠懷詩 p496	塵真神濱／貧倫殉	真／文	真／真諄稕	臻
孫皓	爾汝歌 p537	鄰臣／春	真／文	真／諄	臻
繆襲	應帝期 p529	親神鄰／循君	真／文	真／諄文	臻
阮籍	詠懷詩 p493	濱鱗神仁塵真／震純倫綸	真／文	真／震諄諄諄	臻
劉楨	贈五官中郎將詩 p369	濱人身鄰塵旬／珍春文分勤	真／文	真真真真真諄／真諄文文欣	臻
繆襲	平南荊 p528	塵均／脣	真／文	真諄／諄	臻
曹操	短歌行 p349	恩／存	真／文	痕／魂	臻
曹操	善哉行 p352	仁臣命／君	真／文	真真映／文	臻臻梗／臻
韋昭	玄化 p547	真民親新津鄰天／忻	真／文	真真真真真真先／欣	臻臻臻臻臻臻山／臻

6. 真／文／元

（1）東漢文人　總：5

作　者	篇　名	韻　字	上古韻	中古韻	韻　攝
劉辯	悲歌 p191	玄／艱／蕃延	真／文／元	先／山／元仙	山
桓麟	答客詩 p183	賢年／倫／言	真／文／元	先／諄／元	山／臻／山
王逸	哀歲	陳／沄／干攢延蟬	真／文／元	真／文／寒緩仙仙	臻／臻／山
蔡邕	初平詩 p194	臣親神人／震勳／戔	真／文／元	真／震文／寒	臻／臻／山
王逸	守志	神堅憐／珍氛雲勳分婚存／歎端姦鞭泉	真／文／元	真先先／真文文文魂魂／翰桓刪仙仙	臻山山／臻／山

（2）兩漢民間　總：2

作　者	篇　名	韻　字	上古韻	中古韻	韻　攝
	張公神碑歌 p326	陳田／芬／錢	真／文／元	真先／文／仙	臻山／臻／山

作者	篇名	韻字	上古韻	中古韻	韻攝
	古詩為焦仲卿妻作 p283	神年 / 論門 / 言寒蘭間遷泉然全單	真 / 文 / 元	真先 / 諄魂 / 元寒寒山仙仙仙仙仙	臻山 / 臻 / 山

（3）三國詩歌　總：11

作者	篇名	韻字	上古韻	中古韻	韻攝
曹植	精微篇 p429	淵天賢年 / 艱先川 / 原前船譽	真 / 文 / 元	先 / 山先仙 / 元先仙仙	山
曹植	豫章行 p424	田賢 / 川 / 間然	真 / 文 / 元	先 / 仙 / 山仙	山
嵇康	四言贈兄秀才入軍詩 p482	絃玄 / 川 / 言山荃	真 / 文 / 元	先 / 仙 / 元山仙	山
曹丕	芙蓉池作詩 p400	天年 / 川 / 園間前鮮仙	真 / 文 / 元	先 / 仙 / 元山先仙仙	山
阮籍	詠懷詩 p493	天玄煙淵 / 先川 / 山宣全鮮	真 / 文 / 元	先 / 先仙 / 山仙仙仙	山
曹植	送應氏詩 p454	天年田阡煙 / 焚 / 言山	真 / 文 / 元	先 / 文 / 元山	山 / 臻 / 山
曹丕	燕歌行 p394	眠憐 / 存 / 言難肝歡寬漫還顏	真 / 文 / 元	先 / 魂 / 元寒寒翰桓換刪刪	山 / 臻 / 山
徐幹	室思詩 p376	人 / 辰勤 / 悁緣	真 / 文 / 元	真 / 真欣 / 仙	臻 / 臻 / 山
徐幹	答劉楨詩 p376	旬 / 春 / 繁關	真 / 文 / 元	諄 / 諄 / 元刪	臻 / 臻 / 山
韋昭	漢之季 p544	陣 / 刃運奮僨聞 / 建亂散館	真 / 文 / 元	震 / 震問問問問 / 願換換換	臻 / 臻 / 山
曹植	當欲游南山行 p430	塵因身均年 / 川 / 前然	真 / 文 / 元	真真真諄先 / 仙 / 先仙	臻臻臻臻山 / 山 / 山

7. 真 / 物

（1）詩經　總：1

作者	篇名	韻字	上古韻	中古韻	韻攝
	墓門	訊 / 萃	真 / 物	震 / 至	臻 / 止

8. 真／侵

（1）西漢文人　總：1

作　者	篇　名	韻　字	上古韻	中古韻	韻　攝
韋玄成	戒子孫詩 p114	矜／心	真／侵	真／侵	臻／深

（2）東漢文人　總：1

作　者	篇　名	韻　字	上古韻	中古韻	韻　攝
王逸	悼亂	眠／蟫	真／侵	先／侵	山／深

（3）兩漢民間　總：1

作　者	篇　名	韻　字	上古韻	中古韻	韻　攝
	安世房中歌 p145	申親臻／心	真／侵	真真臻／侵	臻／深

（七）文部韻譜

1. 文部獨韻

（1）詩經　總：27

作　者	篇　名	韻　字	上古韻	中古韻	韻　攝
	魚藻之什・采菽	旂／芹	文	微／欣	止／臻
	泮水	旂／芹	文	微／欣	止／臻
	谷風之什・信南山	雲雰	文	文	臻
	節南山之什・正月	云慇	文	文欣	臻
	鶉之奔奔	君奔	文	文魂	臻
	蕩之什・韓奕	雲門	文	文魂	臻
	鴟鴞	勤閔	文	欣軫	臻
	何彼襛	緡／孫	文	真／魂	臻
	氓	貧隕	文	真文	臻
	閔予小子之什・載芟	畛耘	文	真文	臻
	北門	貧艱殷門	文	真諄欣魂	臻
	伐檀	困淪湣輪鶉飧	文	真諄諄諄諄魂	臻
	螽斯	振詵	文	真臻	臻
	文王之什・綿	慍問	文	問	臻
	節南山之什・小弁	忍隕	文	軫	臻
	遵大路	順問	文	稕問	臻
	蕩之什・抑	順訓	文	稕問	臻

	大車	啍奔璊〔註25〕	文	魂	臻
	鴻雁之什・無羊	犉群	文	諄文	臻
	葛藟	昆聞渾	文	諄文魂	臻
	敝笱	雲／鰥	文	文／山	臻／山
	蕩之什・雲漢	焚薰聞遯／川	文	文文文慁／仙	臻／山
	生民之什・鳧鷖	芬薰欣亹／艱	文	文文欣魂／山	臻／山
	節南山之什・何人斯	云門／艱	文	文魂／山	臻／山
	出其東門	巾雲門存／員	文	真文魂魂／仙	臻／山
	節南山之什・小弁	墐／先	文	震／霰	臻／山
	新臺	浼〔註26〕／殄	文	賄／銑	蟹／山

（2）楚辭屈宋　總：8

作　者	篇　名	韻　字	上古韻	中古韻	韻　攝
屈原	遠遊	聞勤	文	文欣	臻
屈原	湘夫人	雲門	文	文魂	臻
屈原	惜誦	聞忳	文	文魂	臻
屈原	惜誦	貧門	文	真魂	臻
屈原	離騷	忍隕	文	軫	臻
屈原	惜誦	軫忍	文	軫	臻
屈原	國殤	雲／先	文	文／先	臻／山
	招魂	門／先	文	魂／先	臻／山

（3）先秦詩　總：4

作　者	篇　名	韻　字	上古韻	中古韻	韻　攝
	晉童謠 p38	旂／晨辰振焞軍賁奔	文	微／真真真諄文魂魂	止／臻

〔註25〕「璊」字，郭錫良《漢字古音手冊》入古韻元部；陳新雄《古音研究》入第九諄（文）部。〈大車〉「璊」與「啍、奔」等文部字相押，當依從陳先生入文部。

〔註26〕從「免」得聲之字，郭錫良《漢字古音手冊》入古韻元部；陳新雄《古音研究》入第九諄（文）部。考《詩經》、《楚辭》從「免」得聲字韻例有二：〈邶風・新臺〉：「新臺有洒，河水浼（浼）。燕婉之求，籧篨不（殄）。」；劉向〈九歎・遠逝〉：「舒情敶詩，冀以自（免）兮。頹流下隕，身日（遠）兮。」可見郭、陳兩位先生各有所本。此例為《詩經》韻段，當依從陳先生入文部。

	五子歌 p5	君孫	文	文魂	臻
	南風歌 p2	薰慍	文	問	臻
	驪駒詩 p66	門存	文	魂	臻

（4）西漢文人　總：1

作　者	篇　名	韻　字	上古韻	中古韻	韻　攝
韋玄成	自劾詩 p113	聞訓	文	問	臻

（5）東漢文人　總：6

作　者	篇　名	韻　字	上古韻	中古韻	韻　攝
崔駰	三言詩 p172	文墳	文	文	臻
劉珍	贊賈逵詩 p174	雲君	文	文	臻
班固	寶鼎詩 p169	珍雲緼文	文	真文文文	臻
張衡	四愁詩 p180	巾霧門	文	真文魂	臻
王逸	悼亂	甄倫昏	文	真諄魂	臻
蔡邕	初平詩 p194	醇君墳	文	諄文文	臻

（6）兩漢民間　總：13

作　者	篇　名	韻　字	上古韻	中古韻	韻　攝
	練時日 p147	雲紛	文	文	臻
	崔君歌 p214	分君	文	文	臻
	人為許晏諺 p254	羣君	文	文	臻
	王莽末天水童謠 p127	羣門	文	文魂	臻
	天地 p150	紛尊	文	文魂	臻
	人為徐聞縣諺 p244	貧聞	文	真文	臻
	京兆鄉里為馮豹語 p251	彬文	文	真文	臻
	古歌 p289	樽門	文	魂	臻
	古樂府 p293	春脣	文	諄	臻
	諸儒為張禹語 p139	論文	文	諄文	臻
	天馬 p150	侖門	文	諄魂	臻
	華爆爆 p153	侖門根	文	諄魂痕	臻
	京師為井丹語 p249	春／綸	文	諄／山	臻／山

（7）三國詩歌　總：10

作　者	篇　名	韻　字	上古韻	中古韻	韻　攝
曹植	姜薄相行 p441	紛雲	文	文	臻
嵇康	思親詩 p490	聞雲	文	文	臻

阮籍	詠懷詩 p496	雲羣紛	文	文	臻
劉楨	贈從弟詩 p371	氛羣君根	文	文文文痕	臻
繁欽	定情詩 p385	裙欣	文	文欣	臻
	軍中為典韋語 p520	君斤	文	文欣	臻
繁欽	定情詩 p385	銀勤	文	真欣	臻
曹植	雜詩 p456	春紛文雲軍羣君	文	諄文文文文文文	臻
曹植	當來日大難 p437	輪欣	文	諄欣	臻
曹植	樂府 p442	醇懃	文	諄欣	臻

2. 文／元

（1）詩經　總：2

作　者	篇　名	韻　字	上古韻	中古韻	韻　攝
	小戎	群錞／苑	文／元	文諄／阮	臻／山
	谷風之什・楚茨	孫／愻	文／元	魂／仙	臻／山

（2）楚辭屈宋　總：6

作　者	篇　名	韻　字	上古韻	中古韻	韻　攝
	招魂	先／還	文／元	先／刪	山
屈原	悲回風	雰／媛	文／元	文／元	臻／山
屈原	悲回風	聞／還	文／元	文／刪	臻／山
宋玉	九辯	垠春溫／餐	文／元	真諄魂／寒	臻／山
屈原	抽思	聞／患	文／元	問／諫	臻／山
屈原	遠遊	垠存門先／傳然	文／元	真魂魂先／仙	臻臻臻山／山

（3）先秦詩　總：1

作　者	篇　名	韻　字	上古韻	中古韻	韻　攝
	忼慨歌 p20	貧／錢	文／元	真／仙	臻／山

（4）西漢文人　總：3

作　者	篇　名	韻　字	上古韻	中古韻	韻　攝
王褒	尊嘉	欣門根／難	文／元	欣魂痕／寒	臻／山
劉向	逢紛	運／漫	文／元	問／換	臻／山
劉向	離世	奔／轅	文／元	魂／元	臻／山

（5）東漢文人　總：2

作　者	篇　名	韻　字	上古韻	中古韻	韻　攝
張衡	四愁詩 p180	艱／翰山	文／元	山／寒山	山
劉蒼	武德舞歌詩 p167	文／山	文／元	文／山	臻／山

（6）兩漢民間　總：8

作　者	篇　名	韻　字	上古韻	中古韻	韻　攝
	拘幽操 p302	分／煩	文／元	文／元	臻／山
	豫章行 p263	斤／燔端山間泉捐連	文／元	欣／元桓山山仙仙仙	臻／山
	拘幽操 p302	勤昆／患	文／元	欣魂／諫	臻／山
	信立退怨歌 p312	汶分芸／冤	文／元	真文文／元	臻／山
	古詩為焦仲卿妻作 p283	珍輪雲婚門／幡鞍穿	文／元	真諄文魂魂／元寒仙	臻／山
	刺巴郡郡守詩 p326	門／喧錢	文／元	魂／元仙	臻／山
	淮南王 p276	尊／連	文／元	魂／仙	臻／山
	象載瑜（赤雁歌）p154	文員／泉	文／元	文仙／仙	臻山／山

（7）三國詩歌　總：3

作　者	篇　名	韻　字	上古韻	中古韻	韻　攝
劉楨	射鳶詩 p372	雲／妍仙連旋	文／元	文／先仙仙仙	臻／山
阮瑀	琴歌 p379	運／怨	文／元	問／願	臻／山
曹丕	短歌行 p389	存／筵遷連	文／元	魂／仙	臻／山

3. 文／侵

（1）東漢文人　總：1

作　者	篇　名	韻　字	上古韻	中古韻	韻　攝
班固	詩 p170	軍／衾	文／侵	文／侵	臻／深

（八）元部韻譜

1. 元部獨韻

（1）詩經　總：72

作　者	篇　名	韻　字	上古韻	中古韻	韻　攝
	澤陂	蕳卷悁	元	山仙仙	山

甫田之什・青蠅	樊言	元	元	山
駉騋	園閑	元	元山	山
節南山之什・小弁	垣言山泉	元	元元山仙	山
節南山之什・巷伯	幡言遷	元	元元仙	山
氓	垣言關漣遷	元	元元刪仙仙	山
君子偕老	祥媛顏展	元	元元刪獮	山
考槃	言諼寬澗	元	元元桓諫	山
將仲子	園言檀	元	元元寒	山
生民之什・板	藩垣翰	元	元元寒	山
生民之什・公劉	原繁嘆宣巘	元	元元寒仙獮	山
氓	反焉	元	元仙	山
生民之什・公劉	原泉	元	元仙	山
生民之什・公劉	原單泉	元	元仙仙	山
東門之池	言菅	元	元刪	山
生民之什・民勞	反綣安殘諫	元	元阮寒寒諫	山
泉水	言干	元	元寒	山
狡童	言餐	元	元寒	山
南有嘉魚之什・六月	軒安閑	元	元寒山	山
蕩之什・崧高	蕃翰宣	元	元寒仙	山
鹿鳴之什・常棣	原難嘆	元	元寒寒	山
伐檀	餐檀干貆漣塵	元	寒寒寒桓仙仙	山
南有嘉魚之什・六月	原憲	元	元願	山
蕩之什・崧高	番憲嘽翰	元	元願寒寒	山
采苓	旃然焉	元	仙	山
有駜	駽燕	元	先	山
十畝之間	還閑間	元	刪山山	山
還	還間肩儇	元	刪山先仙	山
盧令	環鬒	元	刪仙	山
蕩之什・抑	顏愆	元	刪仙	山
載馳	反遠	元	阮	山
魚藻之什・角弓	反遠	元	阮	山
魚藻之什・角弓	遠然	元	阮仙	山
猗嗟	婉反貫亂變選	元	阮阮換換獮獮	山

	淇奧	諼咺僩	元	阮阮濟	山
	清廟之什・執競	反簡	元	阮產	山
	鹿鳴之什・伐木	遠阪愆踐衍獮	元	阮濟仙獮獮	山
	東門之墠	遠阪墠	元	阮濟獮	山
	鹿鳴之什・杕杜	遠痯幝	元	阮緩獮	山
	伐柯	遠踐	元	阮獮	山
	野有蔓草	婉願漙	元	阮願桓	山
	素冠	冠欒慱	元	桓	山
	蕩之什・韓奕	完蠻	元	桓刪	山
	鴻雁之什・斯干	干山	元	寒山	山
	泉水	嘆泉	元	寒仙	山
	谷風之什・大東	嘆泉	元	寒仙	山
	蕩之什・江漢	翰宣	元	寒仙	山
	殷武	安丸閑山梴虔遷	元	寒桓山山仙仙仙	山
	中穀有蓷	嘆難乾	元	寒寒仙	山
	蕩之什・常武	嘽翰漢	元	寒寒翰	山
	生民之什・公劉	館亂鍛	元	換	山
	溱洧	渙蕳	元	換山	山
	靜女	管孌	元	緩獮	山
	葛生	粲爛旦	元	翰	山
	緇衣	粲館	元	翰換	山
	閔予小子之什・訪落	難渙	元	翰換	山
	匏有苦葉	旦泮雁	元	翰換諫	山
	生民之什・板	旦衍	元	翰線	山
	文王之什・皇矣	岸援羨	元	翰線線	山
	遵大路	旦爛雁	元	翰翰諫	山
	大叔于田	罕慢	元	翰諫	山
	南有嘉魚之什・南有嘉魚	衍汕	元	翰諫	山
	羔裘	粲晏彥	元	翰諫線	山
	甫田	卵見弁變	元	諫霰線線	山
	柏舟	轉卷選	元	獮	山
	生民之什・板	憲難	元	願翰	山
	氓	怨岸泮晏宴	元	願翰換諫霰	山

	甫田之什・頍弁	霰見宴	元	元寒	山
	文王之什・文王有聲	垣翰	元	元寒	山
	文王之什・皇矣	言安閑連	元	元寒山仙	山
	魚藻之什・瓠葉	燔／獻	元	元／歌	山／果
	生民之什・板	遠亶管板諫然／瘝	元	阮旱緩潸 諫仙／咍	山／果

（2）楚辭屈宋　總：20

作　者	篇　名	韻　字	上古韻	中古韻	韻　攝
	招魂	閑矊	元	山仙	山
屈原	惜誦	言然	元	元仙	山
屈原	天問	言寒	元	元寒	山
屈原	湘夫人	言蘭湲	元	元寒仙	山
	招魂	軒安寒蘭姦山連湲 筵	元	元寒寒寒 刪山仙仙 仙	山
屈原	哀郢	愆遷	元	仙	山
屈原	遠遊	延仙	元	仙	山
屈原	離騷	反遠	元	阮	山
屈原	國殤	反遠	元	阮	山
屈原	哀郢	反遠	元	阮	山
屈原	涉江	遠壇	元	阮寒	山
屈原	山鬼	蔓閑間	元	桓山山	山
屈原	離騷	盤遷	元	桓仙	山
屈原	離騷	安然	元	寒仙	山
屈原	天問	安遷	元	寒仙	山
屈原	惜誦	伴援	元	換線	山
宋玉	九辯	歎潸	元	翰仙	山
屈原	橘頌	爛摶	元	翰桓	山
屈原	惜誦	遠變	元	願線	山
屈原	哀郢	霰見	元	霰	山

（3）先秦詩　總：16

作　者	篇　名	韻　字	上古韻	中古韻	韻　攝
	丘陵歌 p26	山連緣延湲	元	山仙仙仙 仙	山
	右二 p58	旛驒原安騑簡	元	元元元寒 翰產	山
	狐援辭 p52	言援干	元	元元寒	山

	左傳引逸詩 p67	言愆	元	元仙	山
	荀子引逸詩 p69	言愆騫	元	元仙仙	山
	諷賦歌 p25	言寒	元	元寒	山
	曳杖歌 p8	斑卷	元	刪仙	山
	論語引逸詩 p68	反遠	元	阮	山
	丘陵歌 p26	遠阪蹇	元	阮潸獮	山
	佹詩 p61	般衍蹇	元	桓獮獮	山
	荊軻歌 p24	寒還	元	寒刪	山
	成相雜辭 p52	貫亂變	元	換換線	山
	漢書引逸詩 p71	貫選	元	換線	山
	齊人頌 p42	衍諺	元	線	山
	卿雲歌 p3	旦爛縵	元	翰翰諫	山
	禮記引逸詩 p68	旦患	元	翰諫	山

（4）西漢文人　總：26

作　者	篇　名	韻　字	上古韻	中古韻	韻　攝
劉向	逢紛	原連	元	元仙	山
劉向	思古	言遷	元	元仙	山
韋孟	在鄒詩 p107	然漣	元	仙	山
劉向	憂苦	漣睠	元	仙線	山
韋玄成	自劾詩 p113	顏蠻	元	刪	山
劉向	離世	還患	元	刪諫	山
賈誼	惜誓	反遠	元	阮	山
劉向	離世	反遠	元	阮	山
劉向	愍命	返遠	元	阮	山
東方朔	哀命	反遠	元	阮	山
東方朔	哀命	反產	元	阮產	山
劉向	逢紛	轉圈	元	阮獮	山
劉向	遠逝	遠免	元	阮獮	山
東方朔	哀命	遠蹇	元	阮獮	山
劉向	離世	返願	元	阮願	山
息夫躬	絕命辭 p116	蘭肝	元	寒	山
劉向	憂苦	蘭開	元	寒山	山
劉徹	瓠子歌 p93	難湲	元	寒仙	山
韋玄成	自劾詩 p113	奐館	元	換	山
劉向	逢紛	散叛	元	換	山
劉向	思古	觀畔	元	換	山

劉徹	瓠子歌 p93	滿緩	元	緩	山
莊忌	哀時命	難歎	元	翰	山
韋孟	諷諫詩 p105	嫚練	元	諫霰	山
劉向	怨思	怨難	元	願翰	山
劉去	歌 p110	怨患	元	願諫	山

（5）東漢文人　總：11

作　者	篇　名	韻　字	上古韻	中古韻	韻　攝
蔡邕	飲馬長城窟行 p192	言寒	元	元寒	山
秦嘉	述婚詩 p185	言戔歡閑愆	元	元寒桓山仙	山
蔡琰	悲憤詩 p199	餐安難顏乾	元	寒寒寒刪仙	山
王逸	悼亂	原歎	元	元翰	山
蔡琰	悲憤詩 p199	關蠻	元	刪	山
秦嘉	贈婦詩 p186	晚遠返飯勉轉卷蹇	元	阮阮阮阮獮獮獮獮	山
張衡	四愁詩 p180	玕盤	元	寒桓	山
蔡琰	悲憤詩 p199	歎漫	元	漫換	山
張衡	四愁詩 p180	案歎惋段	元	翰翰換換	山
蔡琰	悲憤詩 p199	患單	元	諫線	山
蔡邕	飲馬長城窟行 p192	縣見	元	霰	山

（6）兩漢民間　總：34

作　者	篇　名	韻　字	上古韻	中古韻	韻　攝
	蜨蝶行 p281	園軒間燕	元	元元山先	山
	臨高臺 p161	軒翻寒蘭	元	元元寒寒	山
	拘幽操 p302	言愆宣	元	元仙仙	山
	善哉行 p266	煩端	元	元桓	山
	董逃行 p264	言端端丸桓攀還延仙	元	元桓桓桓桓刪刪仙仙	山
	琴引 p321	言曼般虆顏	元	元桓桓換刪	山
	別鶴操 p304	餐端漫	元	寒桓換	山
	艷歌何嘗行 p272	言難關泉	元	元寒刪仙	山
	古詩 p334	言難歡還間	元	元寒桓刪山	山
	古詩 p334	言殘盤歡班山間聯	元	元寒桓桓刪山山仙	山

	篇　名	韻　字	上古韻	中古韻	韻攝
	善哉行 p266	飜乾寒干歡丸宣	元	元寒寒寒桓桓仙	山
	李固引語 p235	餐患	元	寒諫	山
	悲歌 p282	船轉	元	仙獮	山
	箕山操 p307	巒山	元	刪山	山
	箕子操 p319	還山	元	刪山	山
	桓帝初城上烏童謠 p219	班間錢	元	刪山仙	山
	交趾兵民為賈琮歌 p212	晚反飯	元	阮	山
	古詩十九首 p329	返晚飯緩	元	阮阮阮緩	山
	古歌 p289	遠緩轉	元	阮緩獮	山
	敦煌鄉人為曹全諺 p254	歡完	元	桓	山
	長安為王吉語 p137	完還	元	桓刪	山
	附 p317	闌斑	元	寒刪	山
	長安為韓嫣語 p136	寒丸	元	寒桓	山
	時人為任安語 p253	安桓	元	寒桓	山
	董逃行 p264	難端山	元	寒桓山	山
	東門奐謠 p227	奐半	元	換	山
	應劭引里語論讞獄 p236	漫半	元	換	山
	長安中謠 p323	汗半	元	翰換	山
	雞鳴歌 p291	爛旦喚	元	翰翰換	山
	附 p317	矸爛骭旦半禪	元	翰翰翰翰換線	山
	附 p317	粲爛骭旦半禪	元	翰翰翰翰換線	山
	附 p317	飯半粲骭	元	願換翰翰	山
	張公神碑歌 p326	獻粲旰澗見衍	元	願翰翰諫霰線	山
	京師為祈聖元號 p250	元旛	元	元	山

（7）三國詩歌　總：51

作　者	篇　名	韻　字	上古韻	中古韻	韻　攝
劉楨	詩 p374	山泉	元	山仙	山
王粲	詩 p365	言閑間邊	元	元山山先	山
應瑒	別詩 p383	言山旋	元	元山仙	山
曹叡	種瓜篇 p416	垣山連緣全拳然	元	元山仙仙仙仙仙	山

曹丕	丹霞蔽日行 p391	繁言間	元	元元山	山
王粲	詩 p364	園原山間	元	元元山山	山
曹植	雜詩 p456	軒原元言閑山	元	元元元元山山	山
嵇康	四言詩 p484	原繁軒宣騫	元	元元元仙仙	山
阮籍	詠懷詩 p496	言軒餐干簞寒歎	元	元元寒寒寒寒翰	山
阮籍	詠懷詩 p493	言元餐蘭歎桓冠漫顏愆	元	元元寒寒翰桓桓換刪仙	山
曹丕	折楊柳行 p393	原言端觀還傳	元	元元桓桓刪仙	山
曹丕	臨高臺 p395	軒翻寒	元	元元寒	山
阮籍	詠懷詩 p496	言餐難干	元	元寒寒寒	山
王粲	七哀詩 p365	原言安肝完還攀蠻患間	元	元元寒寒桓刪刪刪諫山	山
阮籍	詠懷詩 p493	沅繁寒蘭丹鸞顏	元	元元寒寒寒桓刪	山
嵇康	與阮德如詩 p487	言軒肝蘭難安寒歎歡蟠寬完酸攀患然	元	元元寒寒寒寒寒翰桓桓桓桓桓刪諫仙	山
王粲	贈蔡子篤詩 p357	軒翻寒歎宣	元	元元寒翰仙	山
曹植	桂之樹行 p437	煩仙然	元	元仙仙	山
曹叡	堂上行 p417	原前	元	元先	山
劉楨	詩 p373	蕃邊泉	元	元先仙	山
王粲	贈士孫文始 p358	藩官	元	元桓	山
王粲	贈文叔良 p358	言難歡患	元	元寒桓諫	山
曹植	怨歌行 p426	言難刊寒干歎端患連	元	元寒寒寒寒翰桓諫仙	山
嵇康	四言贈兄秀才入軍詩 p482	軒彈蘭歎歡褰	元	元寒寒翰桓仙	山
杜摯	贈毌丘儉詩 p419	餐竿安歡酸官丸還患間	元	寒寒寒翰桓桓桓刪諫山	山
徐幹	室思詩 p376	縣連泉	元	仙	山
曹叡	同前四解 p414	湲綿	元	仙	山

曹植	矯志詩 p448	連焉	元	仙	山
陳琳	飲馬長城窟行 p367	關全	元	刪仙	山
嵇康	四言贈兄秀才入軍詩 p482	還然	元	刪仙	山
繁欽	定情詩 p385	環顏拳	元	刪刪仙	山
	徐幹引古人歌 p513	遠阪	元	阮濟	山
曹植	孟冬篇 p430	翰竿	元	寒	山
曹植	浮萍篇 p424	蘭歡還	元	寒桓刪	山
曹植	妾薄命行 p436	難盤顏環	元	寒桓刪刪	山
曹植	妾薄命行 p436	干蘭盤端歡顏	元	寒寒桓桓桓刪	山
曹植	三良詩 p455	安殘難肝歡還患	元	寒寒寒寒翰刪諫	山
劉楨	贈五官中郎將詩 p369	難寒翰歡歡關殫	元	寒寒寒翰桓刪仙	山
嵇康	代秋胡歌詩 p479	安殘患悆	元	寒寒諫仙	山
嵇康	思親詩 p490	瀾歡	元	寒翰	山
繆襲	定武功 p528	難歡	元	寒翰	山
阮瑀	琴歌 p379	玩亂	元	換	山
	鄩人金鳳舊歌 p513	半喚絆	元	換	山
曹植	樂府 442	翰判	元	翰換	山
劉楨	雜詩 p372	瀾散亂觀晏雁	元	翰換換換諫諫	山
曹丕	黎陽作詩 p399	旦炭讚亂	元	翰翰翰換	山
郭遐叔	贈嵇康詩 p476	難旦歡亂畔貫算館	元	翰翰翰換換換換換	山
阮籍	詠懷詩 p493	爛漢讚幹歡散亂雁晏怨	元	翰翰翰翰翰換換諫諫願	山
曹植	矯志詩 p448	獻戰	元	願線	山
應璩	百一詩 p469	飯賤	元	願線	山
應璩	百一詩 p469	獻憲願亂煥弁	元	願願願換換線	山

2. 元／談

（1）兩漢民間　總：1

作　者	篇　名	韻　字	上古韻	中古韻	韻　攝
	信立退怨歌 p312	山／巖	元／談	山／銜	山／咸

（九）侵部韻譜

1. 侵部獨韻

（1）詩經　總：34

作　者	篇　名	韻　字	上古韻	中古韻	韻　攝
	兔罝	林心	侵	侵	深
	凱風	音心	侵	侵	深
	雄雉	音心	侵	侵	深
	子衿	衿心音	侵	侵	深
	匪風	驚音	侵	侵	深
	鹿鳴之什·鹿鳴	芩琴	侵	侵	深
	鴻雁之什·白駒	音心	侵	侵	深
	甫田之什·車轄	琴心	侵	侵	深
	魚藻之什·白華	煁心	侵	侵	深
	魚藻之什·白華	林心	侵	侵	深
	文王之什·皇矣	心音	侵	侵	深
	生民之什·生民	歆今	侵	侵	深
	蕩之什·瞻卬	深今	侵	侵	深
	泮水	林音琛金	侵	侵	深
	鹿鳴之什·四牡	駸諗	侵	侵寢	深
	節南山之什·巷伯	錦甚	侵	寢	深
	蕩之什·抑	心／僭	侵	侵／榛	深／咸
	燕燕	音心／南	侵	侵／覃	深／咸
	凱風	心／南	侵	侵／覃	深／咸
	株林	林／南	侵	侵／覃	深／咸
	鹿鳴之什·鹿鳴	琴心／湛	侵	侵／覃	深／咸
	鹿鳴之什·常棣	琴／湛	侵	侵／覃	深／咸
	甫田之什·賓之初筵	林／湛	侵	侵／覃	深／咸
	文王之什·思齊	音／男	侵	侵／覃	深／咸
	生民之什·卷阿	音／南	侵	侵／覃	深／咸
	泮水	心／南	侵	侵／覃	深／咸
	谷風之什·鼓鐘	欽琴音／南榛	侵	侵／覃榛	深／咸
	摽有梅	今／三	侵	侵／談	深／咸
	鴻雁之什·斯干	寢／簟	侵	寢／忝	深／咸
	氓	葚／耽	侵	寢／覃	深／咸
	綠衣	風〔註27〕／心	侵	東／侵	通／深

〔註27〕从「風」得聲之字，郭錫良《漢字古音手冊》入古韻冬部；陳新雄《古音研究》

晨風	風／林欽	侵	東／侵	通／深
蕩之什・烝民	風／心	侵	東／侵	通／深
節南山之什・何人斯	風／心南	侵	東／侵覃	通／深咸

（2）楚辭屈宋　總：6

作　者	篇　名	韻　字	上古韻	中古韻	韻　攝
屈原	離騷	心淫	侵	侵	深
	招魂	心淫	侵	侵	深
屈原	抽思	心／潭	侵	侵／覃	深／咸
屈原	涉江	風／林	侵	東／侵	通／深
屈原	哀郢	風／心	侵	東／侵	通／深
	招魂	楓／心南	侵	東／侵覃	通／深咸

（3）先秦詩　總：2

作　者	篇　名	韻　字	上古韻	中古韻	韻　攝
	祈招詩 p64	愔音金心	侵	侵	深
	澤門之皙謳 p10	心／黔	侵	侵／鹽	深／咸

（4）西漢文人　總：5

作　者	篇　名	韻　字	上古韻	中古韻	韻　攝
東方朔	初放	風／心／潭	侵	通／侵／覃	東／深／咸
劉胥	歌 p111	深心	侵	侵	深
息夫躬	絕命辭 p116	喑陰	侵	侵	深
劉向	思古	深淫	侵	侵	深
東方朔	自悲	金衿心淫	侵	侵	深

（5）東漢文人　總：4

作　者	篇　名	韻　字	上古韻	中古韻	韻　攝
馬援	武溪深 p163	深臨淫	侵	侵	深
傅毅	迪志詩 p172	心音	侵	侵	深
張衡	四愁詩 p180	林深襟	侵	侵	深
蔡邕	答對元式詩 p193	風／音	侵	東／侵	通／深

入第二十八部侵部。考《詩經》、《楚辭》從「風」得聲之字多與侵部字通叶，如：
〈邶風・綠衣〉：「絺兮綌兮，淒其以（風）。我思古人，實獲我（心）。」；東方朔
〈七諫・初放〉：「便娟之脩竹兮，寄生乎江（潭）。上葳蕤而防露兮，下泠泠而來
（風）。孰知其不合兮，若竹柏之異（心）。」，故「風」字以入侵部為宜。

（6）兩漢民間　總：5

作　者	篇　名	韻　字	上古韻	中古韻	韻　攝
	練時日 p147	陰心	侵	侵	深
	漢末江淮間童謠 p226	林金	侵	侵	深
	視刀鐶歌 p290	深心	侵	侵	深
	古詩 p342	陰深／簪	侵	侵／覃	深／咸
	朝隴首（白麟歌）p154	風／心	侵	東／侵	通／深

（7）三國詩歌　總：28

作　者	篇　名	韻　字	上古韻	中古韻	韻　攝
曹操	短歌行 p349	衿心今	侵	侵	深
曹操	短歌行 p349	深心	侵	侵	深
王粲	贈士孫文始 p358	林深篋心音	侵	侵	深
王粲	為潘文則作思親詩 p359	臨心沈音深今	侵	侵	深
王粲	七哀詩 p365	淫心陰林吟襟琴音任	侵	侵	深
應場	報趙淑麗詩 p382	陰吟林心	侵	侵	深
繁欽	定情詩 p385	心針	侵	侵	深
繁欽	定情詩 p385	岑襟心	侵	侵	深
曹丕	同前 p393	陰禽音琴吟沈林心任禁	侵	侵	深
曹丕	清河作詩 p402	沈音心深林	侵	侵	深
曹植	雜詩 p456	林深任吟音心	侵	侵	深
曹植	離友詩 p460	陰林	侵	侵	深
嵇康	四言贈兄秀才入軍詩 p482	林陰琴音欽吟	侵	侵	深
嵇康	四言贈兄秀才入軍詩 p482	林心	侵	侵	深
嵇康	思親詩 p490	心襟	侵	侵	深
阮籍	詠懷詩 p493	森陰音林沉今深吟金淫心	侵	侵	深
阮籍	詠懷詩 p496	琴襟林心	侵	侵	深
阮籍	詠懷詩 p496	岑林襟陰音心	侵	侵	深
阮籍	詠懷詩 p496	音沉淫林心	侵	侵	深
阮籍	詠懷詩 p496	林駸心淫尋禁	侵	侵	深
阮籍	詠懷詩 p496	林沈音尋心	侵	侵	深
阮籍	詠懷詩 p496	襟林心尋	侵	侵	深

阮籍	詠懷詩 p496	心林岑沈禁	侵	侵	深
阮籍	詠懷詩 p496	任心尋林淫禁	侵	侵	深
	明帝時宮人謠 p516	金心	侵	侵	深
曹植	浮萍篇 p424	琴 / 參	侵	侵 / 覃	深 / 咸
曹植	種葛篇 p435	陰深衾琴心沈林禽襟吟今任 / 參	侵	侵 / 覃	深 / 咸
陳琳	詩 367	風 / 心音林陰襟	侵	東 / 侵	通 / 深

2. 侵／談

（1）詩經　總：1

作　者	篇　名	韻　字	上古韻	中古韻	韻　攝
	澤陂	枕 / 儼萏	侵 / 談	寢 / 儼感	深 / 咸

（2）兩漢民間　總：1

作　者	篇　名	韻　字	上古韻	中古韻	韻　攝
	失題 p318	唫 / 鵜	侵 / 談	侵 / 添	深 / 咸

（十）談部韻譜

1. 談部獨韻

（1）詩經　總：7

作　者	篇　名	韻　字	上古韻	中古韻	韻　攝
	蕩之什・召旻	貶玷	談	琰忝	咸
	節南山之什・巧言	涵讒	談	覃咸	咸
	大車	葵敢檻	談	敢敢檻	咸
	節南山之什・巧言	甘餤	談	談	咸
	節南山之什・節南山	惔談瞻斬巖監	談	談談鹽豏銜銜	咸
	魚藻之什・采綠	藍襜詹	談	談鹽鹽	咸
	閟宮	詹巖	談	鹽銜	咸

（2）楚辭屈宋　總：2

作　者	篇　名	韻　字	上古韻	中古韻	韻　攝
屈原	抽思	敢憺	談	敢	咸
	招魂	淹漸	談	鹽	咸

（3）西漢文人　總：1

作　者	篇　名	韻　字	上古韻	中古韻	韻　攝
韋孟	諷諫詩 p105	覽監	談	敢鑑	咸

（4）兩漢民間　總：1

作　者	篇　名	韻　字	上古韻	中古韻	韻　攝
	京師為唐約謠 p228	嫌謙	談	添	咸

（5）三國詩歌　總：1

作　者	篇　名	韻　字	上古韻	中古韻	韻　攝
應璩	百一詩 p469	甘呻	談	談鹽	咸